公元787年，唐封疆大吏马总集诸子精华，编著成《意林》一书6卷，流传至今
意林：始于公元787年，距今1200余年

一则故事　改变一生

推理补眠中

翼苏 / 著

吉林摄影出版社
·长春·

图书在版编目（CIP）数据

推理补眠中 / 翼苏著. -- 长春：吉林摄影出版社，2017.7
（悬爱）
ISBN 978-7-5498-3240-8

Ⅰ.①推… Ⅱ.①翼… Ⅲ.①推理小说-中国-当代 Ⅳ.①I247.5

中国版本图书馆CIP数据核字(2017)第185548号

推理补眠中
TUILI BUMIAN ZHONG

著　　者	翼　苏
出 版 人	孙洪军
主　　编	顾　平　杜普洲
责任编辑	施　岚　胡晓路
总 策 划	蔡　燕
统筹策划	康　宁　孙　丽
设计总监	资　源
执行编辑	孙　丽
封面设计	资　源
美术编辑	孔凡雷
发行总监	李振红
营销总监	王俊杰
开　　本	700mm×1000mm 1/16
字　　数	320千字
印　　张	17
版　　次	2017年7月第1版
印　　次	2017年7月第1次印刷
出　　版	吉林摄影出版社
发　　行	吉林摄影出版社
地　　址	长春市泰来街1825号
	邮　编：130062
电　　话	总编办　0431-86012616
	发行科　0431-86012602
网　　址	www.jlsycbs.net
经　　销	全国各地新华书店
印　　刷	北京嘉业印刷厂
书　　号	ISBN 978-7-5498-3240-8　　定　价：32.80元

版权所有　翻印必究

（如发现印装质量问题，请与承印厂联系退换）

目录

第一章	阮言希	001
第二章	赌注	006
第三章	污点（1）	010
第四章	污点（2）	020
第五章	污点（3）	027
第六章	污点（4）	034
第七章	污点（5）	040
第八章	小番外	044
第九章	木十（1）	046
第十章	木十（2）	051
第十一章	木十（3）	057
第十二章	木十（4）	064
第十三章	木十（5）	071
第十四章	木十（6）	077
第十五章	木十（7）	083
第十六章	失踪者（1）	086
第十七章	失踪者（2）	091
第十八章	失踪者（3）	098
第十九章	失踪者（4）	104
第二十章	失踪者（5）	111
第二十一章	失踪者（6）	117

目录

第二十二章	寻找（1）	124
第二十三章	寻找（2）	131
第二十四章	寻找（3）	135
第二十五章	寻找（4）	141
第二十六章	寻找（5）	148
第二十七章	寻找（6）	155
第二十八章	密室（1）	159
第二十九章	密室（2）	166
第三十章	密室（3）	172
第三十一章	密室（4）	178
第三十二章	密室（5）	185
第三十三章	密室（6）	192
第三十四章	密室（7）	199
第三十五章	军火贩（1）	203
第三十六章	军火贩（2）	211
第三十七章	爱与玫瑰（1）	217
第三十八章	爱与玫瑰（2）	224
第三十九章	爱与玫瑰（3）	231
第四十章	爱与玫瑰（4）	237
番外		244

第一章　阮言希

十一月中旬，突如其来的连续降温让 S 市比往年的入冬时间早了近一个月。

木十整个人裹在厚重的灰色棉衣里，围着棕色的围巾，戴着手套，远远看去就像是一个棕子。

这条路上没有人，或许是天冷，或许是这里偏僻的缘故，木十走了好久也没有碰上一个人。

因为戴着手套，她有些困难地从口袋里拿出一张纸，看了一眼上面的地址，她轻轻呵出一口气，又马上被风吹散。

真难找啊，这地方。

木十看了眼周围的门牌号，缩着脖子继续往前走，在绕了好几圈后，她终于停在一栋老式洋房前。

终于到了。拉开了那扇铁门走进去，她停在红褐色的大门前，脱下手套塞进口袋里，然后从包里拿出手机，拨通了那张纸上的电话。

"喂，您好。"温柔又干练的女声从手机里传出。

木十开口道："您好，我现在在天琴路 144 号门口。"

"什么？"女人的声音猛地拔高了好几度。

木十只好重复了一遍。

"哦，天哪！哦，天哪……"女人语气里突然充满激动的情绪，她不断重复着这三个字，好一会儿才恢复了一开始的声音，"咳咳，不好意思，小姐，我马上为你开门，玄关那里有可以换的家居鞋，请到客厅里的沙发上坐会儿吧，我马上就下来。"

虽然听出了她话语中的怪异，但木十并没有细究，只是回了句："谢谢。"

木十挂了电话，顺利地打开了那扇门，一股暖意随即包裹住她的身体，她舒服地轻轻叹了口气。

木十把身后的门重新关上，彻底隔断了外面的寒冷，镜片却也因此起了雾，她索性摘下了眼镜。

木十蹲下身子，从鞋柜里拿出了一双家居鞋，换好鞋子后，向房间里面走去。

房间里是欧式的装修风格，木十略微看了一眼，就收回了视线。

走到沙发前面，木十才发现原本这里有人，但他现在的样子几乎和沙发融为一体，和沙发同样颜色的毯子将他完全裹住，只留出头部在外面。

他闭着眼睛，呼吸平稳，显然是在睡觉，木十又走近些，看着那个人的脸。

一张非常干净的脸，木十不会形容人，在她的眼里只有干净和不干净之分，所以干净就是最高评价。她很快收回视线，这里的联系人还没有下来，为了不打扰熟睡中的人，木十索性就坐在他旁边的单人沙发上等着。她从包里拿出一块眼镜布，仔细地擦好镜片，重新戴了上去。

房间里有着淡淡的香气，不浓烈，能让人的心情平静下来，木十闭上眼睛，在如此温暖舒适的环境下，有些犯困。

眯了大概五分钟，木十突然感觉自己的右肩有些重，像是有什么东西压在了上面，她睁开眼睛，转头看去。

那张被木十形容为干净的脸就这样放大着出现在她眼前，她甚至可以感受到他平稳的呼吸，因为他的下巴抵在她的肩上，显然他把身体的重量压在了她的肩膀上。

木十眨了眨眼，面色平静，与他对视。

对方也一动不动地看着她，目光中带着一些探究审视的味道。

"阮先生。"良久她开口道。

他微微挑了挑眉。

传来的脚步声让木十转过头，肩膀上的重量也随之消失，木十轻轻动了动肩膀，有点儿酸。

从楼梯上走下来一个年轻女人，身材高挑，留着一头栗色卷发，身上穿着宽松的毛衣，手上拿着一件红色大衣，她的右手轻轻放在腹部。

走下最后一级台阶，她款款走来，看到木十后，微笑道："原来是位可爱的小姐，你好，我叫元情，是沙发上这位阮先生的助理。"她介绍了一下自己的身份。

木十马上站起身，把单人沙发让了出来："你好，我叫木十。"

对于木十的举动，元情略显惊讶，随即又露出了笑容，比刚才的显然更加真实些："谢谢。"

这下木十就成了这里唯一站着的人，元情瞥了一眼半躺在沙发上的阮言希："让开点儿。"

阮言希不情愿地往旁边挪了挪，元情起身坐在他旁边，而后招呼木十："木十小姐，坐吧。"

木十再次坐了下来，就看到之前把头压在她肩膀上的阮言希又把头压在了元情的右肩上。木十心想，原来这是他的习惯。而下一秒，她就看到元情伸出左手毫不留情地拍在阮言希的脸上，把他往后一推。

然后，阮言希就顺势倒在了沙发上。

自始至终，元情都面带微笑地看着木十。

元情放下手，问道："木十小姐是怎么找到这里的？"

木十实话实说："我看到了阮先生的网站，下面有地址，然后我就破解了一下。"

阮言希饶有兴致地问："用了多久？"他的声音干净清冽，和他的长相一样。

"一天。"

"呵。"阮言希随即发出一声冷笑，虽然很轻，但木十还是听到了，她倒是不以为意，一天确实是太久了。

元情快速瞪了阮言希一眼，而后道："木十小姐可是第二个找到这里的人，其他想要来的人都没法破解这个地址。"

木十老实补充道："其实有些地方我也是猜的。"

"你看吧。"阮言希得意地道。

"运气也是实力的一种。阮言希，就是因为你的这种变态的密码，所以这么长时间都没接到什么大的活。"说到最后，元情都有些咬牙切齿的感觉。

阮言希摊手，无所谓地道："我只是不想让那些没有脑子的人来我家。"

元情气急："如果能破解你那个密码，人家也不用来找你帮忙了好不好？"说完想到木十或许就是要寻求帮助，脸上满是歉意："哦，木十小姐，不好意思，你来这里是为了……"

"我想让阮先生帮我找到我的哥哥。"木十说明了来意。

阮言希打了个哈欠："你可以让警察找。"而后他想到了什么，嘴角微挑，看着木十："哦，我知道了，他们找不到或者出了什么问题，是什么原因？"

木十开口道："警察找到了他的尸体。"

元情一脸惊讶，但是木十表情不变，让人看不出她的心思。

阮言希接着道："但其实他并没有死。"木十点头。

"我有兴趣，但是我的收费很高。"

木十面露难色，她没有多少钱。

看到木十的样子，元情有些窃喜，于是她道："木十小姐，你也发现了，我已经怀孕了，其实自从我结婚之后我就想辞职不干了，但是一直没有人来这里，不如这样，你来接替我当他的助理，就当作是找你哥哥的报酬，怎么样？"

"你是不是应该先问下我的意见？"阮言希立马不满了。

元情对他道："你不是一直都知道我打算辞职的吗？而且我行李早就收拾好了，我都等了一年了。"

木十没有丝毫犹豫："我可以，我现在暂时没有工作。"然后她从包里拿出了身份证以及各种学位证书。

"天哪，这么多学位证书！"元情突然很想说一句，多少钱一本！

"言希，怎么样？当你助理够资格吧。"

阮言希看了木十一会儿，没有反对。

元情自然就当他默许了，元情笑开了花，赶紧掏出手机："哦，那太好了！我要给我们家亲爱的打电话让他马上来接我。"

阮言希看着元情的表情，拧了拧眉头："你真要跟他走？我实在看不惯他。"

元情无奈地道："言希，这个世界上就没有你能看得惯的人。"

他扭过头去。

元情开玩笑道："我知道你舍不得我，可怎么办？我肚子里怀了他的孩子，难道你能为了我接受这个孩子吗？"

他马上转回头看她，不屑道："一个智商为零和一个那么会装的人生出来的孩子我才不要，你赶紧走。"

虽然阮言希的语气实在不好，但是元情知道他是在关心自己，脸上笑容更深，她转头对木十道："木十小姐，请帮我好好照顾他，他撒娇的方式比较另类，就像刚才那样。"语气像极了一个姐姐在说她不懂事的弟弟。

木十点头，表示理解。

第一章 阮言希

"啊，我突然发现你们的名字很有意思，阮言希，木十，以卵击石欸！"

这显然是个冷笑话。

阮言希面无表情地道："元情，我的姓读 ruan，不读 luan，随便更改别人的姓名是不礼貌的，就像你叫元情，我不会叫你元精一样。"

元情早已习惯，所以根本不以为意，还接着他的话继续说："啊呀，我今天才发现我们居然可以组成好多组合啊。"元情的冷笑话无人能敌。

又过了十多分钟，元情的手机响了，木十注意到她的表情变得更温柔了。

元情放下手机给了阮言希一个拥抱，和他道别："好了，我要走了，言希，好好保重，希望我下次来看你的时候你能改掉那些怪脾气。"

阮言希没有推开她，而是伸出手轻轻回抱她："希望你生一个聪明的孩子。"

元情笑着点头放开他。或许是知道阮言希不欢迎他，所以元情的丈夫只是在门口等着，木十拉着行李送元情出门。

"木十小姐，真抱歉，只和你相处了这么短的时间我就要走了。还有言希这个人看上去是个怪人，其实你和他相处一段时间就会发现他其实很可爱。"

"嗯，发现了。"喜欢挂人身上说话又别扭。

"那太好了，如果有什么问题就打我的手机，那我先走了。"元情说着拥抱了一下木十。

"嗯，再见。"

元情打开门，外面的冷气马上蹿了进来，木十看向门外，一个年轻的男人接过元情手上的行李，揽着元情进了车里，元情回头看了一眼门的方向，朝木十挥了挥手。

木十也挥了挥手，随后关上了门，她转身就发现阮言希靠在她旁边的墙壁上。

"阮先生，能问个问题吗？"阮言希抬眼，看着她。

"为什么同意让我做你的助理？"阮言希微微眯起眼睛，看了她一会儿："大概是因为刚才我在睡觉的时候，你没有侵犯我。"

侵犯他？

因为一张干净的脸吗？

第二章　赌注

阮言希又躺回了沙发上："二楼左边第一个房间给你了。"

"好的。"木十没有拒绝。

他舒服地窝在沙发里，对木十吩咐道："那你现在去超市买菜吧。"

木十面向他，问："超市在哪里？"

阮言希挑了挑眉："你是坐公交车来的，你走过来的时候不是应该路过超市的吗？"

木十回忆了一下："确实是有一家超市，但是我不知道它的位置。"

"出门左转，走到第二个十字路口左转，往前走 100 米，右转，看到一个银行后左转，然后直走就可以看到超市了。"

木十说："我还以为你从来不出家门。"

"我是很少出去，而且我出不出家门和我知道超市的位置没有任何逻辑关系，我知道只能说明我不是路盲。"说到最后一句时明显带着鄙视的口吻。

最后阮言希还是带着她去了超市，因为他要去超市附近的家居卖场买抱枕。

木十戴好手套跟着阮言希出门。

木十推着手推车走在阮言希旁边，两个人走到肉类区，阮言希转头问："你都会做什么菜？"

木十抬眼看着天花板，然后道："水煮蛋、蒸蛋、荷包蛋、蛋炒饭、番茄炒蛋、番茄蛋汤。"

阮言希抿了抿嘴："有和蛋没有关系的吗？"

"面条。"

"呵。"他冷笑一声，"然后上面放个荷包蛋？"

"嗯。"

"所以我们来这里是要买几箱蛋吗？"

木十抬头看他："你会做菜的吧。"

阮言希来了兴致，停下脚步问她："哦？哪里看出来的？"

"厨房，你是左撇子，厨房的东西都是按照你的习惯来摆放的，而元小姐是右撇子，所以菜都是你做的。"

阮言希微微眯起眼睛，脸上带着一些笑意："我发现你比看上去要有趣些。"

"哦。"木十依旧没什么反应。

买完菜后，两个人出了超市，阮言希两手插在大衣口袋里走在前面，而木十则提着两个袋子走在后面。

路上时不时有路人看向他们二人，几次之后，木十开口问："阮先生，你有没有觉得他们在看我们？"

阮言希仍旧自顾自往前走："没错，但是他们是在看我，不是我们。"

看他？因为长得很奇怪吗？

阮言希一瞥就看到木十古怪的眼神，马上道："把你脑子现在想的都扔出去。"

她看了一眼手上的袋子，那大概是因为他一个男人不提东西而让她来提吧。

到了附近的家居卖场，阮言希直接走到床上用品专区，选了一张床，直接躺了上去。

木十不解："你要买床吗？"

阮言希没回答，又指挥她："到那边拿几个抱枕过来。"

木十把几个抱枕抱在怀里放到床上："选抱枕为什么要躺在床上？"

"因为抱枕是在床上用的，我这是在模拟我睡觉时的状态，这样才能挑选出最适合的抱枕。这个不行。"阮言希把他不满意的抱枕又扔还给木十。

"这个也不行，这个不舒服，这个太短了。"阮言希依次抱着抱枕试感觉，没一会儿就把木十拿来的抱枕都扔给了木十，"再换一批来。"

木十把那些抱枕放回去，又抱了一些过来。结果阮言希还是不满意。

木十坐在床边上："阮先生，能告诉我你对抱枕有什么要求吗？比如款式、尺寸。"

阮言希侧着身躺在床上，看了她一会儿，突然伸手招呼她："躺过来。"

阮言希一本正经地道："我来试试看你这样的尺寸怎么样。"

"哦。"木十躺在了他边上，下一秒，阮言希伸出手揽着她的肩膀把她抱在怀里。阮言希的头抵在她的头上，把她抱得更紧了些，而后他的腿也搁到了她的腿上。

木十听到周围有人在说话，虽然看不到也知道肯定有人在看着他们诡异的动作。

导购员看不下去了，走过来道："咳咳，先生小姐，有什么需要帮忙的吗？"

阮言希这才放开木十，用手撑起头，对导购员道："帮我找一个和她一样尺寸的抱枕。"

"160厘米。"木十报出了自己的身高。

"不好意思，先生，我们这里没有这么大的抱枕。"他想了想，而后建议道，"呃，其实您可以抱着您女朋友睡觉的。"

"她不是我女朋友。"

那你抱得那么亲密干吗？导购人员在内心吐槽。

最后阮言希还是决定定做一个抱枕。

两个人回到了小洋房，木十把买的菜放到了厨房后把那里留给了阮言希，趁着他在做饭的时候逛了逛这栋房子。

刚走上二楼，木十就看到了一整面的书架，上面每一格都密密麻麻地放着书，木十站在书架前看了一会儿。

什么书都有，木十还看到了《孕妇注意事项》和《育婴手册》。

约莫一个小时的时间，阮言希做好了午饭。

木十坐在餐桌前，却没有看到自己的碗筷，她起身要去厨房拿，阮言希却开口道："书架上第五排第五个格子的第五本书是什么？"

木十似乎回忆了一会儿，而后道："《犯罪心理画像》。"

阮言希闻言垂下眼："碗筷在厨房的桌子上。"

木十没有马上去拿，而是问他："如果我没回答出来，或者我根本就没去看书架的话，我就不能吃午饭了吗？""当然。"

"那第二排第七个格子第二本书是什么？"

阮言希几乎想也没想："《死亡序幕》。"

木十从厨房拿了碗筷坐回位子上，夹了一块蔬菜放在嘴里。

阮言希抬眼看她："怎么样？"

"不错。"

他微微挑起眉，显然对她的回答不满意："只是不错？难道不应该是你吃

第二章 赌注

过的最好吃的菜吗？"

木十又夹了一块肉："最好吃的是我哥哥烧的菜。"

阮言希自然知道木十只是想把话题引向她哥哥，他也就顺着说了下去："既然现在聊到了你哥哥，是什么原因让你觉得你哥哥并没有死？"

木十道："在警察找到我哥哥的尸体之后，我收到了一封信，是我哥哥寄给我的，一封加密的信。"

"这封信只有你们兄妹能看懂，而你也能确定这是你哥哥寄给你的。"

木十点头，而后道："不过这封信在到我手上之前被人拆封过。"

阮言希握着筷子轻轻敲着碗边："还有人想知道你哥哥的下落，但他们发现他们看不懂信，所以还是把信送到了你那里，因为他们猜想你能看懂信，想借由你找到你哥哥。"

"不过那封信里并没有告诉我他在哪里，他只是说他在查某件事，其他的我也一无所知。"

阮言希听后沉默了两秒后，身体向后靠在椅子上："所以说我现在和你一样处于被监视的状态。"

"嗯。"木十没有否认。

"这封信你没有交给警察吧？"

"没有。"

"找到我是为了让他们知道你也不清楚你哥哥的下落，但其实他们可以抓住你来威胁你哥哥现身的。"

"他们没有理由抓我。"

阮言希轻笑，瞬间理清了思路，笃定道："你哥哥是警察。所以你选择了来我这里，因为你不想无缘无故地消失。"

"阮先生，那你觉得我会被抓吗？"

阮言希看着木十的眼睛，随即弯起了嘴角："我的助理怎么可能被抓呢？"

下一刻，他打了个哈欠，站起身往楼梯走去："好了，我要去午睡了，把这里收拾一下吧。"

木十看着阮言希的背影，轻轻吐出一口气，这是她下的一个赌注，到现在为止的人生中最大的赌注。

收拾好碗筷，木十走到二楼，又一次走到了书架前，她看了一眼第五排第五格的第五本书，那里放着的正是《犯罪心理画像》，但木十知道，刚才这里放的并不是这本书。

第三章　污点（1）

第二天一早，阮言希穿着灰色的家居服揉着眼睛从房间里走出来，走下楼梯，他吸了吸鼻子，一股煎蛋的味道。

果然，在餐桌上他看到了几片面包、两个荷包蛋和一杯牛奶，旁边还贴着一张便利贴：

阮先生，早饭在桌上，我回去拿行李，中午前会回来，过会儿会有访客。

"访客？"阮言希捏着便条来回翻了翻，而后扔进了垃圾桶。

一个小时后，当他吃完早餐正舒服地窝在沙发上看书，被门铃打扰时他终于明白了最后一句话的意思。

"叮咚，叮咚。"

开门的开关在二楼，家里又没有其他人，阮言希只得暂时离开沙发，慢吞吞走到门口开了门。

看到外面站着的人，阮言希挑了挑眉。

门外的男人有礼貌地开口："请问，这里是阮先生家吗？"

"什么事？"

他出示了自己的证件："我是刑侦队的队长，高凌尘，之前和木小姐联系过的。"

阮言希双手环胸："是她告诉你地址的？"

高凌尘如实道："网站上有地址啊。"

阮言希目光微闪，然后关上了门。

阮言希急匆匆地走到在一楼的书房，打开电脑进入了自己的网站，然后就看到在地址那块赫然写着：天琴路144号！他的密码呢？

阮言希拿出手机拨了个电话，电话接通，手机里传出有些轻浮的声音："你好，美女——"

阮言希冷冷道："现在春天还没到呢。"

声音马上降了几个调："啧，原来是你这个讨厌的家伙啊，干吗大早上的打电话给我？"

阮言希顺口道："为了破坏你一天的心情。"在对方发飙之前，阮言希道："我的网站是怎么回事？下面的地址那栏。"

对方在键盘上敲了几下，进了网站："怎么了？你把你那变态的密码改了？"

"不是我改的，我还以为是你改的。"

"喊。"对方不屑道，"要是我改的，那我就不会只改这么点儿了，等会儿，我这里查到是你那里的电脑改的啊，呀！我怎么没法改了，居然提示说我没有权限！没有权限！喂，阮言希，是谁干的这破事啊？"

"答案显而易见。"阮言希知道了答案，直接挂了电话。

那家伙没有改过，而且是家里的这台电脑昨天改的，很显然就是那根像粽子一样的荷包蛋面瘫呆木头改的。

走回客厅，他看了一眼刚才放在桌子上的备用钥匙，然后把它塞到了沙发垫子下面。

木十拉着行李箱，在脑子里回忆从车站到阮言希家中间路过的所有建筑物，然后顺着脑子里形成的地图，终于顺利地到了那栋小洋房。

拉开铁门，就看到一个高大的人站在门口，一口一口地吸着手里的烟，木十走过去时，他正好吸完了一支烟，然后他用手掐灭了烟放进另一只手上拿着的保鲜袋里，木十看了一眼，里面已经有了三四个烟头。

在看到对方的服装后，木十认出了对方，对方的高度让她只能仰起头："您好，是高先生吗？"

高凌尘也听出了她的声音："对，木小姐吧。"

木十看到高凌尘站在门口就已经知道原因了，所以也没有问，按响了门铃。

等了几分钟，也没有人来开门。

木十蹲下来，从行李箱的口袋里拿出了两根铁丝。

高凌尘作为警察，当然一下子就认出了这个工具的用处，他开口阻止："木小姐，阮先生就在里面。"

"我知道，但他现在不会开门。"木十两只手直接握着铁丝在锁孔里转了转，咔嗒，门开了，她收起铁丝，缓缓道，"原来这么方便啊，哦，对了，其实这是我第一次弄。"

高凌尘抓到过各种猖狂的小偷，但还是第一次碰到在他面前撬锁的。

木十打开门，领着高凌尘走了进去。

走到客厅，就看到阮言希靠在沙发上双手环胸，好整以暇地看着她："真是出乎我意料，你居然撬锁进来了。"

木十没有理会，然后介绍了一下她身后的人："阮先生，这位是刑侦队的高队长。"

对于她的无视，阮言希继续说下去："更让我意外的是，他一个警察就这样看着你撬锁进来了？"

木十接口道："因为高先生在外面待了快一个小时。"

阮言希："所以脑子冻僵了吗？还有你为什么改了我的网站？"

木十推了推眼镜："哦，所以闹别扭的原因是我改了你的网站。改网站就有活了，你看，现在活来了。"

阮言希语速极快地道："所以来了一个只长身高不长脑子，而且浑身带着烟味的警察？"

高凌尘见他们已经越扯越离谱，赶紧开口道明了原因："阮先生，我这次来是想让你当我们这次案子的顾问，是李教授向我推荐你的。"

听到李教授的名字，阮言希立刻没了之前嚣张的模样，态度也正经起来："我接了，高队长，你先在外面等我，我去准备一下。"说完马上从沙发上站了起来。

高凌尘没想到他态度转变得这么快，愣了一下点头道："好的。"

高凌尘走出房子，关上门后，阮言希和木十走到二楼，阮言希突然笑了一声，回头看着依旧裹得像个粽子的木十道："你是故意的吧，你早料到了我不会让他进门，还特地挑你不在的时间让他来这里，让他挨了一个小时的冻。"

被看出来了，木十也没什么好隐瞒的："因为他也在监视我，而我现在不知道他的目的。"是出于保护还是跟踪。

阮言希挑眉："然后就让我帮你背黑锅。"

"其实你刚才说的都是心里的实话吧。"

阮言希满不在乎地道："那又如何，谁叫他挑我心情不好的时候来。"

木十摆出一副了解的表情："哦，我明白了，其实你闹别扭的第二个原因是他长得太高吧。"

第三章 污点（1）

阮言希直接摔上了房门。

十五分钟后，穿戴整齐的阮言希和木十出了门，一坐到高凌尘的车里，阮言希直接向后靠着，闭上眼睛开始休息，木十就自顾自地玩起了手机。

高凌尘从车里的后视镜看了他们一眼后，便专心开车。

半个多小时后，高凌尘把他们带到了案发现场，一个高档小区。

高凌尘停好车，对他们道："到了。"

木十听了直接下了车，而阮言希过了一会儿才睁开眼睛，懒洋洋地下了车。

坐着电梯到了十六楼，高凌尘带着他们走到了1602室，大门紧闭着，他敲了敲门，没一会儿，门开了，开门的是一位年轻的警察，头发微卷，看到高凌尘，立马道："啊，队长，你来了。"

高凌尘点头，身体随即让开了些："蒋齐，我来介绍一下，这位先生是这次案子的顾问。"高凌尘还没介绍完，阮言希已经侧身从门口的空隙中大摇大摆地走了进去，完全无视了蒋齐。

"阮先生。"

"队长，这……"阮言希的举动明显让蒋齐感觉到了不快，他的脸上也马上表现出了这种情绪。

高凌尘看了他一眼，示意他别再计较，又介绍了木十："这位小姐是阮先生的助理，木小姐。"

蒋齐看在队长的面子上撇撇嘴也不再说什么了，见对方是位姑娘，态度也收敛了："木小姐你好。"

木十点了下头："你好。"然后跟着走了进去。

房间里一片混乱，很多东西都被扔在地上，很显然这里被人翻箱倒柜过。

阮言希在这所房子里兜了一圈，木十就跟在他身后，最后他走到了发现死者尸体的书房，书房的地上圈出了尸体的姿势和位置，而尸体早已被送到了法医室里。

蒋齐见他很快速地看了一遍房子，便问："阮先生看出什么了？除了入室盗窃杀人。"摆明了想看看他有什么本事这么高傲。

阮言希这才回头看了他一眼："在你看来这是入室盗窃？那你一定认为盗窃犯在偷东西的时候恰好这家的主人回来了，这名盗劫犯情急之下就杀死了他，然后把家里值钱的东西偷走了。"

"是啊。"不然呢？

"既然你们这么肯定这就是入室盗窃杀人案，那你的队长为什么还要请我来呢？来参观一下这所房子吗？原来你们警察还兼职卖房啊！"

"你！"他瞪大了眼睛，表情愤怒，感觉像是下一秒就会冲过去一样。

高凌尘走到蒋齐前面，把他的视线隔开："阮先生，因为我觉得这不是简单的入室盗窃案，死者被害的这段时间的监控被人篡改了。"

阮言希点头，似乎早有预感："在我看来，这一点儿都不像入室盗窃。"

蒋齐马上问："从哪里看出来的？"

阮言希在书房里走了几步："既然是入室盗窃，那他的目标就是所有值钱的东西，房间里所有的橱柜都被翻动过，但他的目标却不是钱。"

"不是钱？可这里的所有现金还有电脑手机都被拿走了啊。"

"那这是什么？"阮言希指着桌子上，"名牌手表，对了，卧室里还有一条金链子。"

蒋齐觉得合情合理："可能是太匆忙了，所以忘记拿了。"

"匆忙？他黑了监控，说明是做好准备来的，还有你们在这里找到任何关于盗窃犯的线索了吗？没有吧，所以他并不匆忙，拿走部分值钱的东西只是为了掩盖他来这里的真正目的，找一样他要的东西并且把死者杀了。"

阮言希说完低头看地板，视线从门口又回到了尸体的位置，接着他突然趴在了地上，就靠着那圈白线的旁边，将身体摆成了与尸体相同的姿势。

"你这是干什么？"

"很显然，扮尸体。"阮言希闷闷的声音从地板上传来。

蒋齐觉得莫名其妙，心想真是个怪人。

高凌尘对阮言希的举动什么都没说："从客厅到书房地上的血迹表明，他是受伤后自己爬过来的。"

阮言希道："没错，问题来了，他受了重伤，为什么还要费这么多力气爬到这里来呢？"

蒋齐道："因为他想到这里来打电话求救。"

阮言希直接否定了他的说法："电话在桌子上，他根本没有力气站起来了，你不觉得他直接爬到门口向外呼救更快些吗？他一定要来书房的原因只有一个，那名凶手想要的东西就在书房里，而他想要知道东西是否被拿走了。"

"所以,让我们来看看东西是不是被拿走了。"说是我们,但是阮言希依旧趴在地上,没有想起来的意思。

高凌尘和蒋齐在书房里寻找起来,而木十就蹲在阮言希的旁边。

阮言希将头转向木十这边:"有奖问答,你觉得东西会放在哪里?"

木十几乎马上就回答:"书架上。"

"哦?为什么?"

木十推了推眼镜,不紧不慢地说明了理由:"书房里唯一看上去没有被翻动过的就是书架,不是盗窃犯没有翻过,就是他故意弄成没有翻过的样子,又或者这样东西被摆在书架上很明显的位置。"说完这些,木十问:"奖品是什么?"

"家里的钥匙。"

木十心想,能换个奖品吗?

而阮言希说完后,又把头转向了书架的位置,对高凌尘道:"这名教授不久前在这间书房里接受过采访,206期的《学术周刊》,里面有在这间书房里拍过的照片,你们对比一下也许就可以知道这里少了什么东西。"

高凌尘听完后马上道:"蒋齐,打电话给马明杰让他去找。"然后低下头对阮言希道:"阮先生,我带你们去法医室。"

阮言希这才从地上爬起来,高凌尘已经往门外走了,而阮言希跟在后面,走到蒋齐旁边时阮言希突然开口道:"你现在是不是特别讨厌我?"

蒋齐没有想到他会在临走时和自己说话,还会问这样的问题,愣了一下,而后有些生硬地道:"没有。"

"讨厌我也很正常,因为从一开始我就在用话激怒你,不过给你个小提醒,如果希望如你女朋友所愿尽快升职的话,别过多表露自己的情绪,特别是在不应该的时候,很容易得罪别人的。"

阮言希走出房间,蒋齐还愣在原地想着他说的话。

木十回头看了一眼他的表情,而后对阮言希道:"你还挺喜欢他的。"

阮言希的两手都插在口袋里,神色平静:"因为这样的人最容易看穿,不用浪费我的脑子,而我最不喜欢的就是研究人,相比之下我更愿意研究密码和谜题,但是没有办法,这个世界上最复杂的就是人心。"

车开到了警局,阮言希依旧是一副懒洋洋的状态,下车后,他和木十跟在高凌尘的身后坐上了电梯。高凌尘侧身对木十道："木小姐如果不想进法医室的话，我可以带你去旁边的休息室。"

木十摇头："没有关系，我以前也解剖过尸体。"

高凌尘和阮言希同时看向她，阮言希问："第一次是在什么时候？"

木十神色淡然地道："第一次解剖的是我家里的一条狗，在我十六岁的时候。"

"为什么要解剖你们家的狗？"高凌尘觉得很奇怪，十六岁的学生解剖一条自己养的狗，他脑子里想象着这幅画面，实在太诡异，而且更奇怪的是她说话的语调太过平静。

"它死了，解剖它是为了要知道它是病死的，还是被人下毒害死的。"

高凌尘顺口道："结果呢？"

木十推了推眼镜："它是被下了毒，然后我找到了下毒的人，就是我的邻居，我报了警，结果警察在他家里发现了毒药，最后他坦白了，买这些毒药是为了毒死他的老婆，所以事先拿我家的狗做试验。"

电梯"叮"的一声，到了。

一个女孩大胆的解剖举动居然制止了一桩预谋杀人案，实在让人意想不到。

"木小姐胆子可真大。"电梯门打开，高凌尘率先走了出去。

木十耸耸肩，不觉得怎么样，因为如果你每年的生日都能收到一具动物尸体，你也不会怕了。

解剖的话题到此为止，高凌尘带着他们来到了法医室，一进法医室，阮言希就捏住了鼻子，拧着眉头，表现出非常不喜欢里面味道的样子。

邢静先看到了高凌尘，停下手上的工作："头儿来啦。"说着摘下手上的手套，洗了洗手。高凌尘向她介绍："邢静，给你介绍一下，这位是我们这次案子的顾问，阮先生，这位是他的助理，木小姐。"

邢静对他们点点头，算是打了招呼，然后看到了阮言希的动作和表情："怎么？不习惯尸体的味道？啧，还是个男人呢。"后面那句话虽然说得很轻，但是阮言希还是听到了。

"我不是不习惯尸体的味道，是尸体的味道加上快餐的味道再加上你身上香水的味道实在不好闻，我建议你下次选香水的时候应该考虑到和尸体的味道合不合。"阮言希捏着鼻子说话，声音听上去特别滑稽。

邢静的脸突然皱了起来，困扰地抓了抓头发："为什么这句话听着这么熟悉？"阮言希微微挑了下嘴角："你男朋友说过？"

这么一提，刑静一下子就想到了："怪不得这么熟悉，你简直就像我前男友一样，说话极其欠扁。"

"我很庆幸只是像。"

看他们越扯越远，高凌尘开口道："邢静，说一下尸检结果吧。"

邢静耸耸肩，马上收敛了："头儿，伤口在腹部，由锐器所致，刺入腹腔导致小肠膜损伤、肝损伤，导致全身有效血容量不足，大失血死亡。死亡时间在昨天晚上9点—10点。死者死亡前两个小时内喝过酒，另外在衣服上和指甲上还发现了烟灰。"

阮言希道："但是肺部显示他不是长期吸烟者。"

"是啊，你怎么知道的？"

阮言希有些随意地回答："烟灰缸，他是近期才开始抽烟喝酒的，原因嘛，因为过度焦虑。"

邢静也没完全明白他的解释，但她也不想细究："哦，对了，死者身上最奇怪的一个地方就是，他的脚后跟上有一个文身，而且被人用刀给刮花了。"邢静戴上干净的手套，把死者的右脚脚后跟给他们看，血迹清洗干净后露出皮肤上的一个个错乱的刀痕，有些覆盖住了原本的文身。

因为人太高，所以高凌尘索性蹲了下来看着死者的脚后跟，而后道："我让技术部的同事看看能不能还原，看清楚文身的图案，凶手刻意把它毁掉说明这个文身肯定有某种意义。"如果能研究出这个文身，或许就是破案的一个重大线索。

阮言希却没怎么把注意力放在那个文身上，看了一眼就不再看了，而是抬头问邢静："他死的时候身上的东西呢？"

邢静指了指旁边的桌子："全在那里放着了。"

阮言希往那里看了一眼，而后又看向死者的手指，道："他有个年轻的情妇，你们最好找到她聊一聊。"

蹲着的高凌尘抬头看他："阮先生怎么看出来的？"

阮言希微微低头看着他，这样的高度让他觉得非常舒服："戒指，他死的时候戴的戒指是新买的，他的手指上有戴戒指留下的痕迹，很深，却和这枚新戒指不符，所以旧的戒指是结婚戒指，而新的则是和情妇买的戒指。找到这个戒指牌子的专卖店，调一下监控，你们就可以找到那个女的了。"

之后高凌尘派人送阮言希和木十回家，小警员开车把他们送到家，下车后，木十发现铁门的前面停着一辆车，完全挡住了门口。

阮言希走到车前面，直接对着车子前面踢了一脚。

木十走过去，发现驾驶座上坐着一个男人，然后这个男人面色铁青地下了车："呀，阮言希，你知道我等了多久吗？一个小时，整整一个小时！"

阮言希从车子和门之间的缝隙挤了进去，推开了铁门，径自往里走："我出去了，你不打电话怪谁。"

男人跟在他身后手舞足蹈地说："我打你手机你关机了。"

"嗯，就是怕你打电话才关的机。"阮言希手指转着钥匙，语气有些欠扁。

男人撇撇嘴，头一偏，这才看到了存在感极低的木十："这个粽子是谁？"

阮言希打开门："我的新助理。"

男人后知后觉地问："那元情呢？"

"生孩子去了。"

男人表情有些夸张："真是恭喜她了，终于离开你这个怪胎，但是可惜不能经常见到她了。"

"嗯，她不在，所以秦磊你可以走了。"秦磊刚想换拖鞋，阮言希就把拖鞋踢到一边，像是要把他拒之门外。

秦磊抢回拖鞋，一下子穿了进去："我说你是不是有回避型人格障碍啊，怎么总是躲着人呢？"

一直没有说话的木十突然道："其实他不可能是回避型人格障碍，回避型人格往往心理自卑，而他自大，回避型人格没有朋友，不愿意和别人接触是因为害怕、羞涩，而他是因为不屑，回避型人格很容易因为别人的批评而受到伤害，而他不会，他会反驳别人直到别人退缩。"

秦磊张着嘴愣在原地，好一会儿才发出了声音："……我想我终于知道她会成为你助理的原因了。"

阮言希拿下围巾，脱下外套，随手把备用钥匙从沙发垫子里拿出来扔给了木十，同时对秦磊道："对了，今天在警局看到你前女友了。"

他别开脸，小声嘀咕："那又如何？"

"看来你对她还有留恋。"

这句话直接让年轻男人炸毛了，他跳起来威胁道："阮言希，我警告你，别再和我提她啊，不然我直接黑了你电脑。"

木十擦完眼镜重新戴上后，面无表情道："你可以试试。"

阮言希挽起袖子，走到厨房："我网站上的地址就是她改的。"

男人看着依旧裹得像粽子的木十，说："现在我知道第二个原因了。"

吃完了晚饭，秦磊终于满足地走了。

阮言希舒服地窝在沙发上指挥木十给他拿书。

木十把书放在桌子上，而后坐在旁边看着他。

被盯了好一会儿，阮言希放下书："干什么？有什么想问的？"

"为什么在车上你知道那时候到超市了？"他一路上都是闭着眼睛，怎么会知道已经到了超市？难道是算好时间的？

阮言希嘴角抽了下："不要告诉我你从回家到现在都在想这个。"

木十用真挚的眼神看着他。

"因为超市门口的那家店叫卖声特别响。"

"哦。"原来是这样。

阮言希把书放到茶几上，索性坐了起来："人有时候想事情往往习惯于往复杂的方向去想，其实真相有时候却特别简单，就像今天的这个案子，拿走钱是为了掩盖，取走那个东西是为了掩盖，杀人是为了掩盖，划掉文身是为了掩盖，你觉得掩盖的是什么？"

"拿走钱是为了掩盖自己的真正目的，取走那个东西是为了掩盖对自己不利的东西，杀人是为了灭口，划掉文身或许是为了掩盖这个文身的特殊性。"

"找到矛盾点了吗？"阮言希身体前倾，两眼直视着她。

木十在脑子里理了一遍，而后微张了嘴。

阮言希点头，知道她已经想到了。

第四章 污点（2）

第二天一早，阮言希抱着新到的抱枕下了床，打开门出了房间，整个身体几乎是靠在楼梯的扶手上，晃晃悠悠地到了一楼。

好不容易走到了餐桌那里，他一坐下来就直接趴在了桌子上，一脸的阴郁。

趴了一会儿，他有气无力地开口："早饭吃什么？"

"刺啦。"回答他的是鸡蛋入油锅的声音。

"荷包蛋加面包。"一个沉稳的男声出现在他的斜上方。

阮言希眼睛没睁开，嘴一张一合，语速很快地往外吐字："是我大早上耳朵出现幻听了吗？我怎么听到了男人的声音，木十你变声了吗？"

男人的声音再度响起："阮先生，是我，高凌尘。"

阮言希打了个哈欠，声音闷闷的："高队长大早上来我家干吗？蹭早饭？木十，恭喜你，看来你的荷包蛋还是有市场的。"当然，语气完全没有恭维的感觉。

"呃，我是为了这次的案子来的，还有木小姐说家里没有牛奶了，所以我顺路买了牛奶来。"

那边，木十煎好荷包蛋，放到盘子里端了出来，高凌尘看到后马上站起来接过盘子放在餐桌上，木十转身又去倒了三杯牛奶出来。

阮言希终于把脑袋抬了起来，头发依旧是乱糟糟的，睁开眼看到桌子上放在一起的三杯牛奶，偏头斜睨她："你倒三杯出来干吗？难道还要喂抱枕吗？"

高凌尘尴尬道："这杯是我喝的。"

阮言希抬头看他："所以你还是来蹭早饭的？"

高凌尘沉默了一秒："……是的。"

阮言希吃完了早饭，抱着抱枕靠在椅背上，主动提到了案子："案子现在进度怎么样了？"

第四章　污点（2）

讲到案子，高凌尘一下子坐直了，表情也严肃起来："通过那枚戒指我们找到了那家店，调出监控后就找到了和死者一起买戒指的女性，她叫沈玉琳，二十六岁，是死者研究院的学生。她也承认了自己和死者之间的关系，但是她有充分的不在场证明，前天晚上八点她进了一家夜店，直到凌晨才出来，店内的监控也证实了她的说法，而且有同行的人为她证明。"

阮言希笃定道："是男的吧。"

高凌尘没有否认，和沈玉琳在一起的正是她的男友，这个姑娘的私生活可以说非常混乱，有男朋友，还和自己的教授有着不正当的关系，可她似乎一点儿不觉得有什么不妥，问话时没有丝毫的羞愧感。

"还有死者脚后跟的文身，我让技术科的人做了恢复，文身是这个。"高凌尘把照片放在桌子上，"两个英文字母，S．M．。"

"噗。"木十一口奶险些喷了出来，好不容易把牛奶咽了下去，被呛得直咳嗽。

"怎么了？"高凌尘不解地看她。

阮言希看了她一眼："你放心好了，这个教授还没有这个方面的癖好。"

木十抬头看天花板。

高凌尘还是没明白他们在说什么，只是依据这个文身继续说出了自己的推断："我觉得可能是一个人名字的缩写。"

阮言希也认可："看来我们这位教授另有真爱啊。"

"对了，按照阮先生说的，我们比对了之前采访的照片，书架上的确是少了一样东西，是这个天鹅，本来是放在这个位置的，但是现在却没有了。"

木十凑过去看了一眼："这里面有摄像头，我看到镜头的反光了。"

阮言希的手指很有节奏地敲击着桌面，停止后他道："他的电脑被拿走了吧。"

高凌尘说："你的意思是这个摄像头是为了拍摄电脑的画面？"

"因为那只天鹅对着的位置正好是电脑。"

"那装这个摄像头的人是为了窃取死者的研究成果，还是偷窥他的隐私？"

"吸烟加喝酒，这些都显示死者最近相当焦虑。"阮言希用手撑着头，慢慢引导他，"你觉得如果他焦虑的原因是和这个摄像头拍到的东西有关呢？"

焦虑加上摄像头，高凌尘想到了最大的可能性："死者最近可能被人威胁过，威胁他的人极有可能就是安装摄像头的人，也就是凶手。"

阮言希却缓缓摇头："不一定是一个人。"

"什么意思？"难不成有两个人吗？

阮言希说："在死者尸体被发现之前，有两个人进入过这个房间，一个在死者死亡之前，他是凶手，还有一个在死者死亡之后，他是那个划掉文身的人。"

高凌尘拧着眉头，在努力思考阮言希的话。

"矛盾点，目前掌握的所有线索中有非常明显的矛盾，木十，你来说。"似乎是不愿意在解释问题上浪费口舌了。

被突然点名，木十愣了一秒，随后推了推眼镜，语速平缓地道："现场第一眼看上去是一桩盗窃杀人案，因为凶手制造了这种假象，所以现场所有的布置都是围绕这个假象而呈现给我们的，但是有一个地方却与凶手想要达到的目的完全相反，就是文身，一个盗窃犯为什么会划掉死者脚上的文身，这完全不合理。所以前后有两个人进入过死者的房子，一个杀人，一个划掉文身。"

阮言希站了起来，拿着抱枕往沙发那里走去："第二个人的问题你不用想了，找到死者在研究院学生中名字缩写是S．M．的那个女生，第二个人就是她的男朋友或者倾慕者，当然我更倾向于是倾慕者。"

高凌尘离开后，阮言希抱着抱枕躺在沙发上，用毯子完全包裹住自己的身体，闭上眼睛补眠。

木十收拾好厨房走了过去，就看到了和第一次来这里时模样几乎一样的阮言希，面色平静，没有一丝声响，睡着的时候和刚才完全就像是两个极端，虽然一个像是安静的孩子，一个像是闹别扭的孩子。

木十在原地站了一会儿，转身走到二楼选了一本书，又走下来坐到阮言希旁边的沙发上，窝在那里翻开书开始看。

十五分钟后，木十已经看完了一半，她放下书去拿桌上的水杯，却发现原本躺在沙发上的阮言希此时已经坐了起来，抱着抱枕面色阴沉地盯着她，眼睛几乎眨也不眨。

木十不知道他什么时候醒的，见他这样盯着自己，便问："怎么了？你要喝水？"

阮言希无语地道："从你翻到第十页的时候我就在看着你了，没想到你的反应居然如此迟钝。"

木十听出他话中的抱怨："吵到你了？"

第四章 污点（2）

"何止是吵到我了，平均5秒翻一页，而且我最讨厌的就是我睡觉的时候有人在旁边翻书，不是要问我问题就是在那里独自傻笑的。"

阮言希的话在木十脑子里转了一圈，说出了答案："童年阴影？"

很显然木十答对了："小时候我母亲缠着要给我讲故事，可是五分钟后就是她一个人边讲边笑，最后变成边看边笑了。而我父亲，每次都在我快要睡着的时候开始问我问题，天知道我有多想睡觉。"

木十听后表示理解，他那时候的状态就是明明已经困到不行，但是听到问题后脑子里还在一刻不停地运转，所以他根本就没法睡觉。

一个严苛的父亲加上一个欢乐的母亲，这就是阮言希的成长环境。

而木十说："小时候园长每次讲完故事后都会提问，每次都是我先举手答对的，然后就会得到糖果，所以我每天都很期待提问的环节。"

"就为了几粒糖？"

"嗯，那是我五岁之前唯一能得到的礼物。"木十用平静的语气说出了这句话。

阮言希回味了一下这句话的意思，而后身体坐直了些，双腿盘坐着，往木十那里挪了挪："有奖问答，你看的这本书，凶手有几重人格？"

木十几乎没有想："四。"

阮言希继续问："杀人时是第几重人格？"

木十没有考虑多久，明显在看书的时候就已经得到了答案："第二重人格，有严重幻想，表现出一种病态的心理，所有的袭击都是突然的、没有预谋的，现场凌乱无序，但是从第二个杀人现场来看，现场经过处理，处理现场的是第三重人格，为的是保护主人格，而第四重人格是作为目击者报警的。"

"嗯，要什么奖……"阮言希话还没说完，门铃在这个时候响了。

他注意到木十握着书的手紧了紧，他看了一眼她的脸色，有些疑惑，而后漫不经心地道："不会又是那个警察吧。"

"我去开门。"木十手里还拿着那本书，就直接站起来往门口走。

门外是一个送快递的小伙子，木十心里一紧，而快递员看到木十就开口道："是阮言希先生的家吗？他的快递。"

"嗯，是的。"木十松了口气，签收后接过了包裹，关上门后走回沙发前，递给阮言希："你的包裹。"

阮言希接过一看，寄件人是元情。

拆开后，里面是两条围巾，一条是格子的，一条是红色的，另外还有一张卡片。

"亲爱的言希：天天窝在家里真无聊，有没有想我呀，我织了两条围巾，格子的是给你的，红色的是给木十的，怎么样，第一次织还不错吧，我不在也要好好保暖哦！"

阮言希放下卡片，把格子的围巾展开来看，因为是第一次织，所以有些地方不太平整，他有些嫌弃地看了一会儿，还是把它围在了脖子上，之后把红色的那条给木十："元情给你织的。"

木十接过围巾，挂在脖子上，绕了一圈，围巾贴在她的皮肤上，软软的，暖暖的，非常舒服。

吃完中饭，阮言希在网上订的书到了，有几十本，各种领域的书。阮言希叫木十帮他一起整理书架。

阮言希踩在小梯子上，木十在下面给他递书。

阮言希接过几本书依次放好，放下手准备再接，等了一会儿也不见动静，阮言希低头一看，木十站在原地盯着手上的书一动也不动，整个人像是呆住了一样："木十，粽子，荷包蛋，木头，呆子。"还是没有反应，阮言希只得喊道："有人按门铃了。"

木十听了像是一下子惊醒一样，马上回头往门的方向看。

"你怎么回事？"阮言希觉得她从今天早上开始就有些奇怪，而且现在越来越反常了。

像是才听到阮言希在叫自己，木十抬头看他，而后又马上低下头，淡淡道："没事，刚才走神了。"

显然不是走神那么简单，但阮言希不愿意去分析自己身边的人，木十不说，他也就当作不知道，但心里仍旧存着疑惑，他时不时看看她。

接下来的时间，两个人一言不发地理书，之后木十坐在客厅的沙发上继续看书，而阮言希坐在二楼的书架旁边快速地扫着新到的书。

扫完一本书后，阮言希合上书，探出头往下看，木十手里的书还是那一页，她只是坐在那里拿着书发呆。

阮言希趴在栏杆上看了一会儿，把书放回书架上，起身走了下去，刚走下

第四章 污点（2）

最后一级台阶，门铃又一次响了。

"怎么今天这门铃老是响呢？"阮言希看了一眼明显有了反应的木十，快步往门口走去。

门外的又是快递员，看到阮言希道："这是木小姐的花和包裹，麻烦签收一下。"

阮言希一只手接过花，一只手接过了那个纸箱子，签收后，快递员就离开了。

红色的玫瑰花娇艳无比，阮言希很快地数了一下，99朵，而花朵之中插着一张卡片，上面写着：

送给我此生的最爱，生日快乐。

今天是她的生日？阮言希视线从花移到木十的脸上，红色的围巾衬得她的脸看上去特别白，而收到包裹后，她的表情已经恢复到了之前正常的状态，忐忑不安已经变为了平静。

阮言希似乎明白了什么："你每年的生日都会收到这些？"

"嗯，从五岁之后。"明年就是第二十年了。

他观察着她的脸色道："知道是谁寄的吗？"

"知道，我去把它处理掉。"木十说完就抱着箱子往外走。

半个小时后，木十回来，走进房子看到阮言希坐在沙发上，到处找不到那束玫瑰花了："阮先生，花呢？"

"花？我扔了啊。"阮言希一副理所当然的样子。

她还想放在这里做装饰呢。

注意到木十郁闷的表情后，他撇撇嘴，起身回了房间。

一个小时后，门铃再度响起，阮言希躺在沙发上对着正在书房里捣鼓电脑的木十喊："木十，去开门。"

木十收回了专注的眼神，快速敲击了几下键盘，而后戴上放在桌子上的眼镜，出了房间走到门口，一开门，就看到一大捧的玫瑰花悬浮在空中。

快递员的脸完全被玫瑰花给挡住了，他的声音从玫瑰花后传出："是木小姐的家吗？麻烦接一下花。"

木十接过花，换成她的脸被挡住了，把花放在地上，木十又看到快递员从包里拿出一个透明袋子，里面装着满满的糖果，五彩缤纷的，十分漂亮。

木十有些发愣地接过，而后转头看向里面的阮言希。

被盯着有些别扭，阮言希别开脸，随意道："不用太感动，就是有奖问答的奖励。"

木十捧着花抱着糖果走到沙发旁，把玫瑰花放在茶几上，而后坐在沙发上拆开了袋子："吃糖吗？"

"嗯。"

里面是各种水果口味的糖，木十拿出一颗草莓味的。

阮言希看到后立马道："不要草莓味的。"反应十分剧烈。

木十觉得惋惜："我也不喜欢草莓味的。"

他嘴角抽了抽，而后道："女孩子不都喜欢草莓味的吗？"对此阮言希觉得非常奇怪。

木十正色道："阮先生，这两者之间没有逻辑关系。"

阮言希伸出手："我要哈密瓜味的。"

木十把哈密瓜味的递给他，又拿出一块草莓味的，拆开包装放到嘴里，草莓的味道很快就充满整个口腔。

木十含着糖心想，哎，果然还是不好吃。

第五章　污点（3）

晚上，高凌尘再次来到阮言希的家，木十给他开门时嘴里还含着糖，有些口齿不清地和他打招呼："高队长。"

高凌尘微微露出一丝笑容："木小姐好。"往里走到客厅后，他对正坐在沙发上的阮言希道："阮先生，又发生了一桩命案。"

阮言希放下书抬眼看他，让他继续说下去。

高凌尘声音低沉，语气严肃："加上上一次的案子，我们怀疑是连环杀人案。"

这句话显然说动了阮言希，他合上书放在茶几上坐了起来："木十，帮我拿下外套。"换而言之就是他要去现场。

到案发现场已经过了晚上 11 点，站在居民楼的楼下抬头往上看，只有几户人家还亮着灯，而这次的现场显然就在其中的一户家里，在这个大多数人进入梦乡的时刻，却有一个人永远地睡着了。

电梯缓缓向上，最终停在了十二楼。

1201 的房门敞开着，门口拉着警戒线，高凌尘走在最前面，把警戒线拉高，侧身让阮言希和木十先进去。

"谢谢。"木十有礼貌地回道，顺带上了阮言希的那一份。

鉴证科的人已经完成了现场的采集工作，收拾好东西把现场让给刑侦队。

"队长。"蒋齐看到高凌尘后起身往他这边走，在看到阮言希后，撇了撇嘴，显然不是很乐意看到他。

阮言希当然不会介意这种事，更何况进门后他就没看其他人，像上次那样直接在房子里开始转悠，一会儿走一会儿停，观察着每个房间里的东西，获取他想要知道的内容，而木十就跟在他后面，也在观察着。

走到卧室里，阮言希晃了一圈，转身看着木十："木十，告诉我，看出什么来了？"

木十发现阮言希非常喜欢这样考她，这次她没立刻回答他，而是反问："之前元情姐在的时候你每次也都问她吗？"

"她负责帮我和委托方打交道。"阮言希双手抱在胸前上下扫了她一眼，"我看得出你不擅长这种事，所以闲着也是闲着，不如动动脑子，不然会犯困的。"他抬起手指了指脑袋。

"好吧。"木十也无所谓地耸耸肩，在脑子里整理了一下自己观察到的一些细节，几秒后开了口，"死者是这家的房主，单身独住，父母有一方是大学教授，衣橱里的衣服都按照色系区分，他有轻微的洁癖和强迫症。客厅里有酒、饮料，厨房里还有没有清洗的杯子和盘子，今天晚上死者家里办了个派对，没有看到蛋糕和礼物，不是生日，可能不久前他刚升了职，这是为了庆祝升职而办的，来的人应该是同事，有男有女，但男的居多。死者应该是在同事离开后一个小时之内被害的，被害前他正在厨房收拾东西。门没有被撬的痕迹，房间里没有打斗挣扎的痕迹，死者是背后被人攻击，所以凶手是熟人的概率很大，而且可能就是他的同事。"语气平缓流畅，带着一丝自信。

木十最后一句话说完，两个人正好又回到了客厅，高凌尘见他们回来，对阮言希道："死者叫刘爵，和之前的那名死者是同一家研究所的，死者死亡的那段时间监控也被黑了，所以我判断两个案子极可能是同一名凶手所为，不过现在还不能确定凶手是不是像之前那样在死者家里安装了摄像头。"

阮言希转身看了一眼厨房，像是没有听到高凌尘说的一般，而是对木十道："木十，你刚才说的都是对的，却漏了一点，非常重要的一点。"

木十抬头看他，等着他说下去。

阮言希指着厨房里的水台，道："当时在厨房里的不只有死者一个人，还有另外一个人。"

"凶手？"蒋齐立马想到。

阮言希轻笑，挑着眉回头看他："你觉得凶手在杀他之前，还帮着一起洗碗吗？"

蒋齐不服："也有可能他是在等待时机啊，洗碗的时候，可能死者去接电话，然后凶手就趁机从他背后袭击他，这也是合理的一种情况。"

阮言希摇了摇手指，有些惋惜地道："恰恰相反，你的说法一点儿都不合理，死者被害的这段时间监控被凶手黑了，可之前的并没有吧，所以你们可以看到都有哪些人来了这里，又有哪些人离开，那剩下的那个没有离开的人不就能知道是谁了？况且不看监控，只要问问那些同事也能知道，如果他就是凶手的话，那黑了监控还有什么意义呢？凶手这么做的目的无非就是想让你们这么误解，那个晚走的人恰好还失踪了，你们就会更加肯定就是那个人杀了死者，反而放过了真正的凶手。"

"所以凶手不光杀了死者还绑走了一个人？"

阮言希道："很不幸，是的。"

"蒋齐，让王峰赶紧找到那个人是谁。"两个死者还有一人生死未卜，高凌尘的眉头皱得更紧了。

阮言希分析完这才把注意力放到死者的尸体上："他的脚后跟受伤了。"

"是的，这里之前插着一支飞镖。"高凌尘把透明的物证袋举高给他看，里面装着的正是一支带血的飞镖，而在客厅的一处墙壁上还挂着飞镖盘，上面插着五个飞镖，显然这个刺伤死者的飞镖就是从上面拿下来的。

阮言希摸了摸下巴，嘴角弯起了些弧度："有点儿意思。"

"有意思？"蒋齐第一次听到有人居然会在凶案现场说有意思的，简直太荒唐了。

阮言希抬眼看他："看不出来吗？这支飞镖是在死者死后被插上去的，是有特定含义的。"

在一旁的木十道："阿喀琉斯之踵。"

高凌尘知道这个神话，但是蒋齐还是一脸的茫然，显然听也没听过。

阮言希看着蒋齐叹了口气，语气中有些说教的感觉："所以说要多读点儿书。"

被鄙视的蒋齐虽然不满阮言希的语气，但毕竟还是有求知欲的，便小声问高凌尘："队长，那个阿什么斯之踵是什么意思啊？"

高凌尘耐心解释给自己的队员听："阿喀琉斯因为他的母亲在他小时候提着他的双脚将他浸泡在冥河之中，所以他除了脚踝，其他地方刀枪不入，但就是他的母亲抓住他的脚踝，所以全身留下了唯一一处死穴。后来，在战争中阿喀琉斯被一箭射中了脚踝而死去。"

蒋齐抓了抓头发："哦，原来是这个意思啊。"

高凌尘继续道："刘爵最近刚升为教授，算是他们所里最年轻的教授了，

而且他各方面都很优秀。"

"所以在某种程度上他算是强者了,凶手在杀死他之后把飞镖插在他的脚后跟,这种行为无疑是在讽刺他,就像是在说,'你再强又怎么样,还不是被我这样的人给轻易地杀死了'。就是这样。"阮言希打了个哈欠,现在已经快要12点了,难得这么晚还没睡,阮言希有些犯困,说完话就把脑袋直接搁在木十肩膀上靠着,闭上眼睛休息。

蒋齐接完电话,对高凌尘道:"队长,已经确认了那个人的名字,是名女性,叫王佳冰,正是死者的同事,今天来死者家里的一共有七人,摄像头拍到一共有六人离开了,除去女性,一共有五人。"

阮言希听完就睁开了眼睛,脑袋也从木十的肩膀上离开:"为什么把女性排除在外?"

蒋齐道:"接连杀死了两个这么高大的男性而且绑走了一个女性,女性的话根本不可能办到的。"

阮言希沉着声,表情严肃地道:"虽然凶手是女性的可能性不大,但也是存在一定可能性的,因为男性相比于同性,对于女性的警惕性会比较低,而且不要想当然地排除任何一种可能性,因为极有可能你就这样轻易地把凶手排除在外了。"

或许是第一次听到阮言希这么严肃地说话,蒋齐就这样听着半天没有发出一声。

阮言希继续道:"我的建议是在你们没有确认凶手是谁之前,现在先不要轻举妄动,明天一早我跟你们去研究所。"他停顿了一下:"去抓凶手。"

高凌尘皱了下眉头,有些疑惑:"你的意思是凶手明天还会照常去上班?"

"当然。"阮言希肯定地道。

从案发现场回到小洋房的门口,已经快要凌晨一点了,下了车,阮言希索性跟在木十后面,半闭着眼睛往家里走,木十掏出钥匙打开门,开了灯往里面走,没去楼梯那里,直接去了厨房。

阮言希跟在后面,心想方向不对的时候已经走到了厨房,打了个哈欠他睁开眼,就看到木十拿出一个锅在往里面倒水。

"你干吗?"他想起木十会做的那几样,不是蛋,显然就是面条了,他问,

第五章 污点（3）

"你要下面条？"

"肚子饿了。"木十开了火烧水，随口问他，"阮先生，你要吃吗？"

睡觉和填饱肚子之间，对他来说当然是睡觉更加重要，阮言希想也没想直接摇摇头，转身走了出去，可刚走到外面，他突然停住，他挑了下眉回头往厨房里看去。

木十站在一边，看着锅里的水，等着它沸腾。

看到这个场景，他脑子里想起每年生日的时候，尽管自己非常不喜欢吃面食，他的妈妈还是会煮一碗面条给他吃，每年都是这样。时间虽然早已过了12点，但是昨天木十并没有吃面条，如今看着她自己煮面条然后自己吃，显得有些……可怜。

阮言希撇撇嘴，心想，自己绝不是同情心泛滥，而是肚子很饿而已。

"给我也下一碗。"幽幽的声音传入厨房。

木十把一把面倒入锅中，回头看着阮言希斜靠在厨房门口："哦。"她回头又抓了一把面放进去。

过了不久，面煮熟后，木十把面捞出来，放到两个碗里，然后端了出去。

阮言希已经趴在桌子上，闭着眼睛，呼吸平稳，就像是睡着了一样。木十把面放在桌上，坐在他对面，拿起筷子夹起面条吹了吹放进嘴里嚼了几下，面条煮的时间有些久了，软软的有些烂了，味道并不好吃，但木十还是一口一口地往嘴里放。

大概是闻到了面条的些许味道，阮言希睁开眼，就看到一碗面放在自己的面前，而木十已经开始吃了，他懒懒地坐起来，看着这碗太过朴实和寒碜的面，突然有些后悔，这是什么东西！夹了一口放进嘴里，果然和看上去的一样，没什么味道而且有些烂了："你不是会煮面条吗？怎么煮成这样？"

木十吞了一口面，道："晚上吃烂点儿容易消化。"

阮言希像是明白了什么，低着头捣着面，漫不经心地道："你哥哥就是这么给你煮面的吧。"

因为他怕面煮不熟，木十还没说出口，阮言希轻笑了下，语气显得轻松了不少，带着他特有的自信："我就知道你哥不可能比我烧的菜好吃。"

原来这句话他一直记着。

第二天，凌晨两点睡的结果就是早上高凌尘来接他们的时候，阮言希还蒙头大睡着。

木十因为之前也经常熬夜，所以对她来说并不影响什么，让高凌尘在车里等着，她走到二楼进了阮言希的房间叫他起床。

听到开门的声音，阮言希嘴里不满地嘀咕了一声，翻了个身继续睡。

木十先走到窗前把厚重窗帘拉开，早晨的阳光一下子照亮了整个房间，再回头，阮言希已经把整个头蒙进了被子里，连头发都没露出来。

木十走到床边，毫不留情地把整个被子掀了起来，然后，她愣了一下。

阮言希呈弓字形躺在床上，手里抱着抱枕，除了一条平角裤外，什么都没穿。

木十愣了两秒，接着把抱枕也抽了出来，没了睡觉必备品，这下子阮言希彻底醒了，倏地睁开眼睛直接坐了起来，瞪着眼前那个打扰他睡觉的罪魁祸首。

这一动，阮言希的身体完全暴露在木十眼前，木十从颈部开始往下扫，扫到腿部又往上扫，让人意外的是，阮言希虽然有些瘦，但是肌肉线条非常漂亮，在木十看来，简直像个完美的艺术品。

视线向上时收到了阮言希愤怒的眼神。

"你居然掀我被子！"

木十以为阮言希是不满她偷看了他，刚想开口称赞一下他的身材，就听到阮言希愤慨地道："这么冷的天，我会感冒的知不知道！"

木十觉得他的脑回路绝对有问题。

直到坐到高凌尘的车上，木十还能感觉到从阮言希身上散发出来的强烈的起床气，木十把长长的围巾在脖子上裹了三圈才觉得舒服些。

没过一会儿阮言希又睡着了，木十偏头看去，淡淡的黑眼圈出现在他眼睛的下方，看起来的确很累。

高凌尘从车里的后视镜看了他们一眼，开口道："木小姐，你们昨天很晚才睡的吧？"声音刻意压低了，显然不想吵醒睡觉的阮言希。

木十抬眼回答他："嗯，不过我习惯了。"

高凌尘沉默了两秒，似乎在斟酌下一句话怎么开口，想好了之后，他边注意着木十的表情，边道："木小姐是不是秦天阳的妹妹？之前就觉得面熟，我们之前应该见过一次的。"

高凌尘会问这个问题她并不觉得意外，相反她在等他什么时候会问，在这之前他们的确见过面，是在哥哥秦天阳的葬礼上，所以她坦然道："嗯，我是他的妹妹。"

得到了肯定的答案，高凌尘又道："我听说木小姐是最近才成为阮先生助理的。"他很想问她当阮言希助理的原因，是不是对秦天阳的死因有所怀疑，但话到嘴边，高凌尘却不知道如何开口，这到底只是他的猜想而已。

"是的。"木十看了一眼睡得很沉的阮言希，趁机胡扯了个理由，"因为崇拜他。"

"嗯，谢谢。""睡得很沉"的阮言希开口道。

之后的路上高凌尘没再提这个话题，木十也没有。

9点35分，车开到研究所。

研究所里接连死了两位教授，所里的整个气氛都显得有些压抑，特别是警察的再次到来。

高凌尘领着阮言希和木十到了田教授和刘爵所在的办公室，因为刚到上班时间，办公室里的所有人都还没有去实验室。

看到警察之后，里面的人并没有太多的反应，因为在两位教授出事之后，所有人都被警察讯问过。

尽管如此，那些人在看到他们时脸上出现的细微变化还是被阮言希尽收眼底。

趁着蒋齐把来这里的原因向他们说明的时候，高凌尘压低声音对阮言希道："坐在最角落的那个女生叫孙梅，田教授把她名字的缩写当作文身刻在脚后跟上，这点她也知道，而且田教授确实一直在追求她，那个在田教授死后用刀把文身划掉的人就是孙梅的倾慕者，他经常看到田教授到孙梅家附近等她，所以在知道田教授一直骚扰她之后，那天就准备去威胁他，没想到到了那里发现田教授已经死了，就把文身给划掉了，因为他想保护孙梅。"

或许是注意到他们的视线，孙梅低下头，看着桌子上的报告，显得有些紧张。

高凌尘继续道："这办公室里的所有人那天都去了刘爵的家里，为了庆祝刘爵升为教授。"

阮言希的视线在每个人的脸上扫过，有人低下头，有人看了他一眼就避开了，有人忙着自己的事情，有人对着他笑了一下，六个人的表情都各不相同，阮言希不紧不慢地看了一圈，而后对高凌尘道："帮我准备一个房间，我要单独和他们每个人谈谈，凶手就在他们六人之中。"

第六章　污点（4）

阮言希坐在田克义的独立办公室里，舒服地靠在软软的座椅上，双手交叉放在胸前，看着打开门走进来的长发披肩、满脸笑意的女人。

"沈玉琳。"他一字一字地念出了她的名字。

沈玉琳拉开椅子，坐了下去，跷着脚，看上去没有丝毫的紧张："嗯，我就是，可我记得我之前已经和警察全交代清楚了，还要问我什么问题？"

阮言希交叉的手指上下晃了晃，语气有些随意："田克义死了，看来你一点儿都不伤心啊？"

沈玉琳轻笑一声，坦然道："不过是个色老头，有什么好伤心的。"她撩了撩头发，身上的香水味散发出来，木十吸了吸鼻子，小脸皱在一起。

阮言希在鼻子前挥了挥手，驱散这股香水味，而后道："所以你知道田克义脚后跟上的文身。"

她伸出手摆弄着自己的手指，啧啧两声："早就看到过了，一大把年纪了还这么恶心，这种男人还搞什么痴情啊，还有我知道他一直在追求孙梅，只是孙梅一向清高，不像我这样，所以大概一直没答应他。"说到孙梅的时候，她的语气中有些嘲讽，而后她马上转换了话题："对了，你怎么不问我是不是杀了他们？"

阮言希挑眉，弯了嘴角："你当然不会，谁会把提款机给砸了？"

沈玉琳用手掩着嘴巴低声笑了起来。

阮言希马上敛了笑容，拧了拧眉头，抬起手捂着自己的耳朵。

看到他的动作，沈玉琳笑容立马僵硬了一下，斜了他一眼起身走了出去。

接下来的几个人，阮言希都只是和他们随便聊了几句，基本和案子无关，仿佛都只是单纯的聊天一样，几个人心里觉得奇怪，但阮言希说了几句话就不再说话了，但也不让他们走，就这么大眼瞪小眼，小眼瞪大眼，过了几分钟后，他才摆了摆手让他们出去。

第四个人走出房间后，阮言希发现木十看着他，便转头和她对视："嗯？有什么问题吗？"

"你已经知道凶手是谁了。"木十用的是肯定句而非疑问句。

阮言希听完笑了，没有否认，但此时门被打开，阻止了他们之间的对话，阮言希看着走进来的女人收敛了笑容，待她坐好后，他便开口道："孙梅。"

孙梅抬眼看了他一眼，又垂下眼点了点头，显得有些拘谨。

阮言希开口问她："知道田克义被杀害的消息后，你是什么感觉？"

孙梅愣了一秒，然后张了张嘴，语气平缓地道："很震惊。"

阮言希两手交叉，转了转手指，缓缓开口："他的脚后跟上有一个文身，你知道吗？"

孙梅眼神有些闪烁，当即否认了："这我怎么会知道？"

"他告诉过你的，哦，不。"他摇了摇头，眨了下眼睛，"应该说还给你看过呢，你名字的缩写，他在追求，不，确切地说是在纠缠你。"

孙梅沉默了许久，终于松了口，她抬起头，第一次直视着阮言希："是，从我刚进研究所开始他就一直纠缠我，他有老婆有孩子，而且和沈玉琳是情人关系，所以我一直在拒绝他，可是他还是一直缠着我，他的确给我看过那个文身。"

"所以你把田克义纠缠你的事情告诉了一个一直倾慕你的人。"阮言希停顿了一下，偏头看向木十。

木十知道他之前根本就没在意这个男人的名字，小声提醒他："陈元。"

阮言希接着说下去："陈元，你告诉了他，告诉了他田克义是多么恶心的人，怎么纠缠你，哦，肯定还有文身的事情。"

听到这个男人的名字，孙梅的眼睛往旁边移去，回避了阮言希的目光，淡淡地道："只是那天我在咖啡馆里，他看到我有些伤心，所以就问我，我才说了出来，但是我没想到他会去找他。"

阮言希轻笑了一声，语速转而加快："没想到，是啊，没想到他会冲动到拿着刀去田克义家里是吧，要不是那个凶手先他一步把田克义杀害了，现在这个叫陈元的可怜男人或许就成了真正的凶手。"一连串的话说完，他又放慢了语速，一字一字地道："因为你的谎言。"

孙梅露出些许惊慌的表情，但又被她控制住了，她的笑容有些僵硬："你，你什么意思？"

阮言希交叉的手松开，他轻轻敲击着桌面，勾起嘴角："你应该很清楚我说的是什么吧，的确，一开始，田克义纠缠你的时候，你拒绝了，但之后却不是这样，你答应了。"

孙梅一下子激动起来："你在说什么？我怎么可能答应？你怎么知道我答应了他？"

"你的动作告诉我的，我们到办公室的时候，你下意识地把桌子上的包放了下去，这个包很贵，但你的穿着打扮包括桌子上的东西都显示出你没有能力买这个包，所以这个包不是你买的，而买来送给你的人就是我们这次来涉及的人，就是田克义，所以看到我们来，你才会做出这样的动作，太明显了。

"再来，我一开始提到田克义的时候，你下意识地握住了你的左手手腕，挡住了你的手腕上的链子，这也是田克义送给你的。

"之后在提到你一直拒绝田克义和你说你是无意间告诉陈元，没有想到他会拿刀去找田克义的时候，你都撒了谎，两次你都伸手摸了一下你的右耳，因为潜意识里你也不相信自己说的话，你在安抚自己。"

"这么久的日子里，你在不断地暗示自己，你一直是拒绝田克义的，从来没有答应过他，你接受的东西不过是他的示好，所以你就这样心安理得地接受这一切，然后跑到一个爱慕你的男人那里哭诉。你明明知道他会做出冲动的事，但是你没有阻止，你还在自我暗示，这一切都不是你的错。"阮言希的语速非常快，讲这一长串的话他几乎没有停顿，他的脸上焕发着自信的光彩，即使他的肢体很放松，但他的话却咄咄逼人，一字一句都敲击着对方的心。

木十看着他的侧脸，然后倒了一杯水递给他。

孙梅完全被他的话给镇住了，眼睛睁大，嘴巴微张，就这么愣了一会儿，趁着她发愣的时候，阮言希拿着水杯喝了几口水，然后打了个响指。

孙梅的身体微微一震，像是才反应过来，激动的情绪让她的表情突然变得有些狰狞，毫无遮掩："难道是我的错吗？你知道我这些日子里承受着多大的压力吗？田克义一直拿能否继续留在这里威胁我，我不能失去这份工作！这是我好不容易得到的！"

阮言希轻笑，了然地点点头："所以你最后妥协了。"

第六章 污点（4）

阮言希的语气彻底刺激到了她，孙梅站起身，指着自己吼道："我是受害者！"椅子向后移动，发出刺耳的声音。

阮言希挖了挖耳朵："你对受害者的定义似乎和我差别很大，田克义是受害者，因为他被人谋杀了，而他的行为还不至于让其付出生命，陈元从某种角度来说也是受害者，因为他被你欺骗怂恿了。而你，你和田克义在我看来就是你情我愿，他得到他想要的，你得到你想要的，你和沈玉琳唯一的区别不过就是时间而已，一个没花什么时间，一个费了点儿时间。不然为什么在田克义被害之后，你依旧留着他送的东西？不舍得吗？"

没了之前的激动，孙梅跌坐在椅子上，她苦笑道："是！我承认，我后来是答应他了，但我有什么办法。"

阮言希上身前倾，冷声道："再没有办法，你也不应该在你获得你想要的东西之后，再去利用另一个男人去摆脱一个你已经利用完的男人。"而后语气一转："木十，你说是不是？"

"嗯。"木十点点头，的确，能解决的方式有很多，但绝对不是建立在伤害和利用别人之上的。

被完全揭穿的孙梅此时有些无所谓地道："所以你觉得是我杀了田克义？"

阮言希摊手："不是你，你既然已经想到让陈元去杀田克义，为什么还要多此一举呢？"

孙梅有些纳闷了："那你之前的话……"

阮言希坦言道："我只是听不惯别人撒谎而已，好了，你现在可以出去了，为了让你说实话，在你身上已经浪费了太多的时间。"

"你！"孙梅铁青着脸摔门而出，完全没有了刚才进来时的样子。

当最后一个人走进办公室的时候，阮言希正打着哈欠，他用手抹了抹眼角，懒洋洋地看着眼前戴着眼镜的年轻男人，然后偏头对木十道："是最后一个了吧。"

木十微微低着头："嗯，阮先生，是的。"

"先生，你叫？木十，他叫什么？"

"钱昆明，钱先生。"木十回答他后对走过来的钱昆明道，"钱先生，请坐。"

"行了，抓紧时间吧，我开始提问了。"阮言希拿起桌子上的一张纸，看着上面问，"钱先生，11月20日晚上8点—9点你在哪里，在干什么？"

木十小声提醒，纠正他的错误："阮先生，是9点—10点之间。"

阮言希拧紧了眉头，转头颇为不满地看着木十："我说过我问话的时候不要打断我。"

木十低下头，有些紧张，重复地道："对不起，对不起。"

阮言希转回头，咳嗽了一声，而后继续道："11月20日晚上9点—10点你在哪里？在干什么？"

钱昆明平静地回答："我在家里。"

"那昨天晚上晚饭的时候你在刘教授的家里？"阮言希拿起桌子上的笔，转了起来，转了几圈，笔掉落在桌子上，发出不轻的声响。

听到声音，钱昆明抬眼看了过去，而后推了推眼镜："是的，办公室里的人都去了。"

阮言希接着问："吃完饭之后呢？"

钱昆明答："我就直接回家了。"

阮言希又打了个哈欠，有些含糊不清地问："田教授和刘教授在你眼里是怎样的人呢？"

钱昆明抿了抿嘴，眉头紧皱着，吐出一口气，道："都是，都是很受人尊重，很有实力的人。"

阮言希身体往后靠去，椅子左右小幅度地转了转，他随意地问："那你觉得什么人会杀害他们呢？"

"不知道。"

"知道他们被杀害的消息后，你有什么感受？"

他推了推眼镜，语速有些加快："很震惊，觉得不可思议，很惋惜。"

阮言希认同地点头："是啊，的确是惋惜，田教授不久前还接受过采访，我还专门买了那期的《学术周刊》，而刘教授可是刚刚升为教授的，之前他发表的一篇论文我也看过，两位的确是人才啊。"

听完阮言希对两个人的评价，他似乎一下子控制不了自己的表情，冷笑了一下："呵，是啊，人才。"

阮言希捕捉到了他的表情："嗯？你这口气可不对啊，怎么？钱先生，你不觉得吗？"

钱昆明瞪大了双眼，咧开嘴有些嘲讽地笑着："是啊，在你们的眼里他们两个都是人才，受人尊敬，是这个领域的专家，可你们不知道的是，田教授，

第六章　污点（4）

他有老婆，有孩子，可是还跟那些女的勾搭在一起，你们刚才问过话的沈玉琳就是他的情人，还有孙梅，一直被他骚扰着。"

阮言希的语气显得有些不以为然："哦，还有这回事？可这不是很正常的嘛，有钱有势，想要寻求一些肉体上的激情，这说不定还能激发他的灵感。"

钱昆明的双手在空中挥舞着，仿佛在宣泄自己的愤怒："可笑，简直可笑，是，田克义前一段时间刚接受过采访，就在他的书房，可你们知道吗？他在那里都干些什么？和自己指导的学生做那些龌龊的事情，还把它录下来放在电脑上观看，这就是你们口中受人尊敬的田教授做的事情！"

他的声音又拔高了几分，他的愤怒又提升了一个高度："还有，刘爵，他之前发表的论文，那是我的成果，全部都是我的心血，他却就这样抢走了，署上了他自己的名字，就这样变成他的了！你知道他那天把我叫到他家里他是怎么跟我说的吗？说这篇论文署上他的名字才更有影响力。他还……"

阮言希松开木十的手，身体前倾，完全没有了之前懒散的样子，他缓缓道："他还抢走了你心爱的女人，王佳冰。很奇怪我为什么会知道吗？提到王佳冰的时候你的手摸了一下你的右口袋，里面有一样东西，是王佳冰给你的。"

钱昆明伸手从右口袋里拿出一块手帕，他抚摸着这块手帕，就像是在抚摸着王佳冰一样，动作和眼神都充满爱慕："她应该和我在一起的，可刘爵却欺骗了她，他把她从我身边夺走了。原本不应该是这样的，他把我的事业、我的爱情都夺走了，这不公平！"那份爱慕的眼神变成了愤怒，他的表情狰狞，就像是一个怒吼的野兽。

"所以你承认你在他们家里放了摄像头？"

钱昆明无所谓地道："那又如何？我只不过是在寻找证据，这个世界就是这样不公平，没有证据，没有人会选择相信我，相信他们两个教授实际上就是禽兽，所以我要收集证据。"

阮言希了然地点头："嗯，你找到了证据，愤怒之下就把他们给杀了，然后带走了王佳冰。"

"我只是放了摄像头。"他看着阮言希的眼睛，一字一字地开口，"我可没有杀他们。"

阮言希站起身，修长的双手插入口袋里，低头看着他："是吗？那我很期待我们能在你家里发现什么。"

"什么都不会。"他咧开嘴笑了起来，眼镜下的双眼带着自信和笃定。

第七章　污点（5）

警方赶到钱昆明的家里，可惜的是钱昆明还没有蠢到把王佳冰关在家里，搜查了整个房子，没有找到任何和王佳冰有关的东西，不过在书房里却找到了一些监控设备，其中还发现了田克义书房的书架上那个丢失的天鹅。

这次阮言希没有像往常一样把每个房间都转一圈，而是直接走到书房，用手指敲了敲桌上的笔记本电脑，随意而笃定地道："证据都在这里了。"

高凌尘看他："你的意思是钱昆明把那些监控视频都存在电脑里？"

阮言希双手插在口袋里，斜靠在桌子上，很快地往外吐字："钱昆明本身是一个相当自大的人，但是在现实生活中他却相当失败，在研究所不受人重视，在感情上受挫，所以他要试图在其他方面寻找他的存在感、他的自信、他的成功，所以我并不意外他会把监控田克义和刘爵的视频还有他杀害他们的视频全部保留下来，然后每天下班回家，打开电脑，一遍又一遍地看这些视频。"

高凌尘打开钱昆明的笔记本电脑，然后按下了开关键，屏幕亮起，幽幽的蓝光照射出来。

"当然，钱昆明能这么大胆地把电脑就这样放在家里是因为他设了密码。"阮言希接着补充道，"根据他之前那种自信的表现，这个密码相当难破解。"

高凌尘点头："我可以让技术科的人来破解密码。"

阮言希手指一歪，向旁边指去："或者，你不介意让我的助理来试试。"

在场的人的视线都自然而然地投向站在阮言希旁边的木十。

原本盯着电脑屏幕的木十丝毫没有发现自己在瞬间成了焦点，反而是因为阮言希的话让她抬起了头，这才发现房间里的人都在看她。

木十眨了眨眼，她没有马上表态，因为这里毕竟不是阮言希说了算，况且她现在还不知道电脑是用什么方式加密的，没有完全的把握，她不会贸然去争取。

高凌尘好奇地问:"木小姐很擅长?"

木十没有回答,有些模棱两可地道:"可以先让技术人员看看。"

高凌尘点点头,显然也觉得这样最为妥当,叫来的技术人员在电脑前操作,阮言希双手抱胸看着木十:"我还以为你很擅长电脑。"

木十说:"但不能乱来。"

阮言希看到技术人员的表情,耸耸肩遗憾地道:"可惜他们搞不定。"

果然那位技术人员有些放弃地收回放在键盘上的手,抬头对高凌尘道:"这是一种非常复杂的加密方式,很难破解。"

阮言希:"木十,你需要多久?"

在木十看来,这个加密方式确实非常复杂高级:"至少一天。"而且她也不能保证一定能破解出来。

"来不及了。"对于王佳冰来说,现在已经过去了十多个小时,再等下去不论身体还是精神上都是一种折磨。

技术人员无奈道:"那只有你们问出他的密码了。"

"很显然钱昆明是不可能告诉我们密码的。"

虽然阮言希这么肯定,但是高凌尘还是让人继续审讯钱昆明,高凌尘开着免提,所以那边的对话传到了他们这里。

"钱昆明,我们已经找到了你犯罪的证据。"

"噗。"阮言希一下子喷了出来,接收到房间里所有人的注视后,他耸耸肩,一脸这不能怪我的表情,"抱歉,实在是,我连钱昆明下一句怎么回答都已经想到了,'你们破解不了密码吧。'这么问简直正中他下怀。"

果然下一秒手机里就传出了钱昆明得意的声音:"呵,我看你们是破解不了密码吧,才这么急着来找我。"

"之前那个姓阮的呢?他也破解不了我的密码吗?让他来找我,说不定我就会告诉他密码了。"嚣张地说完这些话,手机里还传出一长串大笑声,在安静的房间里显得格外刺耳。

阮言希拧着眉头,鼻子都皱了起来,用手指戳了戳自己的耳朵,然后开口问:"一共可以试几次密码?"似乎钱昆明的嚣张态度刺激到了他。

那名技术人员刚想回答,木十就抢先说了出来:"两次。"

技术人员听到明显错误的回答还想反驳,就被木十扫过去的眼神制止了,然后技术人员悲哀地发现自己的底气居然被一个小姑娘的眼神一扫就没有了。

阮言希开始赶人了："我要开始找密码了，麻烦大家先离开这个房间。"

把房间留给这个男人，万一他找不到密码而且输错了密码导致证据没了怎么办，蒋齐一脸的不放心，马上看向自己的队长。

高凌尘在一瞬间自然也想到了很多，虽然的确有些顾虑，但眼下，权衡利弊，让阮言希找出密码是现在最好的方法了，不知道为什么，虽然是第一次合作，高凌尘却觉得这个有些高傲有些毒舌的男人在这个方面却是可以相信的。

于是他果断下了指示："所有人先出去。"

"队长！"蒋齐小声叫道。

高凌尘看了他一眼，重复道："所有人都出去。"

蒋齐自然不会反抗自己的队长，于是撇撇嘴招呼其他人一起出了房间。

很快房间里就只剩下高凌尘、木十，还有阮言希。

"有什么问题的话就喊我。"高凌尘嘱咐完也走了出去。

木十看到人都走光了，转身抬脚也准备走出去，手上却被人抓住，人又给拉了回去："谁让你走了？"

木十非常体贴地道："你思考不是要绝对的安静吗？我在这里会影响你。"

阮言希一指电脑："你来帮我输密码。"说完就走到书架前来回踱步。

"好吧。"木十坐在了电脑前，不发声，看着阮言希在那里来回走。

阮言希突然一个刹车，转身对着木十："你电脑的密码是什么？"

木十说："每次都会变，比如今天新看了一本书，我就会用书名做密码。"

阮言希立起他的食指，像是得到了启发，他转身看着书架："书！这里有这么多的书，书架就在电脑桌的后面，这样他就会很方便拿到书。他身高173厘米，所以，他坐在椅子上一回头最方便拿到的书就在这个区域。"他语速极快地分析着，然后低下头看着书架上的那一块道："啊，果然，这里的几本书被翻阅的次数是最多的，那么，是哪一本呢？"

阮言希的脑子快速地整理着这个案子的所有细节，那两个被杀的人，他们被杀的原因，他们身上的污点，钱昆明的愤怒，他想要发泄和坚持的东西。

阮言希突然瞥到一本书，他的眼睛微微睁大，然后把书抽了出来："《理想国》，木十，密码是理想国。"

木十听完后马上回头快速地输入了密码，回车。

密码错误！

阮言希显然也相当无语了："不要告诉我你打的是拼音。"然后别有深意地道："不过没关系，反正还有两次机会。"

原来他都知道，木十抿了抿嘴巴，然后输入了"Republic"。

画面一转，成功进入，之后，高凌尘他们也很快走进房间。

然后木十很轻松地就找到了那些监控视频，这其中还有王佳冰被关的地方的监控，画面中王佳冰被绑在床上，她在不断地挣扎着，但始终挣脱不了。

"能找到……"高凌尘还没问完，木十快速地在键盘上敲击着，推了推眼镜，然后指着电脑屏幕道："找到了地址，就是这里。"

高凌尘马上打电话通知最近的警员过去。

高凌尘刚打完电话，手机就被阮言希抢去了："阮先生？"显然不明白他突然抢手机的意图。

阮言希言简意赅地回答他："打个电话。"

高凌尘提醒："手机密码。"

"0715。"阮言希边说边按下了这四个数字。

阮言希拨出了最近通话中的倒数第二个电话，电话一接通，对面的人还未说话，他就直接道："钱昆明现在在你旁边吗？"

那名队员一听不是队长的声音还有些纳闷，但还是回答他："在，在啊。"

阮言希："让他听电话。"

"哦，好的。"那名队员按下了免提，然后放在了钱昆明前面的桌子上，"可以了。"

阮言希把手机拿到嘴边，嘴角带着笑意："钱昆明，我就是那个姓阮的，很不幸，就在刚才我已经破解了你的密码，理想国吗？呵，那我祝你在监狱里，哦，不，应该说地狱里建立你的理想国吧！当然，如果有地狱的话！"说完他没有任何停顿直接挂断了电话，想到电话那头肯定暴怒的钱昆明，然后非常解气地把手机甩给了高凌尘："我的任务完成了。"

接着他打了个响指："木十，回家，我要补觉去了。"

第八章　小番外

孤儿院角落的长凳上一个黑发的小女孩坐在那里，她的手上拿着一本书，正埋头看着，因为刚刚初春，天气还有些凉，小女孩看会儿书就搓搓有些冰冷的双手。

"你是谁？怎么一个人在这里？"还有些稚嫩的小男孩声音从女孩的右边传来。

小女孩抬起头看着穿着黑色大衣，戴着围巾手套，看上去非常暖和的小男孩，"我住在这里。"

小男孩一屁股坐在小女孩的旁边，把手套脱了下来放在口袋里，而后偏头看着她，"那你不就是孤儿了。"

小女孩点点头，并不说话。

周围没有其他人，小男孩疑惑地问："你为什么不到里面去和他们一起玩？"

"我喜欢看书。"

"今天没带书来，就拿了玩具，你不要玩具吗？"

小女孩摇摇头。

"那我下次带书来。对了，你叫什么名字？"

小女孩回答："小石头。"

"好奇怪的名字，你不是女孩吗？"

"我的小名。"

小男孩伸出手戳了戳她的脸，"不硬啊。"

小女孩一吓，下意识地往后躲了躲，"那你叫什么名字？"

"小阮。"

女孩也伸手戳了戳他的脸，"嗯，是挺软的。"

"你在看什么书？"

小女孩把书给小男孩，小男孩的手碰到她的手，被冷得缩了下手，"你的手好冷，你穿的好少。"小男孩把手套给小女孩穿上，然后又把围巾拿来下给小女孩戴上，一圈又一圈地绕着，"这下就暖和了吧。"

小女孩被包裹得很暖和，她轻轻笑了笑，"谢谢你。"

小男孩撇开脸，有些别扭地道："我只是太热了而已。"

"小阮，小阮。"

"我妈妈来找我了，我要走了，下次再来看你，给你带好多书。"

小女孩点点头，"谢谢你。"

几年后。

"小阮，你走慢点儿。"

男孩的手上抱着一叠书，"不行，我答应给小石头送书的，她都等了几年了。"那一次和小石头相遇之后的一个月后，小阮和父母出国，所以今年才回国，他一直记得和那个小女孩的约定，所以才会这么急要来孤儿院。

在孤儿院里找了一圈，都没找到小石头，小阮看到孤儿院里的一位老师，忙问："老师，你们这里那个叫小石头的女孩呢，她在哪里？"

老师想了想没有印象，"小石头？你要告诉我她的名字呀。"

小阮道："她说她的小名就叫小石头。"

老师问了旁边的一位老师："小王，你知道吗？"

那个老师想了想终于记了起来："啊，我想起来了，不就是那个杀人犯的女儿嘛。"

"哦，是她啊。"老师低下头，笑着对小阮道，"小朋友呀，小石头已经被人领养了，所以她现在不住在这里了。"

"被人领养了？"

小阮的妈妈摸了摸他的头，"那你就不用担心小石头了，她现在肯定到了一个很好的家里，一定有很多书看。"

"好吧。"小阮无奈地低下头，看着手里的书，心想她如果再等等多好。

第九章 木十（1）

一大早，木十的手里拎着两袋子的菜，吹着冷风往小洋房里赶。

"喵——喵——"一只白色的猫在木十前面慢慢走过，姿态优雅，长长的尾巴一晃一晃的，猫似乎发现了木十，停下来转过头朝她看了一眼。

木十也停了下来，低头看着那只猫，四只眼睛对视片刻后，那只猫又开始动了起来，只是这次它往木十这里靠近，走路的姿势依旧优雅，没一会儿就到了木十脚边，然后抬头睁着大眼看着她——手上的菜。

木十想了想，觉得它好像是在问她要吃的，于是从袋子里拿出一条小鱼，然后蹲下来放在猫的前方。

猫用鼻子嗅了嗅，就要叼走那条鱼，木十却把手往回一缩，然后把手移到右边，猫的视线也往右边看去，木十又放到左边，猫的视线也跟着看了过去，反反复复逗了几次，猫有些不耐烦了，伸出爪子似乎想威胁一下木十。

"嘀嘀。"木十的手机来了条短信。

木十只好把鱼放在地上，猫看到鱼在地上了，一下子就叼起鱼跑掉了。

拿出手机一看，原来是阮言希发来的，先是一个愤怒的表情，然后是六个字加上一串感叹号，"怎么还不回来？"

木十收回手机看了一眼在角落里大口吃鱼的猫，然后拿起菜继续往小洋房走。

十分钟后，木十站在小洋房的门口，掏出钥匙开了门，"我回来了。"木十边换鞋子边喊了一声。

可是没得到任何回应，她也无所谓，自己拎着菜走向厨房。

木十眼角余光瞥到了什么，一下子停了下来，她眨了眨眼然后往回倒着走了几步，扭头看向沙发。

在茶几和沙发中间的空当处躺着一个人，闭着眼睛，四肢随意摆着，像是

第九章 木十（ 〉

睡着了，而这个人正是阮言希，而沙发和地上还有些诡异的液体。

居然在地上都能睡着，木十在心里默默吐槽了一下，继续往厨房里走。

"木十！"

在厨房把鱼肉放进冰箱的木十突然听到从客厅传来的喊声，木十手一顿，继续放菜。

在阮言希又大喊几声后，放好菜的木十才从厨房里走出来，走到客厅，就看到原本闭着眼睛的阮言希此时睁大双眼看着木十，但依旧保持着躺着的姿势没有动。

阮言希不满地抱怨道："木十，这么冷的天，看到我躺在地上难道你不应该关心一下，问清楚原因吗？"

木十一向认为阮言希躺在地上是很正常的，因为他懒，心里是这么想的，但是嘴上她还是配合地问了声："哦，阮言希，你怎么了？"虽然语气明显有些敷衍。

阮言希微微张开口，平静地来了一句，"我死了。"

木十被噎了一下，缓过来后也平静地问："哦，怎么死的？"

"这就是你要破解的了。"阮言希一动不动，嘴上却一连串地往外蹦字，"木十，你知道吗？我在这里躺了半个小时，你买菜所花费的时间一直控制在44分钟到47分钟之间，所以按照常的话，9点07分的时候你就应该回来了，但是现在已经9点39分了。"

木十如实回答他："因为我在外面吃完了早饭，然后回来的路上逗了一会儿猫。"

阮言希继续吐槽："所以为了吃的和你的，嗯，恶趣味，你就错过了发现尸体的最佳时间，让我这具尸体在冰冷的地上躺了32分钟。"

木十面无表情地打断他："你不是尸体吗？难道还没死透吗？"

木十在房子里转了一圈，"没有强行破门或者破窗的痕迹，门锁也没有撬开，所以是你开门放凶手进来的，没有脚印，凶手肯定换了鞋子，所以不是送快递的或者是收费的人，而是你认识的人。血迹表明你是站在沙发前被杀死的，凶器是一把水果刀，凶手在厨房拿的，你被刺伤后倒在了地上，而伤口处⋯⋯"

阮言希再次提醒："拉开大衣你就可以看到了。"

木十蹲下来拉开他的大衣，看着赤露的阮言希，"⋯⋯你有暴露癖吗？"

阮言希不说话，因为他是尸体。

木十看着阮言希的身体上用记号笔画上的伤口，"身上有数刀伤痕，应该是连续性刺伤，有过度伤害的痕迹，根据伤口的位置来看，凶手是男性，并且比你高，在182厘米到187厘米之间。所以根据种种线索表明，凶手是高凌尘。"

阮言希打了个响指，而后扶着沙发站了起来，说："好了，木十，早饭呢？"

"所以你复活了吗？"

阮言希摊手，"早饭。"

这时木十的手机响了，她坐到沙发上拿出手机看向屏幕，"哟，'凶手'来电话了。"

木十接起电话："喂。"

阮言希一听是高凌尘打给木十的，下意识地就警觉起来，坐在木十旁边，把脑袋凑过去听。

"明天？嗯，对的。"木十感觉到阮言希的脑袋就在自己耳边，马上伸手把他的头推到一边去，"好的，那明天再联系，嗯，再见。"

等木十挂了电话，阮言希盘腿坐在沙发上，问她："'凶'手打电话给你干吗？"

木十道："我明天中午和高凌尘出去吃饭，中饭你就不用准备我的了。"

阮言希抿了抿嘴，"你明天为什么要和他出去吃饭？"

木十："因为他约我了。"

"明天是你的生日，难道不应该和最亲近的人过吗？"语气不满。

"我哥失踪了。"

阮言希眯起眼睛眼露凶光，然后用手指着自己。

木十看了他一会儿，"所以我要和尸体一起过生日吗？"

阮言希反问她："难道你要和'凶手'过生日吗？"

木十道："好歹是活人。"

第二天一早，木十洗漱好之后出了房间，发现旁边阮言希的房间开着，木十在门口看去，发现房间里已经没人了。

阮言希居然这么早就起床了，木十有些意外。

木十走到楼梯口往下看去就看到了坐在沙发上一动不动的阮言希，从上面

第九章 木十（一）

看下去有些怪异。

到了楼下，木十走到沙发边上，"阮言希，吃早饭了吗？"

没有人回答她，阮言希低着头，头发挡住了他的脸，看不出他是不是闭着眼。

木十坐在他旁边，伸手戳了一下他的肩膀。

就这么一个动作，阮言希浑身一抖，像一只受惊的小鹿一样身体轻微地跳了一下，然后慢慢把脸转向木十，十分胆怯地缩着脖子看着木十，身体仍然在发抖。

木十看着完全变了个样的阮言希，半晌开口道："你又在干吗？"声音抬高了几分。

似乎被木十的声音吓到了，阮言希的声音都是颤抖的，"我，会乖乖的，不，不要打我。"满脸受惊害怕的样子。

木十突然无话可说，但是因为好奇心，木十还是顺着他的话道："你叫什么名字？"

他轻声道："小，小阮。"

木十点了下头："哦，小阮，谁在欺负你？"

"我，我不能说，他会打我的。"

木十问他："谁会打你？"

"不能说的，不能说。"小阮剧烈地摇着头，死死咬住嘴唇，就是什么也不说。

就在这时，小阮突然浑身颤抖了一下，转眼之间，他的眼神就变了，他抬起头，就连身体也挺直了，"你就是木十？"他的声音冷漠得没有一丝感情。

木十平静地道："嗯，怎么了？"

"平时就是你在欺负小阮吧。"

"你又是谁？"

他斜眼看着她，面露不屑，"我是他的哥哥。"

木十说："哦，大阮，我没有欺负过小阮。"

"不要狡辩，小阮会变成这样都是因为你！因为你！"他的眼神变得凶狠起来，向木十的脖子伸出手，就在碰到她的脖子后，原本凶恶的表情马上变得轻佻起来，他勾起嘴角，眼里带着笑，抚摸木十的动作变得温柔起来。

木十尽可能忽略要起一身鸡皮疙瘩的触摸，脸上依旧保持着平静，开口道："你又是谁？"

"汪！汪！"

"它"的嘴里发出狗一样的嘶吼声，热气哈在木十的脖子上。

木十缩了缩脖子，然后伸出手放在"它"的头上，顺毛。

一下又一下，木十感觉到他的情绪平缓下来，他松开撑着沙发的手，然后伸手抱着她。

一室安静。

五分钟后。

"躺够了吗？"

"没有。"

"我要出去了。"

"你要放着一个多重人格分裂的人单独在家吗？"

木十推开他，"我觉得小阮、大阮，还有不知名的那位和那只有点儿凶猛的狗能照顾好你的。"

十分钟后。

阮言希看着木十穿戴好，像个被遗弃的孩子，一脸不高兴，"你知道的吧，我能找到你们去哪里吃饭？"

木十走到门口，打开门回头对阮言希道："嗯，我走了，如果无聊，你可以找外面的小白猫玩，对了，记得带鱼。"

第十章 木十（2）

木十走后，阮言希去楼上拿了手机拨了一个电话。

电话那头传来秦磊不满的声音："喂，我说阮言希，周末大早上的干吗打电话给我？"

阮言希淡淡道："邢静现在在你旁边是吧？"

秦磊被呛得咳嗽了，连说话都有些结巴起来："你，你，你是怎么知道的？"

阮言希解释道："因为你的语气明显比平时更冲了，而且带着有什么私密的事情被人撞破时的尴尬，当然，首先祝贺你们复合，另外我找的是邢静。"

半个小时后，阮言希家的门铃响了。

还在纠结事情的阮言希不甘愿地起身去开门，就看到急急往房间里冲的秦磊和他身后的邢静，两个人搓着手嘴里还在念叨："冷死了，冷死了。"

看到他们，阮言希拧着眉头，语气不怎么样："你们来这里干什么？"

秦磊关上门挡住外面的冷风，回头对他道："欸，不是要给木十过生日吗？"

阮言希双手抱胸看着他们："我记得我打电话给你们是为了咨询礼物的事情。"

秦磊也不甘示弱地和他对视，学着阮言希的腔调说："在我听来这句话隐藏的内容就是邀请我们一起给木十过生日的，难道不是吗？"

一边的邢静道："而且有免费的车接送干吗不坐。"

秦磊挑了挑眉，而后伸头往里面看："所以，木十呢？不在吗？"

听到木十，阮言希脸马上阴沉下来："出去了。"

邢静问："不过这样偷偷准备礼物也不错啊，所以，你想好给木十买什么礼物了吗？"

阮言希耸耸肩："没有。"

邢静了然地点头："那我们先去商场看看吧，边看边决定。"

三人上了车，秦磊和邢静坐在前面，而阮言希坐在后面。

车启动后，邢静回头问阮言希："木十平时最喜欢什么？"

阮言希答："糖和玫瑰花。"

"你说什么？"木十的喜好让秦磊颇感意外，"看上去这么呆的木十居然会喜欢这么甜蜜的东西？真是没法想象。"

阮言希向来护短，所以他眯了眯眼睛，马上回击道："嗯，我明白你的感受，就像我没法理解你十岁的时候的爱好是收集洋娃娃一样。"

从来都没有听秦磊说过的邢静像发现了新大陆一样："噗，什么？原来你还有这方面的爱好啊，你也不早说，早知道你上次生日的时候我就送你洋娃娃了。"

被两人当笑话谈论，秦磊立马黑了脸，辩解道："那是我小时候，谁没个黑历史呀，再说谁叫我有一个喜欢洋娃娃的妈和姐姐啊。"

阮言希继续在秦磊伤口上撒盐："所以邢静，我觉得以后你嫁到他们家之后，你可以让你的婆婆给你看一下他小时候的相册，我相信你绝对可以看到一个缩小版而且是女版的秦磊。"

邢静见秦磊不反驳，挑眉看着他："啧，他说的不会是真的吧？"

秦磊沉默了片刻："……假的。"

到了商场，三人从一楼逛到五楼，再从五楼逛到一楼，其间秦磊和邢静提了一堆建议，比如说：

秦磊说："不然你就买糖和玫瑰花好了。"

阮言希说："上次买过了。"

邢静说："你知道木十的尺码吗？不然买衣服好了。"

阮言希精准地报出身高、体重和三围。

秦磊听完瞪大了双眼，激动得在那里跳来跳去："你还说你们不是在谈恋爱，这些你怎么都知道啊？"

阮言希看着他像猴子一样的动作，回答道："知道很奇怪吗？抱一下不就知道了。"

秦磊明显不相信，转身就抱住邢静："我抱了还是不知道啊，不然你现在抱一下然后告诉我。"

阮言希一脸的嫌弃："我为什么要抱她？"

面对秦磊的无厘头，邢静直接往他后脑勺拍去，咬牙切齿地道："你再胡言乱语，信不信下次见到我的时候你就是在解剖台上啊？"

　　插曲过后，三人继续讨论送给木十的礼物。

　　之后两人的建议全都被阮言希用"没新意"而直接否决了。

　　秦磊终于忍无可忍了："没新意？那你索性把你心脏挖出来摆在她面前，那够有新意了吧。"

　　听到心脏，阮言希突然想到木十每年生日如期而至的礼物，脸色有些阴沉下来，他垂下眼，像是在思考。

　　秦磊发现阮言希听了他的话，脸色都变了，有些紧张起来："喂，你不是真的在想是不是要这么做吧？"

　　"怎么会？"阮言希随口回了一句。

　　最后他还是听了邢静的建议亲手做了一个小蛋糕给木十，是木十最喜欢的栗子口味的蛋糕。

　　之后秦磊和邢静也买了一份礼物送给木十，又买了一些菜和饮料，三人便开车回到了小洋房。

　　一路上，阮言希都在想每年那个秘密而又血腥的礼物，他内心隐隐的不安在看到门口的警车时终于得到了证实。

　　秦磊和邢静看到后也吓了一跳："喂，阮言希，怎么有警车在你们家门口啊？"

　　"不会是遭小偷了吧。"

　　秦磊一停下车，阮言希就开门下车，连蛋糕都没拿，直接冲到门口，就发现自己家的门敞开着，有警察进进出出。

　　阮言希心里一紧，一下子有种喘不过气来的感觉。

　　阮言希走到门口，就被警察拦了下来，阮言希焦急地往里面喊："木十！木十！"

　　听到阮言希的叫喊声，蒋齐从里面走了出来："阮言希，你……"

　　心急的阮言希根本没有心思听完他的话，直接打断他："木十呢？"

　　蒋齐回答他："她现在在警局。"

　　知道木十没有事后，阮言希松了口气，脸色也好了很多："那我们家出什么事了？被人抢劫了？"

　　蒋齐双手抱胸看着他："你会不会有事我现在不知道，但是木十现在恐怕不会好，她涉嫌一桩谋杀案。"

蒋齐话音刚落，阮言希的脸色大变，一脸惊愕地看着他："你说什么？"

"就是说她杀了人。"

阮言希听完却没了声音，他的视线绕过蒋齐，面无表情地看着自己的房子，像是怔住了，又像是在思考。

这时走过来的秦磊恰好听到他们的对话，也大吃一惊："啊！你说木十？这怎么可能？你要是说阮言希杀了人我还相信，她一小姑娘怎么可能杀人呢？"

走在他旁边的邢静一听他说的话，一把拉住他的袖子，小声呵斥："说什么呢你？"

秦磊和阮言希在一块一向口无遮拦惯了，扭头道："我不就打个比方嘛。"

阮言希眨了下眼，看向蒋齐，语气平缓地开口："就是说现在木十被押到警局里去了是吧？"

"没错。"蒋齐点头。

他随即道："那我和你一起回警局。"

蒋齐带着他走到警车旁，拉开车门："恐怕就算是不愿意，你现在也得去局里协助调查。"

刚从审讯室出来的高凌尘面色同样不好，他揉了揉眉心，心里烦躁得很，自己认识的人此刻竟然变成了凶杀案的最大嫌疑人，纵然自己不愿意相信，可现在所有的证据都指向了木十。

"队长，阮言希来了。"

高凌尘闻声抬头就看到向自己走来的蒋齐和阮言希。

"木十呢？"阮言希一看到高凌尘就直截了当地开口。

高凌尘面色平静地回答他："现在在审讯室里。"

"呵。"阮言希看着高凌尘的表情，冷笑了一声，像是在忍着怒气，"她不是跟你去吃饭吗？怎么现在进警察局了？"

高凌尘听出他语气不好，此时倒也并没有介意："木十没和我出去吃饭，早上她打电话给我说她今天有事，不能出来了。"

听到木十并没有赴约，阮言希皱了眉头："那她是怎么和凶杀案扯上关系的？"

第十章 木十（2）

蒋齐回答他："我们在现场找到了她的鞋印和指纹，而且连凶器上都有，监控也显示她在凶案现场出现过。"

"呵呵。"阮言希原本紧绷的脸在听到蒋齐所说的之后一下子笑了出来。

蒋齐觉得莫名其妙："你笑什么？"

阮言希嘴角扬起一抹冷笑："你说你们在现场找到了木十的指纹和鞋印，就连监控也拍到她？我想没有拍到她杀人弃尸的画面吧。"

高凌尘道："的确没有。"

蒋齐补充道："但是她出现在凶案现场，加上指纹和鞋印，完全可以证明她杀了人。"

阮言希又笑了起来："呵呵，真是笑话。"

蒋齐看着阮言希反常的状态，以为他受刺激疯了。

很快，阮言希停止了笑："如果木十真的杀了人，她不会留下任何痕迹让你们这么轻而易举地找到她，我可以很确定地说，木十比你们在场的所有人都要聪明，智商都要高，你们觉得她会蠢到把现场处理得那么糟糕吗？"

蒋齐无语地笑了下，根本不认同阮言希的逻辑："智商高和留不留痕迹可没有关系。"

阮言希看向他，挑了下眉："是吗，就像你的钱包现在在我手里你一点儿都不知道一样，你察觉到任何痕迹了吗？"

蒋齐赶紧去掏自己的钱包，果然不见了，再一抬头就看到在阮言希手上的钱包，他愤怒地用手指着他："你！"

阮言希将钱包还给他。

面对阮言希出格的行为，高凌尘冷着脸出声警告他："阮言希，这里是警局。"

阮言希耸了耸肩："我知道，而现在我的助理居然在里面被当作一个嫌疑人。"

高凌尘叹了口气："我知道你在感情上接受不了，但是……"

阮言希语气有些激动："我当然接受不了，因为你们抓错了人，而那个真正的凶手现却还在外面，说不定正计划着下一起凶杀案。"

高凌尘也稍微抬高了自己的声音，他声音冷硬地道："但现在摆在我们面前的证据都指向了木十是嫌疑人。"

阮言希摊手："这就是凶手希望的。"

高凌尘也丝毫不退让："阮言希，你不能因为个人的情感就否定事实，否定证据。"

他语速极快地道："是啊，我当然不会像你这样把今天原本的约会对象当作凶手抓起来。"

蒋齐不满了："你怎么能这么说话？"

高凌尘拦了一下他，示意他不要激动，而后指着自己对阮言希道："阮言希，我是警察，我能相信的只有证据。"

阮言希点了下头，表情严肃："而我相信我在乎的人。"

"这是一桩凶杀案，之前所有的案子你都能理性地分析，在证据的基础上进行推理，你不能在一个案子上加入自己的情感，这会造成偏见。"

阮言希失笑："我为什么要把这种理性的分析放在证明木十是凶手上？你们要证据，我会给你们，但我只会给你们木十不是凶手的证据。"

高凌尘冷声道："你可以协助调查这个案子，前提是你不能干扰我们办案。"

"可以。那我什么时候可以见木十？"

高凌尘道："今天不行，要等我审讯她之后。"

阮言希点点头，没有再抗议。

等做了笔录之后，阮言希就独自回了家，这时，家里的警察已经走光了，只留下空空的一栋房子，阮言希打开门，门口还放着他刚买的栗子蛋糕。

客厅沙发的茶几上放着一个长方形的板子，阮言希脱了鞋子连拖鞋都没穿，提着蛋糕就直接走了过去。

长方形的板子用纸包裹着，阮言希拆开包装纸就露出了它里面的东西，是一幅大型拼图，一共由1000片零片组成。

茶几旁边的地上放着一个蛋糕，阮言希拿起来放在茶几上打开一看，是他最喜欢的巧克力口味的蛋糕。

阮言希盯着蛋糕久久没有动，过了好一会儿，他把蛋糕的盒子盖上，然后从沙发上站了起来，手里拿着两个蛋糕走到厨房，把它们放进了冰箱里。

从厨房里走出来，没有穿拖鞋的双脚已经发冷，他走到玄关处，把脚伸进拖鞋里，穿上右脚，接着穿上左脚。

阮言希皱了眉头，把左脚从拖鞋里移出来，马上蹲下身体，手伸进拖鞋里摸了摸，然后拿出了一张叠成小块的纸条。

第十一章 木十（3）

高凌尘拿着一个杯子走进审讯室，里面的姑娘坐在椅子上，神色平静，听到他进来的动静，她抬起头看着他。

双眼对视，他在心里暗暗叹了一口气："喝点儿热水吧。"他把杯子放在木十面前的桌子上。

"谢谢。"木十拿起杯子，捧在手里，杯子里的水冒着热气，镜片也渐渐起了雾，木十索性就摘下眼镜放在一边，小口地喝着水。

其实审讯室里并不冷，高凌尘已经将空调的温度调高了些，他坐在木十对面的椅子上，等她喝完水后，翻开了手上的文件。

高凌尘从中取出一张照片，然后放在木十面前："木十，认识这个男人吗？"

木十低头看着照片上的男人，摇头道："不认识，也没见过。"

高凌尘边关注着她的表情边道："这个男人叫王远龙，他的尸体今天早上10点30分在××路后面的一条小路上被路人发现，之后报警，验尸结果显示他是8点至8点半被人杀害的，那个时间段你在哪里？"

木十面无表情地道："我就在附近。"

高凌尘又拿出了两张照片，画面上出现的正是木十："监控拍到你在8点15分出现在这条小路的路口，在8点24分，你离开了那里，你在那里的时候看到他了吗？"

木十摇头："没有看到，我到那里的时候没有看见任何人。"

高凌尘又把发现尸体的现场照片给木十看："所以你没有看到这个男人，或是他的尸体？"

"没有。"

高凌尘问："你到这么偏僻的地方做什么？"

木十回答："等人。"

"等谁？是这个男人吗？"高凌尘指着王远龙的照片。

"不是，7点58分有一个小男孩告诉我有人在那里等我，让我在8点15分到那里去。"

高凌尘皱了下眉头："那你认识这个男孩吗？"

木十小幅度地摇头："不认识。"

"然后你就相信了他的话？"高凌尘觉得不合理，因为他实在不相信木十是警惕心那么弱的人。

木十耸了耸肩："是的，因为他看上去不像是在骗我。"

高凌尘说："然后你就去了那里？"

木十说："我在那里等了5分钟，没有看到任何人，所以那个时候我就觉得也许被骗了，然后我就走了。"

高凌尘问她："你到那里去告诉过阮言希吗？"

"没有。"

高凌尘问："为什么？"

她耸了耸肩，语气听上去有些无奈："因为我没有想到我会因为去了那里就和一起凶杀案扯上了关系。"

高凌尘耐着性子问："之后呢？"

木十如实道："我去买了拼图和蛋糕，然后就回到了阮言希的小洋房，一个小时后就被你们带到了警局。"

"王远龙是被这把刀刺死的。"高凌尘拿出另一张照片放到木十面前，"你今天有看过这把刀，或者有用过这把刀吗？"

木十看了一眼，摇头。

"可是我们在这把刀上发现了你的指纹和你的DNA（脱氧核糖核酸），你的血在上面。"他的视线瞥向木十的左手，上面有一道很明显的伤痕，"木十，你左手手指上的伤是怎么弄的？"

木十也不掩饰伤口："今天被割伤的。"

高凌尘冷着声道："是你拿着刀袭击王远龙的时候，他反抗了，你的手指也因此被割伤，之后你杀死了他，我说得对吗？"

木十抬眼看着他，丝毫不回避他审视的目光："不，我是走在路上的时候被割伤的，割伤我的人是一个男人，身高175厘米左右，偏瘦，戴着蓝色的帽子，身着黑色的大衣，牛仔裤和白色Z牌的运动鞋，不过我没看见他的长相。"

高凌尘叹了口气，开口问："你觉得他为什么要割伤你？"

木十面色平静地道："之前不知道，现在我知道了，为了陷害我。"

"你觉得是有人先割伤了你，然后用那把刀杀了王远龙，然后把你叫去那条小路，在你走之后把尸体放在那里，把杀人案嫁祸给你？"高凌尘此刻内心纠结万分，他也希望木十是无辜的，是被人陷害的，可怎么会有这么多巧合的事情。

木十点点头："是的。"

高凌尘拿着笔轻轻地敲击着桌面："你觉得谁会这么做呢？"

木十目光微闪："不知道。"

高凌尘问："是那个割伤你的人吗？"

她平静地道："不确定。"

高凌尘抿了抿嘴巴，表情严肃地开口："木十，我再问你一次，王远龙是你杀的吗？"

木十坚定地道："不是。"说完这两个字她低下头喝了口热水。

高凌尘走出审讯室，依旧愁眉不展。

蒋齐看到高凌尘开门走出来便迎了上去，看到高凌尘的表情，开口道："队长，怎么样，她不肯认罪？"

高凌尘没有回答他，算是默认了："查到王远龙是怎么到那个小路上去的吗？"

蒋齐摇摇头："没有查到，因为那里比较偏僻，所以只有一个摄像头，其他的路口是没有的，王远龙可能是从其他地方走到那条路上的。"

高凌尘沉着脸微微点了下头："阮言希呢？"

"回去了，他说他过一会儿再过来。"

高凌尘叮嘱蒋齐："记得派个警员跟着阮言希，别让他做出什么出格的事情来。"

蒋齐连连点头："我知道了。"

一个小时后，阮言希又回到了警局，走到楼梯口，他看到了靠在墙壁上抽烟的高凌尘，他吸了吸鼻子，走了过去："怎么样？审讯完了？"

高凌尘见阮言希来了，掐灭了手上的烟，站直了身体："她说她没有杀人，但是我看得出来她言语中有所隐瞒。"

阮言希丝毫不意外,木十现在不相信警局里的任何人。他走到窗前看着窗外,开了口,却问了一个和案子貌似无关的事情:"高凌尘,你知道木十从五岁开始每个生日都会收到一份礼物吗?"

虽然今天是木十的生日,但是高凌尘不明白阮言希为什么会扯到生日礼物上:"收到礼物有什么奇怪的吗?"

阮言希偏头看着他:"收到礼物不奇怪,关键是礼物的内容,是动物的尸体。"

高凌尘被最后一句话惊到了:"动物的尸体?"

阮言希点了点头:"对,每年都是,除了今天,她没有收到动物尸体,不过看来那个寄礼物的人送了她一具人的尸体。"他的嘴角扬起一丝冷笑。

高凌尘马上问:"知道是谁寄给她的吗?"

阮言希耸了耸肩:"她没有明说,但是我看得出来肯定是她的亲人寄给她的,而根据时间推断,唯一符合的只有她的父亲,对了,你应该知道她的父亲是谁吧?"

"木久临。"高凌尘当然知道。

阮言希点点头。

高凌尘觉得诧异:"可他应该在二十二年前就已经死了啊。"

阮言希抬起头,身体前后轻微地摇晃起来:"没错,在木十不到三岁的时候,木久临杀死了自己的妻子,也就是木十的母亲,之后警察在他家里找到了八具女性的尸体,那个案子当时轰动一时,因为谁也没有想到一个看上去那么斯文的老师竟然会是一个如此惨无人道的凶手。"

"一年后木久临被抓获,之后判处死刑。"虽然是二十多年前的案子,但高凌尘同样印象深刻,"他已经死了,怎么可能再给木十寄礼物,而且寄了二十年?"

"我翻看过当时的资料,警察之所以花了一年的时间才抓到木久临是因为木久临一直都藏在警察一开始就搜查过的区域内,而有趣的是他一直都没有被发现。"

高凌尘皱了眉头:"你什么意思?你怀疑警察内部有内鬼?还可能是木久临的同伙?"

"我可没这么说,那时候木久临很快就被执行了死刑,但如果存在这个同伙的话,一切都有可能发生,不是吗?"他挑了挑眉头看向高凌尘。

第十一章 木十（3）

"木久临被人掉包了，他并没有死？这太夸张了。"高凌尘不知道现在该是什么表情了。

"这只是一种可能性而已。"阮言希低着头用脚踢了踢墙壁，之后又抬头对高凌尘道，"我现在可以见木十了吗？"

阮言希开门走进审讯室的时候，木十正闭着眼睛，她没有睡着，听到动静就睁开眼，朝门口的方向看去。

木十发现来的是阮言希，只是眨了眨眼，仍旧面色平静。

阮言希抬脚走了进去，拉开椅子，坐在了木十的对面，他张嘴便道："木十，我的拖鞋坏了。"

木十目光微闪，下一秒便接口道："是吗？怎么坏了？"

"破了一个洞，我很怀疑是那些警察在我们家捣乱的时候弄坏的。"阮言希的语气中带着浓浓的不满和一点儿怨气。

木十点点头："哦，那你得和高凌尘说一声，让他们赔你双拖鞋。"

"这个不急，我要先把你接出去。"阮言希身体前倾，离木十更近了些，"木十，你知道吗？他们说你杀了人。"

木十语气淡淡的："嗯，是啊，你相信吗？"

"这是我听到的最可笑的笑话了。"阮言希这样说脸上却没有一丝笑容。

木十抬眼，双眼定定地看着他，她一字一顿地道："阮言希，别相信任何人。"

"我知道。"阮言希说着站了起来，他快步走到木十身前，伸手抱住她，接着他弯腰把头靠在木十的耳侧，轻声开口道，"木十，生日快乐。"

木十抿了抿嘴："谢谢。"

下一秒，他松开手，站直了身体稍稍拉开了他们之间的距离，再度低头，他在木十的额头上留下一吻，淡淡的，蜻蜓点水般的一吻。

等到额头上的触感消失，木十抬起头看着离她并不远的阮言希的脸，她的眼神里带着疑惑。

"生日礼物。"阮言希站直了身体，末了，还补充了句，"不用谢。"

阮言希走出审讯室，就看到了站在外面的高凌尘。

"怎么样？她说了什么？"

"没说什么，再说你不都听到了吗。"

阮言希心情不好的时候说话向来很冲,高凌尘早就习惯了也不会介意:"验尸报告还没出来,我们正在找木十提到的那个划伤她手的男人,你现在要去现场看看吗?"

让高凌尘觉得奇怪的是阮言希拒绝了,他冲高凌尘摆摆手:"不,等验尸报告出来以后吧,我先回家了。"说完就双手插在口袋里走了出去。

阮言希打的回了家,一开门他脱下鞋子把门关上,又一次拖鞋没穿就快步走了进去,他走到二楼的书架前,然后准确地走到他想要找的书的位置,伸手拿出了一本书——《别相信任何人》。

为了防止警察在搜查中找到,木十在阮言希拖鞋里放的纸条上写着的是一条加密的信息,除非找到准确的那本书,不然除了木十谁也没有办法破解。

阮言希拿出纸条,开始快速地翻书,很快他就破解了这个加密信息。

向阳路56号。这是一个地址,在阮言希脑子里陌生的地址。

阮言希把书放回书架上,走到窗前从窗户向外看着在他家外面徘徊的一名警察,他勾起嘴角轻笑了一声,五分钟后他开门走了出去。

宋启亮发现阮言希又出了家门,想到之前蒋哥给他的任务,等阮言希走出去一段路后,他跟了上去。

阮言希没有打车,一直在步行,似乎不是去很远的地方,十分钟后,他发现阮言希走进了一家书店,过了大约十五分钟,他从书店走了出来,手里没拿任何东西继续往前走,宋启亮跟着他往前走。

过了一会儿,阮言希又走进了一家超市,之后买了一瓶水就又走了出来。

宋启亮跟了快一个小时,阮言希就像是在逛街一样,丝毫没有什么异常的表现,宋启亮心里非常纳闷,照理说自己的助理成了犯罪嫌疑人被关在警局,本该十分紧张才对,可阮言希却突然没有了之前的紧张,反而像个没事人一样,开始逛街购物了?

这时阮言希又走进了一家饭店,宋启亮一看时间确实已经到了饭点,他拿出面包一边啃一边等着阮言希出来。

结果过了半个多小时仍旧不见他出来,宋启亮透过玻璃往里面看去,却没有看到阮言希,他赶紧拉开店门冲了进去,在饭店里转了一圈,哪里还有阮言希的身影?

宋启亮冷汗都出来了,他马上掏出手机给蒋齐打去电话:"蒋哥,我把阮言希跟丢了！"

　　蒋齐声音猛地抬高："什么？不是让你跟紧点儿吗？"

　　宋启亮急道："我一直都跟着啊，他就一直在逛街，半个小时前他进了一家饭店，然后我就在外面等，结果我进去一看根本没有他，我可以保证他没有出来过，可我不知道他去哪儿了。"

　　蒋齐暗骂了一声："他肯定从饭店的后门走了，你赶紧去找。"

　　蒋齐挂了电话急匆匆地去向高凌尘汇报："队长，我让宋启亮跟着阮言希，结果他进了一家饭店就不见了，估计是从后门走了，现在找不到他人了。"

　　对于这个结果高凌尘并不惊讶，更多的是无奈："看来他早就知道有人跟着他了，摆脱别人对他来说轻而易举。"

　　蒋齐说："那现在怎么办？他万一做出什么出格的事情怎么办？"

　　高凌尘冷声道："查看周围的监控尽快找到他，如果他做出任何妨碍案子的事情，直接押来警局。"

　　在摆脱警察之后，阮言希走到小路上，一路上避开摄像头，这周围摄像头的位置他一清二楚。之后他打了车前往木十留下的地址。

　　半个多小时后，出租车停在了一条小巷里，阮言希下了车慢慢往里走，这是一条老式小巷，位置偏僻，看上去十分冷清，一路走过去都看不到什么人。

　　很快他就站在了56号的门口，没有丝毫的迟疑，他走上前敲了敲门。

　　门被打开，开门的是一个年轻的男人，头发凌乱，皮肤很白但是下巴上却有些胡楂，身上还披着一条被子，他看到阮言希打量了一下他的脸，随即开口道："你就是阮言希吧。"

　　阮言希挑了挑眉："你认识我？"

　　"木十和我提过你，我知道她现在是你的助理。"

　　阮言希说："那你是谁？"

　　"她的朋友。"男人向他身后看了一眼，发现只有阮言希一个人来，皱了下眉，"木十是不是出事了？"

　　阮言希马上问："你怎么知道的？"

　　"木十和我说过，如果有一天你单独来找我，那就意味着她出事了。"

第十二章　木十（4）

"对了，我叫秦翼。"年轻的男人侧身让阮言希进了自己的家里，然后伸手关上了大门。

秦翼的家里看上去很普通，不算很干净但也不乱，阮言希跟着秦翼走进书房，就看着秦翼走到书架前，拿走了上面的一本书，然后把一块木板向上推开，露出了输入密码的装置，他按了四个数字，之后推开了书架，就露出了隐藏着的一个房间。

秦翼边走进去边对阮言希道："这个房间之前只有木十一个人知道，现在你也知道了，进来吧。"

阮言希走了进去，就看到了整个墙壁的电脑屏幕，有些放在桌上，更多的悬挂在墙壁上，每一个屏幕上都显示着不一样的东西，阮言希环视了一圈。

秦翼走到桌子前，双手在键盘上飞快地敲击着，然后一个屏幕上就出现了阮言希家的画面，秦翼把时间往前调，调到了中午 11 点时的监控画面就看到了警车的出现，不久，木十被带出小洋房，押进了警车里。

秦翼看到这幅画面激动得把原本盖在身上的被子都弄到了地上："木十居然被抓进去了？她做什么事了？"

阮言希同样也是第一次看到木十被带走的画面，他垂眼轻声道："警察怀疑她杀了人。"

秦翼扭头看他，觉得不可思议："什么？这怎么可能？"

阮言希抬头与他对视："这当然不可能，有人在陷害她，所以我要找到陷害他的人，全市的所有监控你都能看得到吗？"

"那当然。"在这方面秦翼非常有自信。

阮言希马上道："帮我找两个人，能先调出 7 点 30 分到 7 点 45 分在 A 商场外面的监控录像吗？"

第十二章 木十（4）

"可以。"秦翼低头在键盘上敲击了几下，画面上时间显示为7点30分，录像开始播放，到7点36分，木十出现在画面里，脸正对着摄像头，7点38分一个和木十所描述的一样的男人出现在画面上，他背对着摄像头从木十的旁边擦过，之后木十停下来低头看着自己的手，然后回头看了一眼那个男人，而那个男人很快就走进了旁边的小路上，自始至终没有让摄像头拍到他的正面。

阮言希让秦翼把视频倒退了两分钟后指着画面上的那个戴着帽子的男人道："就是这个男人，我需要尽快找到他。"阮言希拿出一张照片给秦翼看，"还有一个是这个人，叫王远龙，他已经死了。"

听到阮言希这样说，秦翼马上就猜到了："警察怀疑木十杀了这个男人？"

阮言希点头："我要知道他们这几天的所有动向。"

秦翼看着屏幕抿了抿嘴唇："这需要一点儿时间。"然后他打开了一个抽屉，里面放着十多部手机，他从一个格子里拿出一部递给阮言希："这个手机你拿着，一有消息我会用这个联系你。"

阮言希接过手机放在口袋里："好的。"

阮言希从秦翼的家里出来，打的直接去了警局，此时高凌尘还在寻找阮言希，所以看到他出现在警局时，有些意外。

阮言希挑着眉，嘴角扬起一抹笑："怎么了？看到我出现很意外啊。"

高凌尘走上前，打量着他："你刚才回家了？怎么一直联系不上你？"

"是啊，回家之后又去商场买了一些东西，手机放家里了没带。"阮言希把一个袋子在高凌尘面前晃了晃，"这些是拿来给木十的。"

高凌尘知道阮言希在消失的这段时间做的绝对不止这件事，但是阮言希不肯说，他对他也没有任何办法，况且就目前的情况来看，阮言希并没有做什么妨碍案子的事，至少他还没发现。

阮言希知道高凌尘抓不到自己的任何问题，便开口道："所以急着找我有什么事吗？"

"王远龙的尸检报告出来了。"高凌尘打开文件袋，把报告递给阮言希，"腹部有两处锐器刺入伤，失血过多造成死亡，伤口的形状与现场发现的刀形成的伤口相符。"

阮言希低头随意翻着报告："所以？"

高凌尘沉声道："在死亡时间和凶器方面已经确认没有任何的疑点，王远龙就是在 8 点至 8 点 30 分被这把沾有木十血迹的刀杀死的。"一字一句都在陈述一个事实：木十杀了人。

高凌尘的话对阮言希毫无影响："那你们找到那个划伤木十的男人了吗？"

高凌尘摇头，把调查的结果告诉他："没有，技术员已经找到了那段监控视频，木十所说的那个时间段她的确是出现在那里，也有一个戴着帽子的男人经过她的身边，但是现在根本没法证实这个男人用刀划伤了木十，摄像头也没有拍到这个男人的脸，难以确认他的身份。"

高凌尘所说的这些都是阮言希已经掌握的信息，他耸了耸肩，抬头看着高凌尘淡然道："那就是还有疑点，你不能证实这个男人划伤了木十，也就是说你也不能确信他没有划伤她的手。"

这听起来就像是狡辩，高凌尘暗暗叹了口气，双手抱胸看着阮言希道："你现在还坚信木十没有杀人。"这句话高凌尘用的是肯定句。

阮言希微微扬起下巴，眼神是坚定的："当然，我永远相信她，因为我相信我自己，那你呢？"

高凌尘回答他："我之前就已经说过，不存在我相不相信木十，作为警察，我只相信证据。"

阮言希继续道："如果你看到的证据都是被人捏造的呢？"

对于这个假设，高凌尘沉默了。

第二天还不到凌晨 5 点，正坐在房间里梳理案件的阮言希接到了同样一夜未眠的秦翼打来的电话。

电话接通后秦翼略显疲惫的声音从手机里传出："阮言希，我找到那个戴帽子的男人了，他叫郑真，他的地址还有他最后被摄像头拍到的地方我都已经发到你手机上了。"

"谢谢。"阮言希挂了电话就收到了秦翼发来的短信，上面是两个地址，一个是老式居民区的地址，应该是郑真的家，还有一个就在王远龙尸体被发现的地方附近。

他放下秦翼给他的手机，然后拿起了自己的手机，给高凌尘打去了电话，这是阮言希在很短的时间内做出的决定。

郑真还活着的概率微乎其微，为了更好地陷害木十，这个人肯定不会活在这世界上被警察找到。

第十二章 木十（4）

阮言希不知道警察找到郑真后给木十带来的是解除嫌疑还是更大的陷害，但是现在通知高凌尘是最明智的选择，因为他现在不能单独去那里，否则他自己都可能被人一同陷害，那无疑就将他和木十推向了更加糟糕的处境，所以越到这种时候他自己越得先保持冷静，做出最理智的判断。

阮言希给高凌尘打完电话后，也穿上外套打的去了郑真最后被摄像头拍到的那个地方，下车后，他看到了那里已经被警车包围，阮言希向前走去，在忙碌的警察中看到了高凌尘。

高凌尘看到阮言希后什么话都没说，只是带着他走到一个垃圾桶的边上，在灯光的照明下，阮言希认出了被扔在垃圾桶里面的男人，正是郑真。

高凌尘双手抱胸好整以暇地看着他："阮言希，你是通过什么方式知道这男人的身份的？"

阮言希面色平静："通过一个朋友，我跟他描述了一下这个男人的模样，他碰巧昨天在这附近看到过这个男人，所以他帮我查了一下就查到了他的名字，叫郑真。"

"真是够巧的啊。"高凌尘的脸上没有一丝的笑意。

"是啊。"阮言希抬头与他对视，眼神没有丝毫的避让。

"队长，郑真好像是被勒死的。"蒋齐把覆盖在尸体上的垃圾小心地取走，就发现了郑真脖子上明显的勒痕，他马上把这个发现报告队长，而他的声音也打断了两人的僵持。

高凌尘看了阮言希一眼，然后转身看了过去，阮言希也凑过去看尸体脖子上的痕迹，然后做出了推断："看来是被这么粗的绳子勒死的。"说着他用手比画了一下。

接着，蒋齐又在这个垃圾桶里找到了和阮言希推断的粗细差不多的一根绳子："队长，找到了，绳子在这里。"

阮言希看了一眼绳子就往旁边走了几步，然后拿着手电筒往垃圾桶旁边的地上照去，并蹲下来检查着地面："这里有被拖行的痕迹。"他顺着痕迹又往前走了好几步，找到了尸体最开始的位置，他把手电筒一转，照向了旁边的垃圾桶，因为长时间没有清洗，上面已经积了一层污垢，因此可以明显地看到上面的几条抓痕："郑真是在这个位置被人用绳子勒死的，其间他挣扎过，指甲在垃圾桶上留下了痕迹，所以他指甲里肯定有污垢。"

两名警察合力小心地把郑真的尸体从垃圾桶里抬出来放在担架上，高凌尘蹲下来查看郑真的手指，果然在右手手指甲里发现了污垢。

这时邢静也赶到了现场，戴上手套就开始了初步的验尸，过了没多久，她站起来脱下手套和高凌尘道："高队，死者确实是被人勒死的，而且已经死了很长一段时间了。"她瞥向阮言希，吞吞吐吐地开口道："而且和王远龙的死亡时间差不多，他应该是在8点半至9点半被杀害的。"

高凌尘垂下眼微思："所以就在王远龙死后没多久。"

"哦——"阮言希拖了个长音，像是理清思路一般点了点头，"看来郑真是在刺伤木十后，把刀给了那个真正的凶手，凶手杀了王远龙之后又在这里勒死了郑真。"

"那你告诉我这是什么？"高凌尘突然拿起一个物证袋，放在阮言希面前，"你不会不认识吧。"

阮言希马上闭上了嘴，他死死咬着下唇看着证物袋里面的东西，他怎么会不认识呢，那是他们逛街时在路边摊上他给木十买的，一个蝴蝶结夹子，木十不用时就放在口袋里。

蝴蝶结夹子很普遍，但这句话阮言希都说不出口，因为这个夹子上阮言希特意写了一个M，那是他的字迹，无法否认。

沉默了几秒后，阮言希坦然地开口："我不否认这是木十的，但是既然凶手想到了陷害木十，当然会偷走她的东西，情理之中啊。"

然后他指着担架上的郑真尸体道："他身高175厘米，而木十只有160厘米，你们觉得以她一人之力能把郑真扔进垃圾桶里吗？"

蒋齐听了在一边随口说了一句："如果她都能杀人，我觉得没有什么是不可能的。"

阮言希抿了抿嘴，目光却冷了下来："蒋齐，我非常不喜欢你刚才说的话，请不要怀疑一个给你们之前破案带来帮助的人！"

蒋齐撇撇嘴，避开了他的视线："我们现在也只是怀疑而已。"

阮言希坚持道："那我希望你们连怀疑都不要有。"

面对阮言希的说辞，高凌尘一句话没有说，只是收起物证袋，转身安排队员继续勘查现场。

所有的警察都在工作，阮言希双手插在口袋里站在一边，看着忙碌的现场，许久，他退后一步，转身慢慢往前走。

早晨6点，天还没亮，路上几乎没有什么行人，阮言希一个人低着头贴着路边的墙壁走着，耳边听到的只有自己的脚步声还有风声。他的脑子里回放着现场的每一幅画面，每一个细节，两名死者的脸、带血的刀、绳子、垃圾桶、每年寄来的礼物、写着字的卡片，最后浮现在他脑海里的是木十的脸。

他突然停下来，转身向大路走去，他拦下一辆出租车，坐上后座，他和司机说了小洋房的地址，然后向后靠去闭上了眼睛。

车快到小洋房的时候，阮言希睁开眼睛，他刚才根本就没有睡着，即使已经一晚没睡，他此刻竟然一点儿睡意都没有。

开门走进家里，房子里空无一人，他没开灯，借着外面一点儿的光亮走到厨房，打开冰箱，里面只剩下了面条和十几个鸡蛋，他拿出面条和两个鸡蛋，转身关上了冰箱。

烧开了水，他把面条扔进锅子里，同时在旁边起了油锅，敲碎蛋放了进去，鸡蛋一入油锅，刺刺作响，面煮熟了，他把荷包蛋放在上面，走出厨房放到了餐桌上。

阮言希拉开椅子坐了上去，可等到吃了一口面后才发现自己连盐都没有放，最后他只吃了荷包蛋就把面扔进了垃圾桶里。

看着垃圾桶里的面条，阮言希突然想到木十昨天连面都没有吃到，他撇撇嘴，心里觉得十分不爽。

这时，手机的铃声打断了他的思绪，他掏出手机，一看屏幕，正是秦翼打来的。

阮言希接起电话："喂。"

电话那头的秦翼已经不知道喝了多少杯的咖啡，对他道："阮言希，我把王远龙和郑真的资料发给你，这两个人最近的动向我还在看监控，我会尽快整理好之后发给你。"

"谢谢。"

挂了电话，阮言希看着秦翼发来的资料，从头看了一遍，得出的结论就是：两个人无论从身份、家庭环境、工作到交际圈都完全不同，没有一点儿相似点和关联，这应该就是完全两个不会有交集的人，可现在这两人却联系在了一起，而且和木十联系在了一起，他们成了两具冰冷的尸体，而木十则变成了杀害他们的嫌疑人。

阮言希坐在沙发上，随手拿来一张纸在上面写下了两个人的名字。郑真用刀割伤木十，是为了陷害木十杀了王远龙，那么王远龙是谁杀死的，是郑真还是那个在之后勒死郑真的人。

策划这些的人是那个每年给木十寄动物尸体的父亲还是另有其人，他的目的又是什么，单纯为了陷害折磨木十，或者是为了引出木十的哥哥……"木十的哥哥。"阮言希喃喃自语，他突然想到木十说昨天早上出现在那条小路上因为有一个小孩告诉她有人在那里等她，阮言希知道木十的警惕性很强，这个孩子绝对是她瞎编来糊弄警察的，那么她会单独到那里可能就是因为她的哥哥。

阮言希眯了眯眼睛，突然站起身向门口走去。

木十早上再度被带到审讯室里，她坐在椅子上，脑子里也在思考，此时的她还不知道郑真已经死了，可她知道郑真还活着的概率微乎其微。

那天早上她会到那条小路上去，当然不是因为一个孩子告诉她那里有人等她，而是因为她收到了一张纸条，上面的密码正是她和她哥哥所用的，可当她到了那里之后，哥哥并没有出现，而之后她便被抓进了警局，这绝对不可能是巧合，那么是有人破解了密码还是写这张纸条的人就是……

"咔嗒。"

审讯室的门被打开，木十闻声抬起头，一个人走了进来。

第十三章　木十（5）

"砰！"

穿着警服的中年男人身体直直向后倒去，在倒下去的那一刻，他松开了自己的手，他的双眼瞪着，眼里有不甘有痛苦，或许还有一丝解脱，终于慢慢失去焦距。

重重摔在地上的声音和门被猛然撞开的声音重叠在一起，木十松开手，冰冷的枪直直坠落在地上，发出的声响让木十回过神，她低着头看着躺在地上的人，鲜血从被击中的伤口蔓延开来，染红了他身下的地面，瞬间血红一片。

有很多警察冲了进来，几双手按住中年男人身上的伤口。

"快来人！韩警官中枪了！"

"来人！快！送医院！"

呼救声刺入木十的耳中，她的眼睛眨也不眨就这样一动不动地看着这个混乱的场面，下一刻，她眼前的东西变成了白色桌子，她的脸紧紧贴在上面，身体被警察按着，双手被反扣着。

脸上传来冰冷的触感，她闭上眼睛，而后马上又睁开，这时候她才发现刚才竟一直都没有呼吸，她慢慢吐出一口气，再度离开桌子时，她的表情已经从震惊变为麻木。

看着身边警察投向她的愤怒目光，她的嘴角微微上扬，嘴角溢出一丝苦笑。

***

勘查完郑真被害的现场，高凌尘留下几人继续寻找周围的线索，便带着队员回局里。

离警局还有十分钟路程的时候，手机响了，高凌尘接起电话："喂。"

"队长！韩警官中枪了！"

因为震惊，高凌尘身体微微向前倾，他的声音猛地抬高："什么？这是怎么回事?"

"是木十开的枪,现在他还在医院抢救,生命垂危。"

听到"木十"这两个字,高凌尘短暂地愣了几秒,而后道:"知道了,我马上就回去。"

阮言希打的来到警局,一下车就快步走向警局门口,正好碰上了高凌尘他们。看到高凌尘和蒋齐的脸色,阮言希觉得自己的预感也许成为现实了,他加快脚步跟上高凌尘,开口便问:"木十出什么事了?"

而此时的高凌尘根本没有时间没有心情回答甚至看一眼阮言希,所以他什么都没说,继续往里赶。

阮言希此时的紧张不亚于高凌尘,得不到回答,他自然不会罢休:"木十到底怎么了?"他又问了一次。

这次蒋齐扭过头,回答了他:"她朝我们一名警察开了枪!"脸上带着不可抑制的愤怒。阮言希止了步,他的脑子里不断地循环着这句话,双手紧紧地握成拳,而后继续跟了上去。

高凌尘带着木十再一次走进审讯室,他并没有安排木十去其他的审讯室,依旧还是原来的那间,地上还留着遭受枪伤的韩警官的血,木十绕过血迹坐在椅子上,高凌尘打开了她右手的手铐,而后铐在了椅子上。

做完这些,他走到靠门的椅子上坐下,他打开手里的文件袋,抬头看着木十:"木十,8点04分,你开枪打伤了韩警官,为什么要这么做?"声音没有丝毫的起伏。

木十垂下眼,不紧不慢地回答他:"我没有开枪。"

高凌尘拿出一张报告放在她的面前:"你已经做了硝烟反应检验,结果证明你的确开了枪,近距离射击,你还能怎么解释?"

木十抬头看向高凌尘:"如果我说是他自己开的枪你会相信吗?"

高凌尘抿了抿嘴唇,之前的两个死者他心里还是可以接受木十是无辜的,他还是更倾向于相信木十,可现在:"你说韩警官自己开枪自杀吗?为什么?为了陷害你吗?"

木十回答:"我能说的只有这些。"

高凌尘指着不远处地上的血迹,冷声质问道:"韩警官现在还在抢救室里抢救，生命垂危。木十，你老实回答我，是你杀的人吗？"

木十偏头看着地上的那摊血，耳边高凌尘的声音却变成了其他人的声音，她听到过，在她小的时候。

从小到大，"杀人犯的女儿"，这个称呼一直陪伴着她，别人会因为这个称呼，无论发生了什么事情最先怀疑的都是她，她知道也许一辈子也抹不掉，别人会怀疑她打人、偷东西，终有一天会有人怀疑自己杀了人，因为她是杀人犯的女儿，有着杀人犯的遗传基因，他们会这么认为。

木十曾经以为对于别人的怀疑她早就已经习惯，但是今天她才知道自己还是没有办法承受。

"木十，阮言希一直相信你没有杀人，恐怕到现在为止他都这么认为，别让他对你失望。"

听到阮言希的名字，木十回过神，她看着高凌尘，开口道："我要见阮言希。"她从没有像这一刻那么想见到他。

"韩警官现在情况怎么样？还在抢救室？好，有任何消息你马上打电话给我！"蒋齐挂了电话，依旧是满脸的焦急，一扭头就看到了靠在墙壁上的阮言希。

蒋齐冷着脸看着他："你还是觉得木十没杀人？"

阮言希没有直接回答他，而是问："监控呢？"

"审讯室早上的监控没开。"蒋齐顺口回答了他，转念一想，立刻瞪大眼睛愤怒地对阮言希吼道，"怎么？现在韩警官人都在抢救室了，还没脱离生命危险呢！木十开了枪，这已经是板上钉钉的事实了。"

阮言希声音依旧不高："我知道你现在情绪不好。"

蒋齐一拳打向墙壁，像是在发泄自己的所有情绪："我当然情绪不好，韩警官是除了队长之外我在警局最敬佩的人了！"

阮言希别开脸，没有和他再争论什么，因为他不想激怒蒋齐。

从审讯室出来的高凌尘看到蒋齐和阮言希，他走过去，知道蒋齐担心韩警官，便道："蒋齐，你去医院吧。"

"队长，那我先去了。"蒋齐说完马上就往外走。

蒋齐走后，高凌尘回头对阮言希道："阮言希，木十要见你。"

阮言希这两天是第二次走进审讯室，空气里还能闻到淡淡的血腥味，阮言希瞥了一眼地上的血就径直走向木十。

木十听到动静转过头来看着他，眼神里是一丝无助和孤独。

他加快脚步走到她面前，伸出手把她的头按在自己的怀里，双手环抱着她，低下头，把下巴轻轻地抵在她的头顶上，一个字都没有说。

但是木十却能听到他这个动作所表达的声音。

木十，我相信你。对她来说，这就足够了。

经过几个小时的抢救，韩警官最终脱离了生命危险，从手术室出来后被转入重症监护病房，但是仍然处于昏迷状态。

一直在手术室外焦急等候的蒋齐等人总算松了一口气，蒋齐马上打电话给高凌尘说了韩警官的情况。

"队长，韩警官已经脱离危险了，医生说不会有什么问题，现在等他醒来就好了，那我现在回警局吧。"

高凌尘回答："不用，你还是守在那里，如果韩警官醒过来马上通知我们。"

蒋齐道："我知道了，队长。"

高凌尘挂了电话，对正从审讯室走出来的阮言希道："韩警官已经脱离危险了。"

"那就好。"阮言希心想：如果他死了，那就死无对证了，当然在这种情况下，这话他是不会说出口的。

高凌尘回头看了一眼审讯室，沉默不语。

阮言希靠在墙壁上，腿微微往前伸，看着前方开口道："你现在压力很大吧。"

"等韩警官醒来之后，只要拿到他的笔录，这个案子基本就会定案了。"高凌尘直起身，从阮言希的前面走过，留下一句话，"所以，如果你想要改变的话，尽快。"言下之意就是他不可能拖太久。

阮言希垂下眼，轻声道："当然。"

高凌尘独自走到楼梯口，站在窗口看着外面川流不息的车辆和人行道上光秃秃的树木，从口袋里拿出一包烟，他的手放在一支烟上，抽出一半时，他的手停了下来，叹了口气，他又把那支烟按了回去。

接到秦翼的电话阮言希从警局出来，走了一段路后，他打车再次来到秦翼的家里，一开门，阮言希发现秦翼的装扮和之前一模一样，就是黑眼圈更加深了，下巴上的胡楂也越加多了。

阮言希一进门先递上了一杯咖啡。

秦翼看到咖啡一下子捏住鼻子："哦！天！别再让我喝咖啡了，我现在闻到咖啡的味道，就是看到'咖啡'这两个字我都觉得恶心了，天知道我这几天喝了多少罐咖啡了。"

阮言希表示理解，弯腰把咖啡放在了门口。

秦翼吐槽完之后，提到了正事上，领着阮言希到了隐藏着的房间里："不过总算还有些发现，我一开始一直在苦恼为什么找不到他们两个人碰过面的画面，后来我发现他们两个人的确没有碰过面，但是他们有好多次出现在同一个地方，但是前后相隔了一个小时。"

阮言希问："每次的地方一样吗？"

秦翼摇头，把所有的监控画面一个个放给阮言希看："每次都不一样，但巧合的是都是在这两具尸体被发现的犯罪现场附近，而且都是相当偏僻的地方，我研究过那些地方，是一些隐秘的赌场、小店和棋牌室，我觉得他们似乎在暗地里做些什么非法交易。"

阮言希身体前倾看着屏幕，大脑快速地运转着，很快，他说出了两个字："毒品。"

秦翼回头看他："你怎么知道是毒品？"不理解他是怎么确定的。

"韩义德之前是缉毒警察。"阮言希只是说了这么一个信息。

秦翼想了想："你的意思是这三个人其实都有关系，可如果他们两个是贩毒的，那他们两个和韩义德不就是对立的关系吗？"

阮言希嘴角溢出一丝冷笑："可如果有一天这个缉毒警察没有抵抗住金钱的诱惑呢？"

秦翼这下彻底理解了阮言希的意思："就是说韩义德没有去抓他们，反而为他们做了掩护，甚至可能加入了他们。"

阮言希慢慢直起身："这个案子我之前想得太复杂了，因为我把木十放进了这个案子里，现在把木十抽开，我做了一个假设，首先郑真杀了王远龙，而后韩义德又杀了郑真，最后韩义德开枪自杀，只不过在这个过程中郑真和韩义德用了点儿手段陷害木十。"

"就是说可能原本郑真就是要杀王远龙的，而韩义德本来就准备要杀了郑真。"秦翼边说边皱起了眉头，"那我还是不理解他们为什么要陷害木十啊？"

阮言希用手指轻轻叩着桌面："因为他们的背后还有一个人，控制了郑真和韩义德，通过他们来完成他陷害木十的目的。"

秦翼看着阮言希道："所以我们现在要揪出那个人，那怎么办？"

阮言希说："如果按照计划的话，现在韩义德应该已经中弹身亡了，可他现在却被救活了，这就是我们的机会，留下了唯一的活口，这就是突破口。"阮言希突然话题一转："对了，那几个地方……"

秦翼晃了晃手机："我已经顺便匿名举报了。"

阮言希点点头，起身往外走。

"你现在去哪儿？医院？韩义德还没醒呢。"阮言希扭头看他，秦翼指了指一台电脑："医院的监控。"

阮言希回过头继续往外走："韩义德没死，你觉得那个人会放任他活着不管吗？"

蒋齐坐在重症监护室门口，听到脚步声后，抬头看到走过来的阮言希很是意外："你来这里干什么？"

阮言希坐在离他两个位子的地方："放心，我不是来杀人灭口的。"

"我又没这么说。"蒋齐说着别过脸去，然后马上又转头看向他，"你还没回答我呢。"

阮言希身体向后靠在后面的墙壁上："做和你一样的事情。"

然后两人无话。到了当天晚上，韩义德终于醒了过来，之后被转入普通病房。

蒋齐等医生检查完韩义德的伤口，在门口拦住他："不好意思，医生，里面的病人现在是什么情况？"

医生回答道："已经没有什么问题了，只要好好休息就行。"

阮言希插了一句："那现在可以说话吗？"

医生说："这应该没有问题，但是不建议长时间的谈话，因为现在病人还比较虚弱，怕会影响他的恢复。"

蒋齐对医生笑着点点头："谢谢你，医生。"

阮言希回头看着躺在病床上的韩义德，他睁开眼，眼里是无法掩饰的紧张和恐惧。

第十四章 木十（6）

深夜，韩义德躺在病床上，睁着眼，毫无睡意。他抬起手摸着自己受伤的位置，心脏怦怦地跳动着，预示着自己并没有死，开枪的那一刻，他终究没有勇气对准自己的心脏，枪口下移，对准了并不致命的位置。

可现在，他又该怎么办？自己没死，就意味着没有完成那个人的要求，他的心里有些惊慌，可他转念一想，即使这样，按照现在的情况，只要自己咬死说是木十抢走了自己的枪，而后对自己开枪，这个案子就不会有转变，自己既不用死，任务又完成了，这似乎是最好的一个结果。

韩义德强迫自己闭上眼睛，心里想着只要明天做了口供，一切就都结束了。闭上眼睛没过多久，门外传来了脚步声，脚步声渐渐清晰起来。

门外的人是要进自己的房间吗？韩义德屏住了呼吸，他的手伸出去放在床头柜上的呼救按钮上，一旦那个人企图进来，他就马上按下按钮。

下一秒，他听到了把手往下按的声音，却没有听到门打开的声音。

他吐出一口气，小口地喘息着，虽然他不知道外面的人是谁，但是此时已是深夜，谁会在这个时候来找他，答案呼之欲出。

他紧张地攥紧了拳头，他想到之前那个人的计划是自己在审讯室里中枪死亡，这样那个人陷害木十的计划就没有人会知道了，如果那个人怕因为自己而暴露了他这个人的存在，那么他肯定会在自己做口供被调查前杀死自己。

那个人不会等到明天，今天夜里是最好的时机。

正当韩义德思索的时候，把手再次被按下，似乎刚才只是在试探有没有人察觉到开门的动静。

这一次，门被小心地推开了。韩义德想也没想马上按下了呼救按钮，然后他听到了急促离开的脚步声。

在病房里陪夜的警察也惊醒，赶紧爬起来冲到病床边，紧张地问："韩警官你怎么了？"

韩义德指着门口道："我刚才听到开门声音了。"

这时听到铃声的医生赶了过来，开了灯就上前检查韩义德的情况："怎么了？哪里不舒服？"

韩义德抱歉地摇摇头，而那位警察对医生道："医生，不好意思，他没什么事，刚才你来的路上有没有看到有人在走廊里？"

医生摇头："我急着赶过来，好像没有看到什么人，不过病房的门倒是开着。"

守夜的警察也觉得有些蹊跷，于是道："韩警官，我出去看看。"

韩义德点头道："好，你快去吧。"

医生给韩义德做了一下伤口的检查后就关上门走了，出去的警察还没有回来，病房再度安静下来，韩义德此时也不敢放松警惕，慢慢把身体支起来，靠在后面的墙壁上，生怕刚才到门口的那个人又折返回来。就在这时，一个红点出现在他的被子上，慢慢上移，那是狙击枪瞄准的红点！

韩义德一个翻身摔在地上，他咬着牙捂着因为这个动作而发疼的伤口，慢慢爬起来用床作为掩体看向窗户，一扇窗户的窗帘没有拉上，从窗口看去，对面大楼的窗口就像是一个个的黑洞，掩盖着一切事物。

被子上的红点很快消失了，但韩义德不敢动，他的身体浑身发冷，僵硬着根本无法动弹，他的额头上都是冷汗，因为伤口的疼痛还有紧张，他的前面有着狙击枪，他的身后随时可能有人闯进来，无论是谁，现在都能轻而易举地要了自己的性命。

但是现在他不想死，从鬼门关那里走了一次，他的求生意志反而增强了，已经没有勇气再经历一次了。

"咔嗒。"

开门的声音传入韩义德的耳朵里，他瞪大眼睛扭头看着门口的方向，脚步声越来越近，他惊恐地等着拐角处即将出现的人。

此时的他就像是一只待宰的猎物，他只能无力地接受，不能反抗，无法挣扎。

"韩警官，你怎么坐在地上啊？"回来的警察一看到地上的韩义德，赶紧过去把他扶起来让他在病床上躺好，"发生了什么事？有人进来过吗？"

韩义德闭了下眼睛，长长呼出一口气，此时竟还有些惊魂未定："没有，我没事。"韩义德忍着伤口的疼痛躺回床上，相比于自己的伤口，此时他更关心的是刚才在外面的那个人："怎么样？找到人了吗？"

那警察摇头："没有，我找了一圈，没有发现什么可疑的人。"

"是吗？估计是什么人走错了房间吧。"韩义德嘴上这么说，心里却知道门外那个人的目标就是自己，他今天不过是侥幸。

秦磊气喘吁吁地走进一个房间，两手叉着腰走到窗口对背对着他的阮言希道："哎哟妈呀，累死我了，我可是好久都没这么跑过了。"

阮言希随口回他："嗯，正好给你一个锻炼的机会。"

秦磊撇撇嘴，一屁股坐了下来，诉苦道："锻炼心理素质倒是真的，可吓死我了，我就怕被什么人给看到了。不过你这么装神弄鬼的有用吗？"

阮言希看着窗帘已经拉起来的窗口，收起望远镜，淡然而笃定地道："明天不就知道了。"

阮言希一早到了病房，不出意外地看到蒋齐正在问守夜的警察昨天晚上发生的事情。

蒋齐站在病房门口，皱着眉头，开口问："你说韩警官昨天半夜听到有开门的声音？"

站在蒋齐对面的男警察点头回答："是的，韩警官按了呼救按钮，值班的医生赶过来时也说发现门开着，我肯定晚上关了门的，然后我追出去看，并没有看到什么可疑的人。"

这事有些奇怪，他赶紧问："那查过医院里的监控了吗？"

男警察摇头："还没有，我就想等蒋哥你来看看这事该怎么处理。"

蒋齐有些无语地翻了个白眼："还能怎么处理，当然是先去监控室看看那时的监控了。"

"哦哦。"男警察听了连声答应就要走，蒋齐想想还是不放心，又把他叫了回来："算了，你留在这里看着，我去监控室。"

蒋齐说完就往监控室方向走去，他一走，阮言希从拐角处走了出来，到了病房门口，男警察自然认识阮言希，知道他是刑侦队的顾问，那警察不敢拦着他，于是阮言希就开了门直接走进了病房。

韩义德背靠在墙壁上，坐在床上，面色有些苍白，看上去比之前更苍老了些，不知是因为中了枪伤还是因为昨夜受了惊吓。看到阮言希走进来，韩义德脸上出现了有些抗拒的表情，这个人很难缠，他心里想着。

阮言希径直往里走，拿了把椅子到床边，坐下来后才正眼看向韩义德："韩警官脸色不太好，伤口没事吧？"

对于别人的关心，韩义德也不好冷着脸不说话，虽然韩义德觉得阮言希这种人根本就不会关心别人，他回答道："还好，没什么大碍。"

阮言希身体向后靠在椅背上，以一种非常随意的姿势看向韩义德："那就好，据说韩警官身上的枪伤是我助理木十开枪导致的啊，我今天来就是想和你求证一下这件事。"

果然是来问这个的，韩义德知道这是他终究没有办法躲避的事情，做了个深呼吸，他随后镇定地开口："是她抢了我的枪，然后向我开枪的，难道她没有认罪吗？"

阮言希听完马上露出吃惊的表情："当然没有，而且她和你说的情况恰恰相反啊，她说是你抓住了她的手然后自己开枪的。"

韩义德冷呵一声："这怎么可能？"

阮言希轻哼："是啊，这怎么可能呢？谁会想到一名警察会在审讯室里在一个嫌疑人面前开枪自杀呢？"这句话他说得极慢，语气里尽是调侃。

韩义德知道再这么和他说下去对自己太不利了，难免会进了他的圈套，声音冷硬道："我说的就是实情，就是这样，在蒋齐回来之前，我不想再和你说什么。"说完他就别开脸不再看阮言希。

阮言希冷笑，他怎么可能会放过韩义德，于是他直白地道："怎么？怕露馅吗？怕暴露你杀人的事实？"

韩义德扭回脸，一副恼羞成怒的样子："你在胡说什么？我可是警察。"

面对韩义德的愤怒，阮言希突然一拍大腿，然后从口袋里拿出一样东西："哦，对了，忘了还有这个东西。"

韩义德看到阮言希手里拿着的戒指后一脸震惊，下意识地看向自己的左手，无名指上有一圈明显的比周围皮肤浅的痕迹，他的脸上是无法掩饰的惊慌。

自己的戒指怎么会在他的手里？是自己昏迷时被他偷走的还是自己不小心遗留在犯罪现场的？

心里万分慌乱，但是当他抬起头时，表情稍微恢复了平静，他强装镇定地开口问:"我的戒指怎么在你的手里?"

阮言希立马做出了夸张的表情,恍然大悟道:"啊,原来这是韩警官你的戒指啊。"

韩义德面上一僵,知道自己中了阮言希的计,现在他想否定都没办法了。

果然阮言希嘴角扯出了一抹笑意,接下去道:"韩警官,这枚戒指我可是在郑真被杀害的现场找到的。"

韩义德心里在想着对策,因为他的确不确定这枚戒指是不是他遗落在那里的,如果是他的,该怎么解释。

"你现在不用急着辩解。"阮言希把玩着手上的戒指,"韩警官,我听外面的警察说,昨天半夜,有人从外面打开了病房的门,没错吧?"

韩义德不承认也不否认,他等着阮言希继续说下去。

阮言希却突然从椅子上站起来,走到窗边,看到被窗帘挡得严严实实的窗户,随口道:"大白天的为什么拉着窗帘啊?"他说着伸手拉着窗帘的一角然后一挥手,窗帘顺着滑轮滑到了底端,窗外透进来的光让房间一下子亮了起来。

韩义德紧张地看向窗外,盯着对面的大楼。

阮言希走回来重新坐到椅子上,看着韩义德淡淡开口道:"韩警官,局里的人知道你参与了贩毒吗?"

韩义德一下子反驳道:"我是缉毒警察。"

阮言希脸上带着一些笑容:"韩警官你今年四十五岁了吧,当警察这么多年却没有当上缉毒队的队长或者副队长你觉得甘心吗?"

韩义德的表情紧绷着:"这都是上面的安排,史队长和张副队都是……"

阮言希直接打断他的话:"都是出色的警察吗?可我看了资料,韩警官也是相当出色的啊,在警局也立功无数,你心里其实也一直不满怨恨吧。"

韩义德只是道:"我一直都做着自己的本职工作。"

"啧啧。"阮言希慢慢摇着头,"恐怕不是吧,当那些毒贩们想尽办法要拉拢你的时候,你享受到了吧,金钱、权力,你高高在上,这些诱惑你没有抵挡住。"

阮言希的话让韩义德险些失去了理智,他情绪激动地道:"你在胡说什么?你有证据吗?"

"嗯,问得好,没有,为什么呢?"阮言希说着又一次从椅子上站了起来,这一次他走向韩义德,压低身体紧逼着他,"因为唯一知情的两个人已经被你设计杀死了，你让郑真杀了王远龙，而你接下来马上又勒死了郑真，你觉得这样就没有人知道了是吧。"他轻笑，转而道，"但是呢，警察已经突击了几个贩毒据点，抓获了一帮毒贩子，你觉得这里面可不可能有一个人恰好也知道你在给他们做掩护呢？"

韩义德紧紧抿着嘴巴，握紧了拳头，涨红了脸。

"那时候你要怎么解释呢？为什么你会和毒贩有联系，而恰好你的戒指又出现在一个毒贩被杀害的现场，有这么多巧合吗？"阮言希伸出手放在韩义德的面前，接着松开了手指，戒指掉在被子上。

阮言希缩回手插在口袋里，向后退了几步："昨天晚上有人想要杀你对吧？那个在你幕后的人，计划了这一切的人，他现在想要杀你灭口了，那你的家人呢？你最开始答应做这件事不就是为了保全你的家人吗，那你有没有想过你现在可能会再度让你的家人处在危险中？"说到后来他的声音并不高，低缓而又平稳。

阮言希一直注意着韩义德表情的变化，他继续说下去："你的家人乘坐今天去国外的飞机吧，现在我的朋友就在你家楼下，他们现在没有事，可不代表之后也没有事。"阮言希把椅子放回到墙壁边上，然后转身看向他，"韩义德，你的选择是什么？为了自己放弃家人还是自首？都看你自己的决定了。"

门外传来蒋齐和男警察说话的声音，阮言希道："看来蒋齐已经回来了。"言下之意就是：是韩义德做决定的时候了。

韩义德用手紧紧握着那枚戒指，咬着下嘴唇看着自己的手，接着像是下定了决心一般猛地抬起头："我要先确保我家人的安全！"

阮言希表情严肃地给了他承诺："这当然。"

韩义德叹了口气，身体终于瘫软下来，他闭上眼睛，无力而又无奈。

门被打开，阮言希看了韩义德最后一眼，往门口走去。

"你要走了？"

阮言希耸耸肩："我想韩警官已经做好做口供的准备了。"

蒋齐听了狐疑地看着他，阮言希却不以为意，绕过蒋齐继续往外走。

阮言希走到门口听到了韩义德的声音："蒋齐，我要先见到我的家人。"

他抬起头，闭上眼睛长长地吐出一口气。

"木十。"他慢慢睁开眼低声自语。

第十五章　木十（彐）

在见到自己的家人之后，韩义德选择了自首，把他命令郑真先用刀划伤木十之后杀死了王远龙的事情还有勒死郑真的经过全部交代了，当然还包括昨天在审讯室的时候对自己开枪，所有的这些事情都告诉了高凌尘。

高凌尘听完沉默了两秒，似乎是在克制住自己的情绪："韩警官，你为什么要这么做？"

韩义德低下头，双手握拳抵在额头上："我也是没有办法，那个人抓住了我的把柄，还用我家人的性命威胁我，我才会做这些陷害木十。"

高凌尘问："那个人是谁？"

韩义德摇了摇头："我也不知道他的身份，一天我回到家就收到一个快递，里面是一部手机、一张手机卡还有好几张照片，都是我和毒贩接头的照片，里面还有一张纸条，让我按照他说的做，先把手机卡插到手机里。"韩义德回忆起当时的情况，露出一丝苦笑："那时候我也不知道该怎么做，但是我想知道那个人究竟是什么人，这么做有什么目的，所以我还是照做了，开机后很快我就接到了一个电话，是一个男人的声音。"

听完，阮言希插嘴道："声音有什么特点？能判断出年龄吗？"

韩义德仔细回忆一下："听上去应该和我差不多的年纪，很低沉的声音。"

高凌尘接着问："电话里他是怎么说的？"

韩义德叹了口气，整个人比之前显得更加苍老了："我的那些事情他全部都知道，那些作案计划都是他告诉我的，所有的细节他都一一和我说了一遍，我的动向他都掌握得一清二楚，我不能给他打电话，每次都是他打电话联系我的。"

高凌尘："那部手机呢？"

"销毁了，在前天晚上他打最后一个电话给我之后。"

高凌尘拧着眉头："所以你没见过那个人，也不知道他的名字？"

"不知道，我唯一知道的是他在给我写的那张纸条上最后的署名是J.L.，而且……"韩义德像是想到了些重要的信息，"有一点很奇怪的是，他的整个计划就是为了陷害木十，但是他从不允许我直呼木十的名字，都让我叫木小姐。"

阮言希语速极快地问："那他又是怎么称呼木十的？"

韩义德抬起头："就叫木十，给我的感觉就好像……"

阮言希嘴角溢出一声冷笑，替他说了下去："只有他一个人能叫木十的名字。"

J.L.正是久临的缩写，木久临。

木十从审讯室走了出来，她第一眼就看到了站在门口的阮言希，身体笔直地站在她面前，手里拿着她的外套、围巾和帽子。

木十就这样站在原地，让阮言希一一帮她穿戴好，不一会儿整个人又裹成了一个粽子。

然后她看着阮言希转过身背对着她，她以为要走了，刚想抬脚，阮言希却突然蹲了下来。

阮言希开口："木十，上来吧。"

木十眨了眨眼睛："你这是干什么？"

"背你啊。"

木十还是觉得莫名其妙："我腿没受伤。"

"我知道，但是，木十，你是以嫌疑人的身份被抓进来的，以一种低人一等的状态，我不喜欢这样。"阮言希的语气很是不满，他极大声地说着这番话，就像是说给在场的警察听。

接着，阮言希扭过头看着木十："所以现在我要让你高人一等地从这里出去。"

木十听完先是愣住了，然后她的嘴角扬起了些弧度。纵然这种行为其实有些幼稚，但木十仍旧很感动，从背后看过去，阮言希的背并不宽阔，却足够让她去依靠。

木十趴在他的背上，阮言希估计是这辈子第一次背人，并不熟练，调整了好久的姿势，才把木十背好，他的手勾住木十的大腿，木十的双手环住他的脖子。

阮言希往前走去，缓缓道："我们回家。"

第十五章 木十（7）

　　木十的头靠在他的背上，点了下头，她想：小的时候有院长保护着她，长大一些，有她的哥哥疼爱着她，现在她有了阮言希，即使不知道之后还会发生什么，她都觉得不会畏惧了。

　　阮言希背着木十走出了警局，S市正下着入冬以来的第一场雪。

　　木十抬起头："下雪了。"

　　这时，阮言希准备把木十放下来了。

　　"阮言希，你不背我到家里吗？"

　　"……"

　　"你背不动？"

　　面对木十的质疑，阮言希咬牙切齿地回答："背得动！"

　　"哦，正好我肚子饿了，我们先去××街上吃东西吧。"

　　"……"

　　女人果然不能太宠！阮言希心里这样想着。

第十六章　失踪者（1）

圣诞节过后的一天，两个人坐在沙发上吃着阮言希自己烤的小饼干，喝着热乎乎的茶。

正当惬意之时，门外传来似乎是大货车停车的声音，没一会儿，门铃响了，木十拍了拍手上的饼干屑起身，打开门后，木十抬头看去，门外站着一个瘦高的男人，皮肤白皙，一头棕色的卷发，看到木十短暂地一愣，而后冲她眨了下眼，带上了笑容："哦，可爱的小姐，请问这是阮言希的家吗？"

木十点点头，回头对阮言希喊道："阮言希，有人找。"

阮言希不情愿地爬起来走到门口，嘴里还嚼着饼干，一副懒洋洋的样子，结果看到门外的人，他用手指着卷发男人，瞪大眼睛激动道："你怎么来了？"

"表弟，好久不见。"卷发男脸上依旧保持着笑容，十分淡定地把饼干屑从衣服上拍掉，"不请我进去吗？"

阮言希咬着手指眯着眼睛看了他一会儿，最后还是让他进来了。

卷发男人走进去环视了一圈："房子不错啊。"而后自顾自地坐在了沙发上，非常自在的样子，一点儿都不像第一次来这里，拿起桌子上的饼干就往嘴里送，吃完还不忘评价，"嗯，味道真不错。"

阮言希坐在他对面，黑着脸。

"喵。"随着一声猫叫，一只小奶猫从卷发男人大衣的领口处慢慢钻了出来，露出一个小小的头，张着小嘴打了个哈欠，看样子应该是刚刚睡醒，眼睛眯着非常萌。卷发男人把一点点饼干放在小猫的嘴巴处，小猫伸出舌头舔了舔。

卷发男摸了摸小猫的头，抬头对木十道："忘了自我介绍了，我叫尤巫，是阮言希的表哥。"

阮言希加了一句："嗯，叫他尤物就好了。"

尤巫仿佛继续保持微笑："可爱的小姐怎么称呼？"

第十六章 失踪者（一）

木十开口回答："木十，我是阮言希的助理。"

"木十小姐你好，对了。"尤巫把小猫从衣服里拿出来递给木十，"这是一份小礼物，希望你会喜欢。"

木十一听眼睛都亮了："谢谢。"她很喜欢猫，于是马上接过小猫放在腿上，拿了些饼干屑喂它，小猫似乎也很喜欢它的新主人，舔着木十的手指，和她撒娇。

这时木十突然问："尤先生，它叫什么名字？"

尤巫微笑："辛巴。"

两个人嘴角同时抽了抽，一只猫起一个狮子的名字合适吗？

偏偏尤巫还道："是不是很适合？"他说着看向木十，一愣，仔细地看着她的脸，微微皱了下眉头，突然问："木十小姐，我们是不是在哪里见过面啊？"

木十把视线从小猫辛巴移到了尤巫的脸上，想了想摇摇头，自己并没有印象之前见过他。

阮言希见木十摇头，还不忘嘲讽尤巫一句："我还以为你去过国外，搭讪的手段会高超一些呢。"

尤巫有些歉意地对木十道："木十小姐，请原谅，我只是觉得你有些眼熟。"

尤巫表现得相当绅士，木十自然不会介意："没事，不过我的确没有什么印象。"

阮言希不喜欢别人在他家里待得太久，于是催促尤巫："行了，我家你也看过了，饼干也吃了，礼物也送了，赶紧回去吧。"

尤巫放下茶杯："嗯？阿姨没有打电话和你说吗，我想暂住在你这里。"

尤巫的一句话成功地让阮言希奓毛了："什么？这是为什么？"

"因为我出国前把房子卖掉了，所以我现在可以说无处可去。"尤巫一摊手，脸上露出可怜的表情，旁边的小猫辛巴适时地喵了一声。

阮言希觉得莫名其妙："所以我就要收留你？"

尤巫说："因为你房子大，而且我外面还有一个朋友。"

阮言希彻底无语："你居然还带朋友来？"

尤巫说："确切地说是一位动物朋友。"

十分钟后，尤巫带着他的动物朋友进了阮言希的家，然后笑着向他们介绍："它叫小可爱。"

阮言希想掀桌了，用小可爱给一只老虎当名字合适吗？

这不是重点，重点是为什么现在会有一只老虎出现在他的家里！

三个人两只动物围成一圈，阮言希黑着脸盘腿坐在沙发上，木十抱着辛巴坐在他旁边，尤巫坐在他们对面的单人沙发上，旁边趴着小可爱，一只老虎。

因为从来没有这么近距离地看过老虎，所以木十好奇地盯着小可爱看，而阮言希则瞪着尤巫："你能解释一下为什么会有一只老虎出现在我家吗？"

"你也知道我是驯兽师，它是这几年一直陪伴我的朋友，我回国自然就带着它回来了。我会付房租，一天三顿我全包，小可爱你们不用担心它，我就暂住一个月。"尤巫抚摸着小可爱的脑袋，而小可爱眯着眼睛也颇为享受，看上去就像一只乖巧的大猫，当然阮言希和木十可不会这么认为，光是刚才看它吃肉时候的状态就知道猛兽就是猛兽。

阮言希还是有些怀疑："你真的无家可归了？"

尤巫耸耸肩："是啊。"

毕竟是自己的表哥，阮言希最后还是心软了，可嘴上却道："算了，看在你付房租还有做饭的分上让你住了。"

尤巫微笑："谢谢。"

尤巫把车里的行李拿了进来，木十帮着他一起整理房间，其间小可爱一直坐在门口，一动不动，就像一尊雕像。

木十帮尤巫放好东西，再扭头就看到辛巴在那里艰难地往小可爱身上爬，跳了一下，一会儿又滑了下来，半天没爬上去，木十刚想过去帮忙，就发现小可爱突然趴了下来，头也放得很低，这下辛巴成功地爬了上去，还爬到了小可爱的脑袋上，然后找到了一个舒服的姿势把身体团起来睡觉了，然后小可爱就一动不动任由辛巴待在它的头上。

木十觉得特别萌，转回头却发现尤巫不知什么时候停下了手上的动作，站在那里看着她。

"尤先生，怎么了？"木十觉得奇怪，被一个男的看了那么久，木十心里难免有些不舒服，虽然他似乎没什么恶意。

因为不确定，尤巫迟疑了一会儿这才开了口："木十小姐，你认不认识秦天阳？"

"他是我哥。"木十的表情发生了一丝变化，"但你怎么会知道他？"

"果然是你，我就想我应该没有认错人。"尤巫松了口气，脸上又恢复了笑容，"我是在国外遇见他的，因为都是 S 市的人，聊得不错，而且那时他提到过你，还给我看了你和他的合照，所以我刚才就觉得你有些眼熟。"

一听到自己哥哥的消息，木十往尤巫那里走了几步，急切地询问："你是在几月份见到他的？"

尤巫托腮回忆道："十一月份，应该是中旬。"

自己的哥哥为什么会到国外去，难道跟他要查的事情有关吗？木十转念一想，马上道："那他有没有说他在那里干什么？"

"听他的语气似乎是去那里办事的，不过我也没有多问。"尤巫注意到木十的表情以及她不寻常的问话和语气，终于察觉到了一丝不对劲，"怎么了？你难道不知道他在国外吗？"

木十摇头，脑子里一片混乱："尤先生，你最后看到他的时候他在哪里？"

尤巫看木十表情严肃，也收起了笑容："一个酒吧，那时候他说他一月份会回国，具体的时间他好像还没确定下来。"

如果按照尤巫说的，那她上次过生日时秦天阳应该还在国外，那张纸条又是怎么到她手上的，是秦天阳提前回了国还是这张纸条就像自己之前推测的一样，根本不是自己哥哥写给自己的，到底是哪种情况？

半天没看到木十下来，阮言希撇撇嘴，噔噔噔地走到二楼，往客房里看去，语气不满："你们还没弄好吗？"没人回答他，尤巫和木十就站在房间里，而木十显然状态不对，阮言希往里走，"木十，你怎么了？"

木十转过身看向阮言希，满脸的迷茫："尤先生说上个月他在国外见到了我哥哥。"

阮言希听了拧了拧眉头，有些诧异："尤巫，你怎么会认识她哥哥？"

尤巫又把当时的情况和阮言希说了一遍。

阮言希坐在床边，询问他："你和他接触的时候有发觉什么异常的情况吗？"

尤巫不明白："异常的情况？比如？"

"比如他走进一家店时会不会先左右张望一下；你们在喝酒聊天时他的坐姿是什么样的，很放松还是随时处于马上就要离开的状态；还有他在和你聊天的过程中会不会突然离开。"阮言希说了一大串。

尤巫听完却摇头："都没有，他看上去很轻松，完全不像你说的这样，秦天阳出什么事了吗？"

阮言希没回答尤巫，而是对木十说："这说明他现在完全不用隐藏自己，他应该处于安全状态。"

木十点点头，知道这是好事，秦天阳一月份回国，如果顺利的话，这就意味着自己还有一个月不到的时间就能见到失踪已久被判定为死亡的哥哥了。

整整一年又四个月，四百八十多天没有见到的哥哥。

木十突然有些不安，她也不知道是为什么。

阮言希最近有点儿无聊，没有案子，没有谜题，自己的大脑都快生锈了，他万万没想到自己的高智商有一天会用在如何和一只叫辛巴的小奶猫抢食物和争宠上。

对于阮言希的争宠行为，木十："阮言希，你是不是太闲了？"

"闲，噗噗噗。"阮言希刚张嘴说了一个字就吃了一嘴的毛。

木十把辛巴抱起来离开了阮言希的脸，低头看着抹嘴中的阮言希道："你要是闲就给高凌尘打电话，问问他最近有什么案子。"

阮言希鼻子里哼了一声："我为什么要给他打电话？"

木十说："因为你闲。"

这时，出去买菜的尤巫回来了，开了门就往里面喊："言希，门口是刑侦队的高队长。"

简直是说曹操曹操就到，高凌尘找上门来了。木十拍拍阮言希让他坐起来，阮言希一副不情愿的样子，虽然坐起来了但还斜靠在木十的肩膀上。

高凌尘跟着尤巫走到了客厅，手里还提着一个手提电脑包。

"高凌尘，你怎么又来了？有事吗？"阮言希打了个哈欠，语气依旧很欠扁。

高凌尘也没有废话，直接说明来意："有一个案子，不知道你有没有兴趣。"

阮言希挑眉："说来听听。"

高凌尘道："一起失踪案。"

阮言希一听就摇头："没有兴趣，这种找人的案子你们警察也没法处理吗？"

"你先看看失踪者消失时的监控画面吧。"高凌尘把电脑包放在茶几上，从里面拿出笔记本电脑，然后播放了当时的监控视频。

除了高凌尘之外的三个人围着电脑看。

一分钟后。

"哦，天！"看完这个视频，尤巫不由感叹，嘴巴微张，还处在震惊之中。

阮言希手指叩着桌面，勾起了嘴角："有点儿意思。"

第十七章　失踪者（2）

监控视频很短，一共有两段，时间加起来只有一分钟，监控拍自一家小旅馆。

今天早上5点44分23秒，画面中出现了一个年轻的男人，脸面对着镜头，身上穿着一件黑色羽绒服和一条牛仔裤，打着哈欠往前走，行为举止看不出有什么异常。

而在5点44分57秒，他走到了这条走廊的尽头，然后在拐角处转弯，这条走廊上的摄像头自然也就拍不到年轻男人了。

第二段监控从5点44分50秒开始拍摄，直到5点46分，监控画面中依旧没有任何人出现。

单看这个监控视频其实并没有什么奇怪之处，但是这个摄像头的位置所拍到的画面正是与刚才年轻男人走过的走廊相交的走廊，就是说年轻男人转弯后照理应该就会出现在第二段监控画面中，但是诡异的是，监控画面上却没有他，这个年轻男人就像凭空消失了一样。

"画面中的这个男人叫周文斌，26岁，昨天离开家，当天晚上没有回家，但是因为他经常和朋友在外面通宵，所以父母并没有觉得异常。今天早上，他一直没有回家，于是他的父母给他打了电话，电话是他的一个朋友接的，前天晚上和他住在同一间房间里，但今天早上没在房间里看到他，周文斌的父母之后赶到旅馆，调看了监控，看到这段监控后就报了警。"在开车前往旅馆的路上，高凌尘向阮言希和木十说明了失踪者的信息和当时的情况。

木十听完点点头算是给了点儿回应，阮言希直接把头靠在木十肩膀上，闭着眼睛像是睡着了，也不知道他听没听到。

到了旅馆，阮言希睁开眼和木十一起下了车，他先是看了几眼周围的环境，然后跟着高凌尘走进了这家小旅馆。

高凌尘直接带着他们到了一楼的那条走廊，蒋齐已经在那里了，估计已经有了新的情况要汇报，他看到高凌尘就迎了上去："队长，技术科的人已经研究过这段监控视频了，没有被人篡改、调换的痕迹，而且这个摄像头也没有任何问题，我自己也实验过了，从这条走廊走到那里，摄像头是可以拍到我的。另外我们已经全面搜查过了这家旅馆，没有找到周文斌。"

阮言希语气夸张地道："哦，那就是闹鬼了。""闹鬼也是一种推断，存在即合理，在我看来没有什么不可能的。"

木十顺势问他："所以你要怎么捉鬼呢？"

阮言希从口袋里伸出手摇了摇手指："不用捉鬼，抛开这个诡异的监控视频，最后的结果就是周文斌从这个旅馆里消失了，所以说我们只要知道他是怎么出这个旅馆就好了。"

阮言希说着在旅馆里走了一圈，又是开门又是抬头看摄像头的位置，同时他又让木十到监控室去，查看5点44分左右的监控画面。

半个小时后，阮言希和木十又回到了这个走廊上。

阮言希站在警察的面前，双手插进口袋："现在我推断的是周文斌离开这个旅馆的几条路径。"

他边后退边道："第一条，周文斌走到这条走廊上，首先这只摄像头拍不到他，这里有个倒垃圾的洞，从这里可以通到旅馆外面，外面是条小路，没有监控，就这样他完成了从旅馆消失。"

他继续往前走，后面的高凌尘等人也跟了上去："第二条，他走过这条走廊，再转弯，这里的摄像头已经坏了，所以，他可以从这个后门走出去，出去之后外面依旧没有摄像头。"

"第三条，他没往后门走，或许他还上了楼，就这样他到了二楼，可这里的摄像头正对着楼梯，一种情况，这个摄像头能拍到他，那么他就不可能上到了二楼；第二种，这个摄像头依旧拍不到他，所以他可以一直走一直走，走到这个窗口，跳下去，外面也没有摄像头，他又成功离开了旅馆。"

阮言希的推断仍旧建立在一种很奇怪的设定上，高凌尘以及其他队员听了半天没说话，因为他们根本不知道该说什么了，实在有点古儿怪。

他最后补充道："当然，很显然摄像头在正常运行中却偏偏拍不到周文斌这个人是不正常的，所以肯定有人动了手脚，现在的问题是动手脚的是周文斌

第十七章 失踪者（2）

本人还是其他人，如果是本人，这就是一出成功的恶作剧；如果不是，那就是一起成功的绑架案了。"

高凌尘留下蒋齐继续侦查旅馆，然后他开车载着阮言希和木十去周文斌的家里。周文斌的父母开门发现是警察，赶紧让他们进屋，焦急地向高凌尘询问自己儿子的下落。高凌尘只能回答他们正在积极调查中，设法找到他们的儿子。

周文斌的父亲听了失望地叹着气，他的母亲掩面流泪，一声声叫着自己儿子的名字，高凌尘也只能宽慰他们几句，并提出要查看周文斌的房间。

周文斌的父亲点点头，领着他们走到一个房间前，打开门让他们进去："这就是文斌的房间。"

三人走了进去，阮言希在里面转了一圈，随便翻了翻东西，一会儿低头看着桌面，一会儿又趴在地上看床底下，反正动作幅度极其大，木十和高凌尘早就已经习惯了，可周文斌的父亲一下子傻了眼："他这是在干……干什么？"

"他在找线索，了解你儿子，从而帮助找到你儿子。"

周文斌的父亲一听是为了找到自己儿子的，虽然觉得有些奇怪，但还是没再出声，不想打扰阮言希。

阮言希拍了拍手从地上站起来，不急着推断，而是问木十："木十，从这个房间你看出了什么？"

"生活没有条理，没有规律，经常熬夜；他很注重隐私，房间的门经常关着，父母在他不在家的时候不太进这个房间；有一份工作，但很轻松，是坐办公室的，应该是父母帮他安排的。就是这些。"

周文斌的父亲明显吓到了，看向木十的眼神都不一样了："你说的都是对的。"

"还有一点。"阮言希突然看向站在门口的周文斌父亲，"先生，对于你儿子的失踪除了焦急之外，你表现出了内疚和自责，这是我在那位夫人那里所没有看到的。"

"这……"

阮言希观察他的表情："你们昨天吵了一架，就在他的房间里，一气之下你说了狠话，所以你儿子昨天才出去的，对吗？"

周文斌父亲倒吸了一口冷气："你，你怎么知道的？"

阮言希没回答他，而是继续推断："我猜是因为抽烟的问题，你不希望他抽烟，他答应你了，可昨天你还是看到他抽烟了。"

"没错，昨天他下班的时候，我正好在路上看到他抽烟了，所以回到家我就骂了他一顿，骂得狠了一点儿，他就出门了，可这些你是怎么知道的？"

阮言希走到窗口，从一个柜子的后面拿出了一包烟："他在房间里藏了烟，位置很隐蔽，窗户是一直开着的，缝里还有残留的烟灰，他是站在窗户前抽烟的。房间里还有一股空气清新剂的味道，是为了掩盖烟味，而家里却没有烟灰缸，他抽烟是被禁止的。所以肯定是你们不让他抽。从你的表情可以看出你们不是因为大事而吵架的，所以我就大胆推断了一下。"

"你，太厉害了。"周文斌的父亲转念一想，激动道，"那你是不是有把握能找到我的儿子？"

阮言希说："现在的线索还太少……"

从周文斌的房间里走出来，阮言希瞥见客厅的一面墙，上面挂着一些装饰画，引起了他的注意，他走过去细细检查了一下墙壁，然后回头问周文斌的父母："这里原来是挂着什么东西？"

周文斌的母亲惊了一下："啊？那里，那里之前贴着文斌从小到大的照片。"

阮言希继续问："为什么突然换成了装饰画？"

"文斌说他已经这么大了，朋友来家里的话，看到照片说不定会嘲笑他，所以就都拿下来了。"

阮言希说："是在最近？"

周文斌的父亲不解："就是最近，有什么问题吗？"

阮言希说："那些照片还在吗？"

周文斌父亲说："应该是被文斌收起来了。"

"能找出来给我看下吗？"

周文斌的父亲忙道："可以，我去找找。"

在周文斌的父亲去找的时候，高凌尘走到阮言希旁边低声问他："那些照片没什么问题吧？"

阮言希双手环胸："照片有没有问题我不确定，但是这些照片明显是最近才被换掉的，周文斌已经二十六岁了，他要是因为怕朋友看到，之前就会换下照片了，可为什么现在才想到，而且是在他失踪的前几天呢。"

在房间里找了很久，周文斌的父亲才找到了被儿子藏起来的那些照片，每张照片都被摆在相框里，这些照片是周文斌从出生到高中毕业时不同阶段拍的。

阮言希把照片摊在地上，然后坐下来摆成金字塔形，一共十七张照片，阮言希扭回头看着背后的墙壁，突然又站起来，把墙壁上的装饰画全都取下来，他快速地扫了一眼墙壁上的痕迹："少了一张。"

高凌尘蹲下来，问："什么？"

"照片少了一张。"阮言希转过身，"照片确定只有这些吗？"

周文斌的父亲点头很肯定地道："是的，摆在一个箱子里，找到的就只有这些了。"

阮言希摸了摸下巴，推断道："那问题就出在这张照片上，你们还记得是哪张照片吗？"

"我看看。"周文斌的父亲低着头凑近这些照片，来回看了半天，最后有些苦恼地摇头，"因为很久没有看这些照片了，我实在想不起来。"然后他又让周文斌的母亲过来看，她同样摇头。

"这可怎么办啊？"周文斌的母亲急了，觉得寻找儿子唯一的一条线索就因为他们而断了，眼泪不禁又流了下来。

木十忙安慰他们："叔叔阿姨，你们别急，人一旦着急就更加想不起来，这样，我们把照片重新挂在墙壁上，这样有利于让你们回忆起来。"

周文斌的父母觉得木十的提议非常好，连忙点头道："好好。"

木十问："你们是按照年龄排列的吗？"

周文斌母亲指着墙壁道："没错，最下面那张是他刚出生时拍的照片。"

周文斌父亲也道："最上面是他高中毕业拍的照片。"

木十把照片挂了上去："现在就确定两张了。"

"然后是这张，接下来是这张……"就这样周文斌的父母按照年龄还有自己的记忆把十七张照片都挂在了墙上。

结果恰好空出了一张照片的位置。

周文斌母亲看着这个空位无助地摇头："我还是不确定这张照片是什么时间段拍的。"

短暂的停顿后，周文斌的父亲突然倒吸了一口冷气："啊！我想起来了，是这张，原本应该有一张他穿着泳裤在沙滩上拍的照片！"

周文斌的母亲这时也想了起来，激动道："对！就是少了这张照片。"

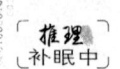

阮言希问:"是他几岁的时候拍的?"

周文斌的父亲赶紧道:"在……在他十四岁的时候,一年暑假,我们带他去蓝海沙滩时拍的。"

从周文斌的家里出来,三人坐在车上,高凌尘开着车:"看来周文斌是因为这张照片才把那些照片都藏起来的,可为什么会因为一张在沙滩上拍的照片呢?"

木十用没有什么起伏的语调道:"因为穿得太少。"

高凌尘听了被呛了一下。

木十说的,阮言希现在基本无条件认可:"木十说得对啊,那张的确是周文斌所有照片上穿得最少的。"

高凌尘皱眉:"就因为这个?那这又和他失踪有什么联系?"

木十继续瞎猜:"或许他的身材特别好,身材好的男人的确吸引人啊。"

高凌尘把他们送回了家,下车时对他们道:"技术科的人正在查看旅馆周围的监控,一有消息我马上通知你们。"

阮言希下了车背对着高凌尘摆了摆手。

木十走在他的旁边:"这个案子你现在有没有思路?"

"周文斌这个人肯定有问题。"阮言希开门走进去,鼻子嗅了嗅,闻到了肉香,摸着肚子,"啊,肚子饿了。"

木十已经判断出这盘肉是什么肉了:"是红烧肉啊。"

看到吃的,两个人马上把案子抛到了脑后。

尤巫把红烧肉端了出来,身上还穿着围裙:"回来得正好,午饭我做好了。"

吃饭时,尤巫想到早上看的监控视频中那个凭空消失的人,便问他们:"那个男人你们找到了吗?"

知道阮言希懒得回答,木十道:"没有,确实失踪了。"

尤巫感叹了一句:"那简直就像是变魔术一样啊。"

木十点头,继续吃肉。

到了晚上,周文斌依旧没有回家,没有打电话给家人,而周文斌父母也没有接到任何勒索电话,旅馆周围的监控也没有拍到周文斌,警局已经出动部分

第十七章 失踪者（2）

警力在旅馆周围寻找周文斌，结果一无所获。

"如果这是一起普通绑架勒索案，那么作案者通常会在实施绑架后几小时内打电话给被绑架者的家人索要赎金，因为时间一长，家人肯定会报警，这样作案者被警察抓获的概率就会很高。"

阮言希歪着脑袋："所以这次肯定不是。"

木十摸着辛巴的毛，说："如果绑架他的人不是为了钱，会不会这张照片的相框里藏着什么东西？"

"嗯，有可能。"阮言希闭着眼睛，头一晃一晃的，一副昏昏欲睡的模样。

木十实在看不下去了："你要睡觉了？"

"嗯，睡觉。"阮言希嘀咕了一句，头往后仰，平躺在床上。

木十眯了眯眼睛，一字一字地道："回你自己房间去。"

回答她的是阮言希平缓的呼吸声。

好不容易把阮言希赶回了自己的房间，木十躺在床上看了一会儿书就关灯睡觉。

凌晨一点，小洋房的所有人包括两只动物都在睡梦中。

"嗷！嗷！"

突然响起的老虎的吼叫声让木十惊醒，她睁开眼迅速从床上跳了下来，随手拿起了一根棒球棒，快速走到门口，慢慢转着把手，缓缓打开了门。

门外一个黑影。木十挥起棒球棒就朝黑影打去。

黑影叫了一声："木十。"

木十放下棒球棒："阮言希？"

灯一下子亮起，上身赤裸着的阮言希就站在她面前。

木十眨了眨眼："怎么回事？"

旁边传来越来越近的脚步声，这次回来的是同样上半身赤裸的尤巫。

木十来回看着两个人，心想还真是兄弟。

尤巫喘着气，紧张的情况下似乎也没觉得冷："人逃走了，刚才有人爬窗进了我的房间，小可爱听到动静就吼了两声，结果那个人被吓跑了，我追了一段路，没看到人，但是，我在外面的地上找到了这个。"尤巫摊开手，手帕上面赫然是一把刀。

阮言希看着刀轻笑："啧，看来是来杀人的，只是这目标是谁呢？"

第十八章　失踪者（3）

听了阮言希的话，尤巫分析了一下显然觉得自己是目标的可能性最大："我来这里第一天晚上就发生这种事，而且那个人想闯进我的房间，会不会目标就是我？"

阮言希摆摆手，直接否定了："不会，就是因为你是刚来的，那个人怎么知道你就住在这个房间里，况且还想袭击养着一只老虎的人，如果那个人真想杀你，怎么可能对你的情况一点儿都不了解。那个人明显就是不知道这个房间里有老虎，不过那个人刚才要是反应得慢一点儿，小可爱的夜宵都有了。"

尤巫赶紧替小可爱申明："它可不会吃人。"他转念一想，"不过如果不是我，那不就是你们，或者是你们中的其中一个了？"

阮言希和木十同时点头，一点儿都不意外。

尤巫双手抱胸看着他们："你们这是惹到谁了？"

两个人又同时托腮思考，不一会儿木十抬眼，似乎是想到了。

尤巫赶紧问："木十小姐想到了？"

木十没说话，只是张开手指，先是比了个五，然后过了一会儿收回三根，变成了二。

尤巫自己也用手比画了一下，不理解："五、二，什么意思？"

木十面无表情道："我目前想到了有五个人可能想要杀我，除去一些因素，大概有两个人。"语气平静得就像是在说她有多少个追求者似的。

尤巫处于震惊之中，心想怎么会有人想要杀这样一个普通的姑娘！

这时阮言希也放下手，同样颇为轻描淡写地道："165个人，除去已经被执行死刑加上还在监狱里的，40个左右吧。"

尤巫抚额，突然觉得这个地方怎么这么危险啊。

接着，阮言希又补充了一句："当然还不包括我得罪了但是不知道的。"

第十八章 失踪者（3）

尤巫听完摇了摇头："你这个职业怎么和警察一样危险，我还以为只要动动脑子，没想到还要防着被袭击。"

阮言希耸耸肩，不以为意地道："在被杀之前找到那个人不就行了。"阮言希指了指自己的脑袋："当然现在我懒得动了。"

他说完走回自己的房间关门："木十，晚安。"

"晚安。"木十回了一句，她又看向尤巫，"那尤巫先生晚安。"木十向他道了声"晚安"也转身走进房间关上了门。

很快，走廊里就剩下尤巫一个人，还有蹲在一旁的小可爱，他有些无语地笑了，看着两扇紧闭的房门，心想可能是被刺杀对象的人居然比他还要镇定。

打火机"啪"地亮了起来，照亮了墙壁的一角，显出人的侧影，火点燃了手中的烟，打火机被合上，香烟燃起的红光在黑夜里忽明忽暗。

香烟燃至一半，就被轻轻掐灭，黑影最后看了一眼不远处的小洋房，转身离开。

第二天中午高凌尘来了，来的时候阮言希他们正在吃午饭，听到门铃声，木十起身去开门。阮言希抬头看着走在木十身后的高凌尘习惯性调侃道："高凌尘，你又来蹭饭的吗？"

高凌尘刚想说话，尤巫边盛饭边道："高队长应该是来调查今天凌晨的事情吧。"

高凌尘马上察觉出肯定有大事，他皱着眉头，转而看向阮言希："凌晨，什么事情？"

尤巫说："凌晨的时候有一个人爬窗试图进我的房间，我听到动静就追了出去，不过没找到人，但是在地上发现了一把刀。"他把装在透明袋子里的刀放在桌上给高凌尘看。

高凌尘拿起袋子看了一眼："既然如此，那你们那时候为什么不马上报警？"

阮言希说："没想到。"

木十说："太晚了。"

"你们有没有想过万一他又折回来怎么办？"高凌尘觉得他们真是一点儿危机意识都没有，简直拿生命当儿戏了。

所幸没有事情，高凌尘在心里叹了口气，接着问他们："那你们有没有怀疑的人选？"

阮言希随意道："有四十多个人吧。"

高凌尘说："监控看了吗？"

木十把嘴巴里的食物咽下去，回答他："看了，不过那个人的走位相当精准，完全避开了摄像头，一点儿都没有被拍到。"

高凌尘觉得这个人很有可能会再度行动："可见之前踩过点，今天我留些人在你家外面守着，以防万一。"

阮言希听了马上拒绝："别，被一个人监视着我已经很不舒服了，这下被一堆人监视着。"

"不是监视，是对你们的保护。"在这点上，高凌尘的态度表现得非常强硬。

阮言希撇撇嘴，决定不在这个问题上和他争论，便换了个话题："你还没说你来这干吗呢，周文斌的案子有线索了？"

"不是，还是没有线索，我来是因为又有一个人失踪了，就在今天早上。"高凌尘打开电脑把监控视频放给他们看。

早上 5 点 24 分 32 秒，一个居民楼内 15 楼的电梯前，一个戴着帽子的男人走到电梯前，按下了电梯的按钮，过了一会儿，电梯门打开，男人走了进去，电梯门随后关上，按钮上方的数字开始往下跳动，中间没有停过，最后停在了一楼。

高凌尘接着又打开另外一段视频，是一楼电梯外的摄像头拍摄的画面。

电梯门缓缓打开，没有任何人出来，此时的电梯里空无一人。

尤巫看完监控视频靠在沙发上："其实你们可以考虑一下这或许是一场魔术表演。"

这当然是玩笑话，高凌尘开口道："我们检查过电梯，在运行过程中离开电梯只有一种方法，就是从电梯顶上爬出去，然后沿着里面的通道离开。"

尤巫觉得无法理解："可他为什么要这么做呢，也是恶作剧吗？"

高凌尘摇头，觉得这种可能性非常低："据他的父母说，那天他按照往常的时间去公司上班，行为举止并没有异常，而且他平时也不是一个会乱开玩笑会搞恶作剧的人。"

木十又放了一遍监控视频，然后指着屏幕上显示的时间道："要知道在这

第十八章 失踪者（3）

么短的时间内打开电梯顶爬上去可不是一件容易的事情。"

高凌尘对她点了点头："就目前的情况来看，我也偏向于是被人绑架了。"

木十回头看他："那这两个相继失踪的人有什么联系吗？"

高凌尘摇头："蒋齐已经初步调查过了，没有任何联系，两个人既不是同事，也不是同学朋友，从小到大生活的范围都不同，没有任何交集。"高凌尘说完后突然觉得有些怪异，看向阮言希才发现了问题所在，和平常截然不同的是，阮言希看了监控后一句话没说，只是用手指叩着茶几，一副思考的状态，高凌尘忍不住问他："你没有什么要说的吗？"

阮言希收回手放在大腿上，说出了对这起绑架案的第一句评价："很奇怪不是吗？"

"哪里奇怪？"高凌尘知道阮言希肯定发现了些东西。

阮言希用手指比了个二："如果我们假设这是两起绑架案，那我们的绑匪显然进行了非常精心的准备，因为不可否认所有看到的人都一头雾水。绑匪并没有要求赎金，如果不是为财，而是为了某个我们还不知道的目的，那么绑匪本可以在不被人发现的情况下把我们的受害者绑架，可现在两起绑架案的现场都有摄像头，绑匪让警察看到了受害者消失的那一刻，就像是刻意的一样。"

木十显然理解了："也就是说以绑匪的能力，本可以更加神不知鬼不觉地把受害者绑架，但却留下了这两段诡异的监控，就像是刻意让警察发现他们是被相同的绑匪绑架的。"

尤巫眨了眨眼，还是很困惑："那这样做有什么目的呢？"

阮言希嘀咕了一句："或许绑匪不仅仅希望让警察看到，更希望让某一个人看到。"

高凌尘听到后问："为了造成恐慌？"

阮言希没回答他，快步走到衣架前穿上大衣："我要去第二个被绑架者的家里，现在！"

第二个失踪的人名叫王凯，是一名销售员，25岁，目前和自己的父母生活在一起。

阮言希站在王凯的房间正中央，环视着这个房间，然后他的视线移向了书桌。

不到一分钟后，他突然从房间里走了出去，木十见状也跟了上去。

在客厅和王凯父母了解情况的高凌尘看到阮言希这么快出来不由一愣："怎

么了？"以为他遇到了什么问题。

"我们可以走了。"阮言希留下这么一句话就径直往门外走去。

高凌尘看向木十寻求答案，后者摇摇头，然后也跟着离开了王凯家。

"打扰了，我们会尽力寻找王凯的下落，如果接到什么陌生人的电话请立刻通知我们。"高凌尘只能结束问讯，他想阮言希既然这么说肯定是找到了什么线索。

可走到门外，阮言希和木十已经乘电梯下去了，一个队员看到高凌尘，向他转述了阮言希离开时说的话："高队长，阮言希说他先回家了，有线索会通知你的。"

对于阮言希的我行我素他早已习惯，所以高凌尘点点头："你们继续守在这里，有什么异常的情况马上向我汇报。"

听到开门的声音，在沙发上看电视吃水果的尤巫一抬头，就看到阮言希匆匆往里面冲，他看了眼时间，惊讶道："你们这么快就回来了？"

阮言希仿佛没听到一般，脱了大衣往衣架上一挂，就上二楼去了，稍后进来的木十点点头，算是回答了，原本在睡觉的辛巴发现木十回来了，从小可爱的头上跳下来，跟在木十的身后。

木十从地上抱起辛巴走到了二楼，走进那个唯一开着门的房间，阮言希果然在里面，他把刚才从王凯房间的书桌上拿走的报纸放在桌子上，一张一张地翻看。

木十也凑过去看："这报纸怎么了？"在木十怀里的辛巴抬头发现两个人都在看桌子上的报纸，也低下头去看，看了一会儿它歪着脑袋，想这是啥呀。

阮言希语速极快地向木十说明了他的发现："我在周文斌的房间里看到过相同的报纸，这份报纸在S市的发行量并不大，而且他们桌子上的报纸都是前天的，这可不能用巧合来说明了。"

木十也很快消化了阮言希的话："他们在看同一天发行的同一份报纸，也就是说他们可能在看同一份信息。"

阮言希嘴角弯了弯："某人给他们发的信息，就在这份报纸上，所以他们两个人的确是有联系的。"

阮言希找到了关键的线索，现在他要做的就是找出这条隐藏在这份报纸上的信息并破解出来。为了不打扰阮言希思考，木十走到另一张桌子前，打开电

第十八章 失踪者（3）

脑调出两名失踪者的资料，也开始分析这两名失踪者可能隐藏的关联，她一点儿一点儿地对比下来，突然有一条信息引起了她的注意。

在一份满是新闻广告的报纸上找到一条加密信息是相当困难的，阮言希甚至连报纸中缝的小广告都一个个看过去，却没有一条可疑的信息。

"分明就应该在这张报纸上的，为什么我找不到呢？"阮言希有些暴躁地翻着报纸。

木十偏头看他："或许它隐藏得比较深。"

"但是同时得确保一定要让这两个人看到，而且只有他们能看到。"阮言希反复地重复着最后一句话，他突然叫了一声，一拍脑袋，"我真是蠢，报纸的顺序被我打乱了。"

木十站起来走到他旁边："你的意思是这份报纸送到他们两个人手里的时候，每张报纸都是重新排列过的？"

阮言希终于理清了思路："对，所以他们那时候放在桌子上的报纸最上面那张都不是第一页，而是第五页，我们要找的不是一条信息，而是一串数字。"

阮言希按照记忆把报纸的每一张重新排列了一遍，确认正确后把现在的页码写在了纸条上。然后他拿出了最后一张报纸，最下面有一个填字游戏，上面有王凯用铅笔做过又用橡皮擦掉的痕迹："这个填字游戏周文斌同样做了。"

"所以这串数字加上这个填字游戏就可以得出他们看到的信息。"这个密码设计得非常巧妙，其实不难，但是其他人偏偏就破解不了。

"没错。"阮言希拿起笔快速地把填字游戏做完，然后看了一眼那串数字，最后在纸条上写下，"五天后有行动。"

木十算了一下："那不就是后天？会是什么行动？"

"肯定和他们失踪有关。"解决了这个，阮言希问，"木十，你查到什么没？"

木十点点头："我看了他们从小到大所有详细的资料，他们的确看上去没有任何交集和相似点，除了一件事，他们在2006年7月，相继生了一场大病，而且住在同一家医院。"

阮言希偏头看她，突然道："哦，我亲爱的木十，你真是太聪明了。"

阮言希的语言显得极度浮夸，木十眨了眨眼，心里还在想这个语气怎么这么奇怪。下一秒，就在她思考之时，阮言希的脸却越来越近，他的嘴唇贴在木十的嘴唇上，轻轻吻了她一下。阮言希抬起头看着一脸呆样的木十，冲她眨了下右眼："奖励。"

木十眼睛都没闭，直直看着他，还有些发愣。

第十九章　失踪者（4）

阮言希给高凌尘打了电话，说有重要的发现，高凌尘一挂电话马上就赶到了小洋房。

"有什么发现？"一进门高凌尘就急着问。

木十让高凌尘在客厅里等着，然后自己上了二楼走到阮言希的房间门口，因为在等高凌尘来的这段时间，阮言希在补眠。

木十已经懒得吐槽他有多懒了，站在门外敲了门又叫了几声结果里面一点儿动静都没有，木十直接开门进房间。

房间里的深色窗帘全部被拉上，光线被挡得严严实实的，几乎不见一丝光亮。木十直接走到床边，就看到了同样用被子裹得严严实实的阮言希，只露出黑色的头发和他的侧脸。

"阮言希，起床了。"

喊了一声，没有动静。

木十已经见怪不怪，下一秒便毫不留情地掀开他的被子，没有意外地，被子下的阮言希上半身赤裸着。

因为皮肤感觉到了凉意，阮言希一下子蜷缩起来，嘴里嘟哝着，但就是不醒。

木十站着欣赏了一会儿他的好身材，然后弯腰，右手伸向阮言希的脸，大拇指和食指夹住他的鼻子，轻轻一捏。

时间一分一秒地过去了，因为鼻子无法呼吸，阮言希眉头越拧越紧，木十仍旧不放手。终于，在阮言希的嘴里发出一声古怪的哼声后，他半睁开了眼睛，用嘴巴开始呼吸。

"天亮了？"鼻子被捏住，阮言希发出的声音听上去有些滑稽，木十觉得好玩，手指没松开就这样一直捏着。

"高凌尘来了。"木十提醒他。

阮言希慢慢眨了眨眼，此刻还处于半睡半醒的状态，盯着木十的脸看了一会儿，然后嘴里不知道嘟哝了一句什么话，两手一伸，直接把木十拉到床上来了。

木十整个人直接趴在阮言希的身上，一下子还没搞懂当下的情况。

因为没有被子，阮言希直接把木十当作取暖源了，两只手紧紧地抱着她，把头埋在她的颈部，呼出的热气全部洒在她的脖子上。

"阮言希。"

"嗯？"其实刚才的一串动作，阮言希早就清醒了，不过是想赖在床上顺便逗木十玩。

"起床了，高凌尘在下面等着呢。"木十继续催他。

"木十。"阮言希的声音闷闷的。

"嗯。"木十应了一声。

"亲我一下我就起来。"阮言希还在惦记着刚才没有亲久点儿，索性趁此机会和木十耍赖。

"亲哪儿？"

阮言希没想到木十这么爽快地答应了，把木十松开了点儿，脸凑到木十面前："嘴。"说完还微微嘟起嘴巴。

木十看着他的嘴巴，眯了眯眼睛然后凑近。

下一秒。

"啊！"阮言希嘴上一痛，边叫边跳起来，用手捂着嘴唇，睁大眼睛看着木十。

木十淡定地从床上下来，看着一脸可怜兮兮的阮言希："这下你清醒了吧。"

在客厅里等了足足十五分钟的高凌尘差点儿上去看看是不是发生了什么事的时候，这才看到木十和阮言希从楼梯上走了下来。

木十走在前面，后面跟着一脸怨念的阮言希。

高凌尘见阮言希表情不对："怎么了这是？"

木十面无表情地回答："哦，刚才他在睡觉，结果从床上掉到了地上，还磕破了嘴。"

高凌尘不疑有他，便专注于案子了："案子有什么发现？"

"这是我在王凯房间里拿来的报纸，同样的一份我在周文斌的房间里也找到了。有人在给他们两个传递信息，我已经破解出来了。"阮言希简要地和高凌尘说了一遍，然后拿出一张字条，放在他面前，"五天后行动，也就在后天。"

信息量有点儿大，高凌尘看着报纸和字条沉默了良久，毕竟这两个人从原本他们所认定的被害者一下子转变成了现在这种不清不楚的身份，实在有些让人意想不到："所以他们两个是有关系的，信息里没说是什么行动吗？"

"没有，当然不排除我没有找到。"后面那句话当然是阮言希随口一说，他有这份自信报纸上所传递的信息已经被他全部找到了。

木十补充道："而且，我详细查了周文斌和王凯的资料，其他的都没有什么问题，但有一点挺值得注意的，他们两个人在2006年7月相继生了一场大病，并且在同一家医院住院。"

"如果之前是巧合，那么再加上这份报纸，这种巧合就变得有些意味深长了。"阮言希整个人靠在沙发上，用一种非常舒服的姿势对高凌尘道，"所以，我觉得你们有必要查一下这家医院那时候的医疗记录。"

高凌尘也同意他的看法，点头道："我马上让人去医院查，有消息再通知你们。"

阮言希比了个OK（没问题）的手势，打了个哈欠，结果因为嘴巴张大直接扯到了嘴唇上的伤口："嘶嘶。"

高凌尘刚起身看到这一幕，建议他："阮言希，我觉得你应该买张有护栏的床，这样就不会摔下来了。"

面对高凌尘的调侃，阮言希直接给了他一个白眼，他又不是小孩儿！

凌晨，小洋房。

"唉。"

"唉。"

"唉。"

三声叹气声从一间房间里传出。

发出声音的阮言希、木十，还有尤巫此时蹲在地上围成了一个圈。

木十看着圆圈的中心，想了一会儿道："是不是应该报警啊？"

尤巫撩了撩自己的头发，有些困扰："那先打110呢，还是打120呢？"

阮言希摸着下巴："打120吧，毕竟都昏过去了。"

尤巫有些不放心："那是不是应该先绑起来，万一等会儿醒过来怎么办？"

三个人同时点头。

不一会儿，地上的人就被五花大绑了，随后木十报了警顺便叫来了救护车。

十五分钟后，高凌尘带人赶到阮言希的家里，得知有人受伤还叫了救护车，高凌尘一下子心悬到了嗓子眼，担心他们出了什么意外。

开门的是木十，高凌尘上下打量，发现她没有丝毫受伤的痕迹，转念一想不会是阮言希吧，边走进屋边问："是谁受伤了？阮言希？"

木十摇头，让他放心："我们都没受伤，犯罪现场我们没破坏，不过里面确实有一个伤员。"

医护人员跟着高凌尘和木十到了二楼，阮言希和尤巫站在房间的门口。

高凌尘确认他们都没受伤后，终于松了一口气。

尤巫打开门，让高凌尘和医护人员进去。

"这是什么情况？"里面的状况让医护人员都傻眼了，房间里一个男人浑身被捆绑着躺在地上，脸上还有几道狰狞的伤痕，伤口处往外冒着血，人已经昏迷了，不了解情况的人还以为这是受害者呢。

同时傻眼的还有高凌尘，他帮着医护人员给男人松绑，然后放到担架上为他戴上手铐，确保他不会逃脱，又让其他队员跟着上了救护车，处理好这些，高凌尘转身问他们："你们能不能告诉我这是怎么回事？"

尤巫摊手，无奈道："就像上次一样，他半夜里闯进了我的房间，然后，呃，我发现了，只是这次我没让他逃走。"

"那他脸上的伤是怎么回事？"高凌尘觉得这可不像是他们三个人能弄出来的。

因为高凌尘并不知道他们家现在有一只老虎，所以木十抱起辛巴放在胸前："其实是我们家的猫用爪子抓的。"

突然被提起来了，辛巴眨巴着眼睛看起来很茫然的样子。

"一只小猫？"高凌尘不可思议地看着辛巴，心想它的爪子怎么可能弄出这么严重的伤。

"可不要小看它。"木十把辛巴放在地上，然后对它道，"辛巴，攻击。"

辛巴立马学着小可爱的样子，一仰头，张大嘴，伸出前腿，亮爪："喵！"

木十指着它，看向高凌尘："你看。"

鉴证科的人在尤巫的房间里搜集完证据就撤队了，高凌尘也不管到底是什么东西弄伤了这个持刀入室的人，现在关键是弄清楚他的身份还有他闯入这里的目的。

高凌尘向两次的目击者尤巫询问："尤先生，这个人和昨天闯进你房间的是同一个人吗？"

尤巫摇头，第一次他根本就没看到那个人："这我不能确定，不过应该是吧。"

"不是一个人。"木十却开口否定了。

"为什么？"

木十打开她在小洋房外面安装的摄像头拍下的监控画面给他们看，从这里可以很清楚地看到这个男人从走进大门，到走到尤巫所在的房间窗下，全部都被拍了下来。

木十和他们解释道："昨天来的人知道我们这里摄像头的位置，全部都避开了，而今天这个人明显不知道，就从他这么轻易地被一只猫抓伤就可以看出，两次来的不是一个人。"

高凌尘无语地抚额："你们到底惹了多少人？"

阮言希打了个哈欠："现在看来不止一个人。"

高凌尘整队准备回警局，临走时他对阮言希和木十道："这些疑问等那个人醒过来之后就可以知道了，今天先这样吧，你们早点儿休息吧，我会派警察在外面守着，明天我会让警员直接接你们去警局。"

木十点点头，送走了高凌尘。

木十关上大门，穿过客厅走上楼梯，发现阮言希并没有立刻回房间睡觉，而是坐在书架旁边的沙发上，像是在等她。

木十走到他旁边开口道："怎么了？"

阮言希拍拍旁边的位置让木十坐下来。

木十坐了下来，偏头看着他。

阮言希看着前方开了口："木十，我有一种很奇怪的感觉，我觉得这两天拿着刀准备袭击我们的两个人可能和那两个失踪的人有关系，但是我现在没有依据。"阮言希的推断都是依据一定的线索来得出的，这是他第一次用非常带着自我主观的方式评断一件事情。

他继续道："他们两个人的失踪绝对不像表面上的那么简单，很多事情都解释不通。"比如为什么周文斌会突然把自己的照片收起来，为什么唯独没有了那张去沙滩穿着泳衣的照片,而且是拿到报纸之前的几天;那个所谓的行动又是什么?还有 2006 年的那场病,那个医院,一切都还没有答案。

阮言希抓了抓头发,这个案子有太多的谜题在他的面前,让他的脑子有些混乱。"木十。"他突然叫了一声。

木十回答:"嗯?"

下一刻,阮言希头一歪靠在木十身上,可怜兮兮地道:"我一定是因为受到了惊吓,影响了我的思考。"

今天晚上受惊吓的明明是那个被小可爱扑倒又受了一爪子吓晕过去的男人好不好。

等木十回了房间,阮言希还坐在那里梳理着整个案子,试图找到这些问题的答案,结果只过了不到半个小时,小洋房的门铃又被按响了。

阮言希虽然觉得有些奇怪,但还是下楼去开门,他看到门外的警员一脸紧张,手里拿着对讲机,整个人还处在震惊之中:"阮先生,麻烦你和我们去一下现场。"

阮言希觉得情况不对劲:"发生什么事了?"

那警察急道:"出大事了,情况紧急,详细情况我们路上再说。"

阮言希看他表情也知道肯定发生了大事:"好,我去穿件外套,马上出来。"心里已经隐隐有些不安了。

阮言希上了二楼叫上了木十,之后出了门上了警车,坐到警车上,他问:"到底怎么了?"

"阮先生,刚刚那辆载着嫌疑犯的救护车在路上出了车祸,车辆起火爆炸,里面的所有人……都死了。"那名警察的声音带着哽咽,因为这其中还有他的同事,他的兄弟。

什么?阮言希和木十都睁大了眼睛,所有人!

震惊之后,阮言希的脑子也同时飞快地运转着,所有人都死了,那就包括那个袭击者,一辆正常行驶的救护车在这个时候发生车祸,这绝对不可能是巧合。

不是巧合,那还能是什么?呵,阮言希忍不住冷笑,是啊,为了不让警察从他身上查出什么,查出他幕后的人,还有什么比死人更保险的呢。

他们很快到了现场，从警车上下来，阮言希和木十看着眼前的景象一个字都说不出来。

现场一片狼藉，消防车停在路边，好多名消防员还在用水管不停地向车里喷水，以降低现场的温度，防止有火复燃，再次引发爆炸。

所有人都站在原地静静地看着这个惨烈的现场，加上肇事的货车司机还有那名袭击者，一共8人，都在这场爆炸中身亡了，两名警察和四名医护人员，都在瞬间失去了自己的生命。

木十闭上眼睛，别开脸不忍再看下去，阮言希放在身侧的手握紧了拳头，他的身体在发抖，到底是谁，这样蔑视人的生命，这些都是活生生的人啊！

消防人员和现场救护人员从里面找出了8具尸体，漆黑的被烧焦的尸体已经辨不出他们原本的模样，不知道他们是谁，现在他们只能从发现尸体的位置大致得出他们的身份。

当时的监控已经调出并送到了高凌尘的手上，高凌尘让阮言希和木十过来一起看了这段并不长的监控。

凌晨2点14分，路上几乎没有什么车辆，救护车首先出现在画面中，这是一个十字路口，可以看到救护车是正常行驶，没有超速，也没有任何异常，周围也没有任何车辆，但就在几秒钟后，一辆疾驶而来的大货车出现在监控中。

惨剧就发生在下一秒，大货车直接横向撞上救护车，救护车马上被撞飞，并且发生侧翻，而大货车仍旧顶着救护车继续偏移，直到冲出很远之后两辆车才得以停下来，车辆冒起浓烟，可惨剧还没有结束，很快因为大货车里的易燃品，嘭！两辆车都发生了爆炸，火焰几乎是瞬间吞噬了两辆车，还吞噬着里面的8条生命。

所有人看到这一幕都感到揪心的疼，高凌尘很久才找回自己的声音："大货车在撞击救护车之后依然没有减速。"接着他又放了现场另一个摄像头拍到的画面，在2点10分可以看到这辆大货车就停在路边，没有行驶，而在2点13分突然开始启动，超速向前行驶，最后在14分时撞上了救护车。

高凌尘眼睛发红，眼眶里有着泪水，他冷声道："这是一场有预谋的车祸。"然后他站起来看着自己身后的队员，大声道："从现在开始，全力追查这个案子，我们不能让无辜的人白白丧命，真相我们要一查到底！"

"是！"众人整齐的喊声在那一刻响彻了整个夜空。

阮言希紧抿着嘴唇看着这残破的现场，真相，他一定会找到的。

第二十章　失踪者（5）

"嘭。"

他的周围一片漆黑，远处的一丝光亮慢慢放大，那是火光，熊熊的火焰忽高忽低地舞动着，就像是一个个猛兽、一个个怪物，张牙舞爪，撕咬着束缚着那些人影，他们的挣扎只能让它越来越张狂，吞噬着它周围的一切，肉体、人心、善与恶。

"轰——"

火焰沿着一条直线冲到他的面前，高高地越过他的头，从高处俯视着他，在底下他可以看到它的利齿，那贪婪的双目，越来越逼近他。

"阮言希。"木十的声音。

他猛地睁开眼。

木十正敲打着键盘，听到动静扭头看了他一眼："你做梦了？"

阮言希用手擦了一下额头上的冷汗，不承认："只是，睡着了。"

木十补充道："做噩梦了。"

"睡着了。"阮言希把掉在地上的资料捡起来，看着上面的调查报告，"肇事司机的身份还没有查到，那辆货车是晚上被偷的，真是做得完美无缺。"阮言希突然想到了一个人："木十，你的那位胡楂朋友呢？"

木十纠正道："秦翼，他还在查肇事司机的身份。"

阮言希用笔敲了敲指头："对了，差点儿忘了我们还有那两个失踪者，不知道高凌尘在医院那边查得怎样了。"

木十回他："他现在应该没心思查这个。"

阮言希点点头："嗯，所以我们自己去查。"

木十关上电脑："现在去医院？"

"对。"

坐在出租车上，阮言希没有像往常那样闭眼休息。

木十向师傅报了医院地址后便问阮言希："你怎么了？"

阮言希扭头看向窗外，轻声回答："没什么，只是想到了一点儿小时候的事。"

不好的事吧，木十心想。

阮言希依旧维持着原来的动作没动，嘴上却问木十："木十，你最怕的东西是什么？"

木十想也没想，直接回答："死的东西。"

阮言希愣了一下，偏头看她，然后摸摸她的脑袋。

木十没避开，反问他："你呢？"

阮言希抬头，慢慢说出了这个字："火。"

嗯，毫无疑问，所以才会有这样的反应。

"高智商偶尔会给我带来一些麻烦，特别是小的时候。"这句话用阮言希的语气说出来格外欠扁，但木十早就习惯了，所以也没觉得从他嘴里说出来有什么奇怪的。

于是她还加了一句："特别是再加上情商低的时候。"

阮言希轻笑："的确，小时候我不太受某些人待见，但他们在任何方面都比不过我，所以他们想到了一种教训我的方法，把我关在一个偏僻的地方，然后往房间里扔鞭炮，本来只是想吓吓我，但是不幸的是这引发了火灾，当然后来我逃出来了。"

木十有些意外，没想到阮言希还有这样的一段经历："我还以为只有你欺负别人的时候。"

"当然，所以后来我给他们送了一份大礼。"他说着突然表情就变了，一副轻松的模样，"啊，果然说出来好多了。"

木十眨了眨眼，看他："你从来没和别人说过？"

阮言希挑眉："很奇怪吗？"

"小时候如果发生这种事，即使我不说我哥哥总会察觉。"所以没有一次能瞒过自己的哥哥。

"那是因为我掩饰得好。"语气里还有些自豪。

哦，可转念一想，木十觉得奇怪了："那你现在为什么不掩饰了？"

阮言希的头一下子凑到木十面前："木十，我在向你示弱，这个时候你只要给我一个拥抱就好了。"

真是脸皮越来越厚了。

到了医院，在门口正好碰到来医院调查的蒋齐，他们查了2006年周文斌和王凯的医疗记录，和他们父母说的一样，周文斌出了车祸，头部受了创伤，而王凯则是食物中毒，这看上去根本没有任何问题。

木十看了他们的离院日期，发现了一个共同点："他们两个人是同一天出院的。"

阮言希马上问："几日？"

木十回答："7月23日。"

阮言希查了另一个档案，果然发现了一些有趣的东西："7月23日，那一天在这家医院死了两个病人，李津和赵则亮。"

"你查医院的死亡记录干什么？"蒋齐不理解了。

阮言希现在可懒得解答，读着上面的资料："死亡的两个人是同时送进来的，因为一起车祸，刚到医院就已经死亡。"阮言希扭头对蒋齐道："既然是造成伤亡的车祸，警局应该有记录吧。"

蒋齐下意识地回答："这肯定有，但我们不是来查王凯和周文斌的吗，干吗突然查这起毫不相干的车祸？"

阮言希用手指叩着桌面："因为我得确定他们两个人是不是真的死了。"

"啊？"蒋齐莫名觉得背后一凉。

"什么？"蒋齐的声音在医院的档案室里都有了回声，他挂了电话，一脸震惊地对他们道："7月23日居然根本没有这起车祸。"

阮言希从椅子上站起来，打了个响指："两位，现在我要重新向你们介绍一下我们这次的两位失踪者，李津和赵则亮。"

高凌尘听完阮言希讲了一串话，眉头越拧越紧，半晌才抬头开口："所以，你的意思是在2006年周文斌和王凯在医院被人换掉了，而前几天失踪的其实是李津和赵则亮。"

"没错，而且如果没有意外的话，恐怕周文斌和王凯应该已经死了。"阮言希懒洋洋地靠在椅子上，一摊手。

木十推了推眼镜，把查到的资料递给高凌尘看："我查了他们四个人当时的身高体重，周文斌和李津，王凯和赵则亮，这两对人的身高体重几乎一样，所以存在这种替换的可能性。"

蒋齐也凑过去看："即使是整容，到底是完全不一样的两个人啊，就算外表看上去一样，可他们是和父母生活在一起的，怎么可能不被发现呢？"他觉得这简直就是天方夜谭，哪有这种可能性啊，电视剧里也就算了，这可是现实生活。

阮言希不以为然："仓促替换当然会被发现，可如果是蓄谋已久的呢？"

蒋齐撇撇嘴，知道自己争不过阮言希，自己说的话他绝对有无数个理由来推翻，最后只能有些无奈地道："就算是这样吧，可我们现在根本没有证据啊，要知道他们的父母都没发现不对劲的地方，况且人现在又失踪了。"

"是啊。"阮言希直起身，结果又靠在了站在他旁边的木十身上，"所以我得先找到那两个失踪的人，李津和赵则亮，找到了他们，一切答案就都揭晓了。"

蒋齐叹气："那要怎么找？我们现在连他们到底是被绑架还是自己失踪都不知道。"

阮言希提醒他们："那条给他们的信息，五天后行动，也就是明天，我们得弄清楚是什么行动，也就是说我们首先要找到他们两个替换周文斌和王凯的原因。"

高凌尘琢磨了一番，有了一些思路："他们费尽心思进入这两个家庭，可见他们的目标可能就是……"

阮言希直接打断他："这两个家庭中的某些人。"

木十开口道："而最有可能的就是他们的父母。"

阮言希捏捏木十的手，而后对高凌尘道："所以我要周文斌和王凯他们父母的所有资料。"

阮言希单手托腮，面前放着周文斌父母的资料，木十坐在他对面，手上拿着王凯父母的资料。

"周文斌父亲的第一份工作是在一家研究所，然后在2000年换了份工作，在一家医药公司做助理，2005年又换到了一家研究所，做到现在。"

阮言希换了一张纸，继续道："周文斌的母亲……"

"等等。"木十发现了关联，开口打断他，"王凯的父亲在2002年给一个老板做司机，那个老板就是开医药公司的。"

下一秒，阮言希和木十抬头看着对方，同时开口："孔明医药公司。"

阮言希打了个响指，而木十打开电脑，马上查了一下这家医药公司，有了些信息："这家医药公司专门做抗流感方面的药物，在2005年倒闭了。他们两个人也是在2005年换了工作。"

阮言希从椅子上站起来走到木十那里，把头凑过去，问木十："这家医药公司是什么原因倒闭的？"

木十看了看一些报道，回答道："是资金问题。"

阮言希听完直起身，用手摸了摸下巴："一个研究员和一个司机，他们的身上会有什么东西呢？"

木十说："问题可能就在这家医药公司，这是他们唯一的关联了。"

阮言希敲了敲桌子："那我们现在就得和这两位父亲谈一谈了。"

周文斌和王凯的父亲都被请到警局，高凌尘和木十对周文斌的父亲进行问讯，同时阮言希和蒋齐对王凯的父亲进行问讯。

他们都问了两个人同样的问题："是什么导致了孔明医药公司资金出现问题？"

而他们的答案也近乎一致："那个时候老板把大笔资金投入一项病毒研究之中，后来据说是研究最终失败了，那些资金也就付诸东流了。"

"研究什么病毒？"

王凯父亲回忆道："有一天给老板开车的时候，他喝醉了在那里说着胡话，我听到他在说什么等安教授研究出某种病毒，再研究出对抗病毒的疫苗，到时候他就能大赚一笔了，这可是缺德事啊！不过之后他就没再说过了，再之后过了半年吧，公司就破产了。"

这个问题同样在周文斌的父亲那里得到了相同的解答："我当时是安教授的一个助理，有一次听到安教授和老板在争吵，好像是老板想让他研究一种病毒，安教授不答应，至于后续有没有制造出这种病毒我就不知道了。"

蒋齐跟着阮言希出来，看到自己的队长，忍了半天才没爆粗口："这老板可真是唯恐天下不乱啊，故意制造病毒，再研究出对抗病毒的疫苗，到时候他的确赚翻了，可这是拿人命赚钱啊，万一病毒传染扩散，后果简直不可想象。"

阮言希在旁边也冷笑一声。

那边先出来的木十已经查到了安教授和那老板的资料："安教授在2005

年就去世了，而医药公司的老板在2006年也去世了。"

蒋齐想到了唯一的可能性："所以这两个假冒周文斌和王凯的人或许在查病毒的事情。"

高凌尘点头，面色凝重："他们在查这个病毒是不是被研究出来了。"

那一切就能解释得通了，孔明医药公司的老板想要赚钱，所以让安教授研究出一种病毒，结果有人得知了这个消息，他们想要知道这病毒是否被研究出来，如果已经研究出来，他们肯定想要这个研究成果，不管他们的目的是什么。所以他们派两个人假冒周文斌和王凯，以便从他们的父亲那里得到线索。

蒋齐突然想到了那条信息："那他们明天的行动又是什么？难道他们找到了当时研究出来的病毒样本？"

木十离开桌子走到阮言希的旁边，缓缓道："他们肯定得到了一些重要的线索，不然不可能在潜伏了这么多年后突然行动。"

蒋齐叹了口气，有些郁闷地道："问题是我们对他们明天的行动一无所知。"

阮言希突然开口："找到病毒样本就好了。"

"啊？"

"他们花了几年找到的线索，我们找到不就好了。"阮言希说得格外轻巧。

蒋齐听完忍不住翻了个白眼，心说：你也知道他们找了几年啊，我们现在可只有一天的时间！

"嘀嘀嘀。"

一双指骨分明的手轻点屏幕，室内立刻安静下来，这双手的主人偏头看向屏幕，半晌转回头，又将视线放在眼前的棋盘上，黑白交错的棋盘，旁边放着用水晶制作的精美棋子。

"既然剧情已经设定好了，现在就该主角上场了。"他抬手用大拇指和中指捏起棋子——放入棋盘，嘴角扬起一抹笑意。

《意林》推理卡牌之 谁是凶手

▶ 天亮 ▶ 法官宣布死者 ▶ 死者遗言 ▶ 在场观点 ▶ 投票

沿虚线剪下

法官

市民

凶手

凶手

《推理补眠中》赠送礼品——

游戏简易流程

选定法官 ➤ 分发角色 ➤ 天黑闭眼 ➤ 凶手杀人 ➤ 侦探指

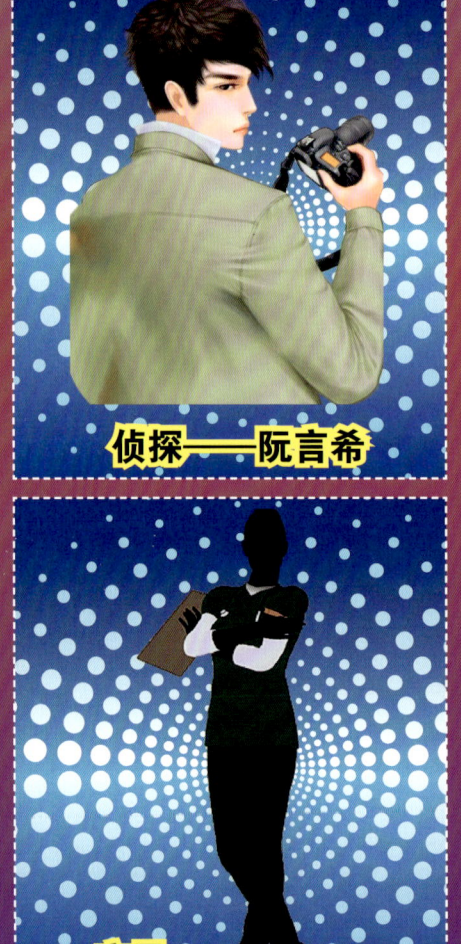

第二十一章　失踪者（6）

阮言希和木十又一次来到周文斌的房间，已经是晚上，阮言希盘坐在地上，两根手指戳着太阳穴的位置，嘴里还念念有词："思考，思考，他们明天就要行动了，为什么突然行动，因为他们发现了某个线索，是什么呢？发现了病毒早就被制造出来了，或者他们已经找到了它的位置。安教授是在2005年去世的，木十，他是怎么死的？"

木十看着手机上的资料，回答他："自杀。"

阮言希拍了下大腿："自杀，啊，自杀，制造出病毒之后自杀，一种可能是他的成果给了那位葛老板，二是他谁也没给，藏了起来。"

木十推断道："后者可能性更大一些，可能不是病毒样本，而是一个分子式。"

阮言希认可地点头："所以可以藏在任何地方，而且不容易被发现。"

木十继续说着她看到的资料："安教授有一个儿子，但是在安教授自杀后就下落不明了，而且他原来的住所已经卖给了别人。"

阮言希猛地抬头看木十："下落不明，他儿子在他去世前是做什么的？"

"音乐学院的学生。"

"音乐，音乐。"阮言希嘴里念着这两个字，接着一顿，然后整个人从地上跳了起来，冲到周文斌的书桌前，翻着上面的杂志，拿出一本叫《音乐风尚》的杂志，接着快速地翻开，最后停在一页上，用手指着一个穿着礼服的男人："孙董安，就是他。"

木十放下手机凑过去看："安教授的儿子叫安思德，S.D.变成了孙董，他保留了他的姓氏，只是改变了顺序。"

"他是个指挥家，一直在国外，而且，"他抬头看木十，嘴角勾起一抹笑，他缓缓道，"明天回国。"

"所以他们要找的人是安教授的儿子？"高凌尘看着有安思德报道的杂志。

木十点头，把她和阮言希的推断说了出来："他们应该得到了某些线索，认为安教授在自杀前把病毒的样本或者病毒的分子式留给了他的儿子，在国外他们无法下手，所以他们在等安思德回国的那天动手。"

蒋齐听了就随口道："那我们明天派人守在机场就行了。"

阮言希双手抱胸，斜睨他："然后明目张胆地让他们知道我们已经清楚他们的计划了吗？既然他们两个人在暗处，我们也得在暗处。"

蒋齐看他："你的意思是？"

高凌尘显然也同意阮言希的说辞："所以明天的行动人不能多。"

* * *

第二天晚上。

木十摇了摇头，把帽子上沾着的雪抖落，斜着眼看阮言希："我们为什么不在车里等着？"

阮言希难得一本正经地回答她："车出现在这里会引人注目的，而且你不觉得现在这样很浪漫吗？"

"浪漫什么？变成两个雪人？"木十忍不住翻了个白眼，实在不能理解阮言希诡异的脑回路。

"嗯？"阮言希偏头看着木十的表情，发现还真的看不出她有多高兴，然后心里暗暗骂着那个写《恋爱宝典》这本书的作者，说什么下雪天出门看雪，都胡扯些什么啊！

木十想想觉得不对劲，眯了眯眼睛，斜了他一眼："你是不是又看什么奇怪的书了？《如何恶搞自己的朋友》还是《如何才能被人揍》？"

阮言希抬头望天，雪落在了他的脸上，好冷……

见他不说话，木十索性不管他，继续盯着别墅的方向。

安思德晚上8点抵达S市，之后独自开车到了这座偏僻的别墅，而高凌尘、蒋齐、阮言希和木十四个人也悄悄地跟在他后面到了这里，现在他们等的就是李津和赵则亮这两个人的出现。

晚上11点半，安思德出门。

蒋齐一看到他出来了，马上警觉起来："他这么晚要去哪里？"

高凌尘说："跟着他。"

电话那头却传来木十的声音："先等一下，别跟这么紧，很有可能会被李津和赵则亮发现。"

蒋齐担心："那万一跟丢了怎么办，这里偏僻根本没有摄像头。"

担心这个啊？木十道："哦，我在他衣服里和包里都放了跟踪器。"

阮言希挑眉："所以那个时候你才会故意去撞他一下？"

木十隐隐有些得意，脸上还是没什么表情："出门在外总要带点儿装备。"

等安思德离开一段时间之后，四个人才开车跟上，结果越开越偏僻，最后开进了山里。

蒋齐看着越来越颠簸的路和外面阴森森的环境，有些傻眼："这是什么地方啊？我怎么从来不知道这里还有人住，难道是秘密基地？"

木十看着屏幕打断了蒋齐的猜想："安思德停下来了，应该就在前面。"

继续开了五分钟，果然有一栋房子出现在那里，四个人下了车，步行过去。

房子看上去很普通，但是建在这里却让人觉得怪异，特别是安思德选择这个时间来这里。

四个人在一扇可以从外面打开的窗户旁站着："队长，现在怎么办？冲进去还是等着？"

蒋齐话音刚落，房子里就传出男人的叫声："谁？你们是谁？"

看来李津和赵则亮已经闯进去了，情况紧急，高凌尘叫道："快，冲进去。"

回头还不忘叮嘱阮言希和木十："你们在这里等着。"然后就跟在蒋齐后面翻窗进入了屋内。

阮言希和木十看着黑乎乎的屋里，然后对视一眼，蹲了下来，其实即使高凌尘不说，他们也不会跟进去的。

反正闲着，两个人开始一句一句地聊天。

阮言希说："木十，其实这地方还不错。"

木十看了一眼四周："就是出行不方便。"

"嘭！"一声枪响。

两个人不受影响，木十突然想到："对了，阮言希，你是不是应该去考个驾照？"

"我才不要，懒得开车。"

接着两个人聊着聊着就扯到了在这里弄个墓地挺好的。

在身后听了他们几句聊天内容的蒋齐终于忍不住打断他们："我说你们，

居然在这里聊天啊。"

阮言希扭头看他："那我们要干什么？在这里挖坑埋尸吗？"

蒋齐翻了个白眼："你们听到枪声都不紧张？"

阮言希耸耸肩："是高凌尘的手枪，有什么好紧张的，那两个人呢？"

蒋齐叹了口气，郁闷道："死了。"

阮言希挑眉，下一秒就说出了自己的推断："自杀了，而且是服毒自杀？"

"你怎么知道？"蒋齐觉得真神了，他又不在现场。

阮言希轻笑，语速很快地道："只听到一声枪响，而且救不活了，致命的，那就只剩下这一种可能性了。"

蒋齐真心服了他了："他们嘴里藏着毒药，知道逃不掉就服毒自杀了。"

这时木十想起了另一个人："安思德呢？"

蒋齐回她："受了点儿刀伤，不过没有生命危险。"

阮言希拍了拍大腿，站起来，拉了木十一把："行了，木十，我们开始工作。"

阮言希和木十从大门走了进去，房子里都是灰和蜘蛛网，看上去很多年没有人住了，地上积了厚厚的一层灰，每走一步都会留下脚印。

客厅里有两具男人的尸体，正是李津和赵则亮，但此时他们却是顶着周文斌和王凯的脸，阮言希和木十瞥了一眼便绕开往里面走。

两个人在房子里转了一圈，房子还有一个地下室，走下去可以看到这是一个实验室，里面放着各种实验器械，同样，可以看出多年没有人使用。

木十看了一会儿道："看来这是安教授一处秘密的房产，用来做实验的。"

蒋齐说："那个病毒的样本难道就在这个实验室里？"

阮言希打了个哈欠，语气随意："嗯，你可以找找。"

"你觉得这里没有？"高凌尘听出了他语气中的意思。

阮言希微微眯着眼睛，显然有些困了："这么多年没有让人找到，我可不认为安教授会留下病毒的样本。"

"那病毒……"

"一定以一种非常隐蔽的方式隐藏在这里。"阮言希双手插在口袋里，边说边往外走。

高凌尘在整个房子里查找了很久，一无所获，就像阮言希一开始推断的一样，它或许被隐藏起来了。

第二十一章 失踪者（6）

因为犯困，阮言希坐在一架钢琴前，打开琴盖，双手轻轻地放在键盘上。

"叮。"阮言希按下了一个键。

木十听到声音回头看着他的侧脸，他的脸上带着淡淡的笑，低垂着眼，柔和而安详……

下一秒。

"噔噔噔噔噔！"

阮言希的十指全部重重按在琴键上，发出一阵尖锐的声响。

阮言希回头看木十，拍了拍手："终于清醒了。"然后他转回头看着架子上放着的乐谱，一页一页地翻着，这些都是手写的乐谱。

"嗯？"阮言希发现了不对劲的地方。

木十注意到他的表情变化："怎么了？"

"不对。"阮言希把乐谱放在架子上，双手再一次放在琴键上，但这一次他开始认真地弹奏起来。

阮言希修长的手指在琴键上跳动着，速度越来越快，木十抬头看他，他的眼睛发亮，嘴角的弧度越来越大。

琴声终止，阮言希收回手，说了两个字："天才！"

木十惊讶地眨了眨眼，这可是第一次木十从阮言希嘴里听到他夸奖别人是天才。

"木十，那个病毒的分子式就隐藏在这个乐谱里。"

* * *

男人抬起手用双指夹起棋子往前走了一步。

"嘀嘀。"

男人偏头看向屏幕，用手指轻点了一下，一个男人的声音从里面传出："那两个人死了。"

"嗯。"男人手里握着棋子，应了一声，似乎一点儿都不惊讶。

对方沉默了一秒："对了，他快回来了。"

"嗯。"语气依旧没有任何起伏，他的手放下，缓缓开口，"将军。"

"叮。"

打火机的火焰点燃了纸的一角，火焰沿着纸面缓缓上升，那些五线谱和音符也随之被火吞噬，阮言希拿着乐谱的一端，等它燃烧至一半，他手一挥，扔进了一个盆子里，火焰瞬间把那几张乐谱变为一堆灰烬，连同着那个让人寻找了多年的分子式。

阮言希拍拍手，将打火机还给高凌尘，接着和木十一起往门外走。

走了几步，木十问他："感觉怎么样？"

"感觉嘛，多了一样可以威胁别人的技能，当然，可能要谋杀我的人又多了好多。"阮言希说着停顿了一秒，而后耸耸肩，一脸不在意，"不过反正本来也不少。"

周文斌和王凯事件至此告一段落，但每个人都知道根本没有结束，李津和赵则亮身后的人因为他们的自杀而断了线索，无法追查下去。

同样，那起造成八人死亡的严重车祸，在查到司机身份的同时线索全部中断，他们不知道那个人为什么会持刀闯入阮言希的家，目标是谁，想要干什么。但是唯一能知道的是，这两个案子都有着幕后操控的人，像一张巨网将他们所有人都围住。

事情不会结束。

但生活依旧继续着。

元旦后的一天早晨，木十被外面持续不断的声响吵醒，她梳洗后换好衣服出了房间，辛巴在垫子上伸了个懒腰，然后跟在木十后面。

阮言希站在架子上，手里拿着一本书，听到脚步声，扭头和木十打了一个招呼："木十，早。"

木十看着他，问："阮言希，这么早你在干什么？"

阮言希把一本书插进书架里："如你所见，我在整理书架，因为昨天晚上新到了一批书。"他指了指下面的书。

木十走近书架，看着堆在箱子上的书，看到书名后又凑近了些："《爱情絮语》《如何做好一个合格男友》《恋爱宝典》？"

听到这个书名，阮言希撇撇嘴："啧，最后一本是要扔掉的。"

木十看着原本根本不可能出现在书架上的书，有些奇怪："你突然买这些书干什么？"

阮言希扭头看着木十，解释道："因为我发现在我二十多年的阅读中这部分是我从来没有涉猎过的，而现在我又在这个方面遇到了难题。"

木十的视线从书又移回阮言希的脸上："什么难题？"

阮言希的脸很严肃："比如我现在对你的角色定义似乎不明，从一开始的陌生人，到成为我的助理，然后现在在破案时显然你已经是我的搭档了，因此我对你的感情也发生了转变。"

"哦。"木十淡淡地应了一声，索性坐在旁边的小沙发上，等着阮言希继续说下去，辛巴也跟着跳上了沙发，趴在木十旁边舔着爪子。

阮言希继续道："我希望和你有进一步的发展，我觉得我们应该把这种关系变得名正言顺一点儿，所以……"

"早！"尤巫打了个哈欠走到他们旁边，就听到了阮言希的最后一句话，"咦？言希，你现在这是在表白吗？"他想自己的出现是不是打扰到他们了。

阮言希挑眉："表白？我只是在梳理关系。"

"梳理关系？你们的关系很复杂吗？"居然还要梳理！尤巫在心里吐槽。

对于尤巫的疑问，阮言希一本正经地回答他："梳理好关系是我们感情进一步发展的前提。"

尤巫嘴角抽了抽，抬手抹了一把头上并不存在的汗，第一次看到连表白都搞成这样的人，他已经说不出任何话了。

他同情地看了一眼面无表情的木十，然后带着小可爱往楼梯那里走："那你们继续。"

阮言希接着刚才的话往下说："木十，所以……"

"嗡嗡。"短信的声音。

木十把视线从阮言希的脸上移开，低下头从口袋里掏出手机。

第二次被打断，阮言希抿了抿嘴，一脸郁闷，他从高处注意着木十的表情，一丝惊讶出现在她的脸上，而后被满满的喜悦覆盖，这是他第一次看到木十那么开心的样子。

虽然已经猜到了，但是阮言希还是问了一句："怎么了？"

木十的双眼始终看着手机屏幕，眼睛亮亮的："我哥哥，他回来了。"

第二十二章　寻找（1）

阮言希在二楼的书架前继续整理书，然后时不时扭头看向楼下的客厅，木十在那里坐了整整一个小时，虽然手里捧着一本书，但他很肯定她一页都没翻过。

从收到她哥哥发的短信之后，木十就坐在那里等着她哥哥来，一动不动，简直就像是一座雕像。

"木十。"阮言希忍不住叫了一声。

等了几秒，果然没反应。

"叮咚"，门铃响了。

木十猛地抬起头，看着门的方向，却没有立刻站起来，这种既喜悦又紧张的心情似乎在这一刻束缚住她的双脚。

"叮咚。"

同样听到门铃声的尤巫从厨房里走出来，手里还端着刚切好的水果，发现木十没去开门，就放下果盆走到门口开了门。

门外站着一个瘦高的男人，穿着灰色的大衣，旁边放着一个拉杆箱，脸上带着一丝淡淡的微笑，在看到尤巫后有一秒的惊讶："尤巫，你怎么在这儿？"声音低沉，没有什么起伏。

"天阳，你终于来了。"尤巫没急着解释他为什么在这里，而是马上回头喊木十："木十，你哥哥来了！"

这一次，木十的脚往前一移，终于从沙发上站了起来，她往门口走去，速度越来越快，在尤巫身后，她身体一下子顿住，看着门外那张熟悉的面孔，比一年前更加消瘦，却依然能让她的心安定下来。

"哥……哥哥。"她张了张嘴，小声地叫出了这两个字，这个一年多没叫过的称呼。

"小木头。"秦天阳的笑意加深，叫着木十的昵称，原本沉稳的声音在这时带着明显的宠溺。

"天阳，别在门口站着了，快进来。"尤巫笑着招呼秦天阳进屋，帮忙提着拉杆箱。

秦天阳换好拖鞋，走到木十面前，伸出手放在她的脑袋上，轻轻地揉着她的头发，半开玩笑地来了一句："没长高啊。"秦天阳在别人面前永远是冷冰冰不易靠近的模样，但只有在自己妹妹面前才会有些笑容。

木十嘴角始终小弧度地扬着，低着头，此时看上去就像是一个害羞的小姑娘，和往常完全不同。尤巫看着也笑了，心想也只有在自己哥哥面前她才会这样，然后看着从二楼往下走的阮言希，在心里默默为他点了支蜡烛。

从二楼下来的阮言希看着木十的哥哥，在他面前站定，伸出手第一次主动打了招呼："你好。"

秦天阳伸出手回握了他："你好。"两个人短暂地握手。

阮言希收回手，向他介绍自己："我是木十的男朋友，阮言希。"

"我听说她是你的助理。"秦天阳面色不变，揽着木十的肩膀。

阮言希不慌不忙地补充道："工作上是我的助理，生活中是我的女朋友。"他微笑。

"是吗？"秦天阳看向木十，显然更希望听到自己妹妹的答案。

木十老实回答："没有正式确定。"

秦天阳直接无视了面前已经黑着脸的某人，对自己妹妹道："现在有工作吗？"

木十摇头："最近没有案子。"

秦天阳接着道："那我们回家吧。"

木十连连点头，全程忽略阮言希："好，我去收拾一下东西。"

阮言希听了眯着眼睛看着她，木十却像没有看到一样，直接绕过他走上二楼，阮言希停了一秒一转身跟了上去。

木十在房间里整理衣服，阮言希冲进房间，一屁股坐在床上："你真要回家？"

"嗯，我哥哥回来了。"木十把每件衣服都叠好，塞进箱子里。

阮言希一直盯着她的脸："那你几天后回来？"

木十没抬头，认真整理东西："这段时间我应该都会陪着我哥哥。"

"有案子怎么办？"

木十停下手上的动作，反问他："案子你解决不了吗？"

阮言希被噎了一下："不是能不能解决案子的问题，你是我的搭档，理所应当我们应该一起出现在犯罪现场。"

"哦，那到时候你通知我就好了。"木十抬头看了一眼床头，"阮言希，把你旁边的那件睡衣给我。"

木十这么一提，阮言希索性抱着木十的睡衣不松手了："你现在可以回去陪你哥哥，但是有案子的时候你再住过来不就好了。"

木十没回应他的提议，简单整理好行李后抬头看着阮言希，突然走过去抱住他。

阮言希先愣了一下，然后伸手回抱她，把头靠在她的肩膀上蹭了蹭："小木头。"

"嗯，小阮头。"木十松开手，趁机把睡衣拿走，走回去放回行李箱里，"我走了。"

尤巫送走了木十和秦天阳，走到二楼木十的房间，倚在门上，对里面躺在床上的阮言希道："木十走了，你怎么不下去送送？"

阮言希没说话，尤巫等了一会儿，心想还是让他一个人安静一下，转身刚走了两步——

"死木头！"

木十和哥哥秦天阳回到之前住的家里，开门进去，秦天阳把行李放进自己的房间里，木十跟着他进了房间，坐在一边的椅子上，看着自己哥哥把衣物整理到衣橱里。

整整二十分钟，房间里只有秦天阳整理东西的声音，两个人都没有说话，木十就这样一动不动地看着自己哥哥。

把箱子放在床底，秦天阳去洗了个手，没过一会儿，他再次进入房间，而后坐在床边，面对着木十。

木十没说话，但秦天阳知道她的问题："是不是想问我这一年多的事情？"

"嗯。"木十开口缓缓道，"那个时候警察找到了你的尸体。"

"被严重破坏无法辨认样貌的尸体，所以只能对比指纹和DNA，却还是证明是我的尸体。"

答案显而易见："指纹和 DNA 都被换了。"

秦天阳开始说起了当时发生的事情："一年多前，我在局里无意中发现了警局有人向外传输一条加密的信息，我花了一点儿时间破解，发现这条信息和二十年前的一件案子有关。"秦天阳说着看了一眼木十，停了下来。

木十隐隐猜到了："我……父亲？"

秦天阳轻轻颔首："我追查了一下，可惜查不到局里发出信息的确切地方，但是我查到了对方的地址，我马上赶到了那里，却只是一座废弃的工厂。"

木十马上就明白了，得出了结论："那个工厂是他们刻意让你查到的？"

"对，那里是陷阱，之后便是追杀，我侥幸躲过了，可第二天却看到了被确定为我本人的尸体。"秦天阳清冷的声音说着这一段其实很惊险的经历，他叹了口气，"那时候在我面前有两个选择，一是站出来，让大家知道我没有死，可这样追杀不会停止，总有一天我会被杀死，而我还没有查出警局里的那个人；第二个选择就是当秦天阳已经死了，敌人在暗，那我也在暗。"

木十明白这是秦天阳权衡再三才做的决定，在那个时候这个选择也许是最好的："之后你给我写过一封信。"

秦天阳露出淡淡的笑容，揉揉她的头发："不想让我妹妹伤心。"

的确，最起码她知道哥哥还活着："那之后呢，你还有没有给我写过信？"

"没有，就这么一次。"秦天阳细想后紧了眉头，"怎么，你还收到过？"

木十点了下头："嗯，让我去一个地方，说在那里等我。"

秦天阳语气紧张起来："之后呢，你在那里见到了谁？出了什么事？"

"没有人，不过也是个陷阱。"木十把当时陷害她杀人的案子简略地说给他听，包括韩义德。

"韩义德。"秦天阳念着这个名字，垂下眼回忆了一下，"那个时候我刚查到他和毒贩有关系，你这么一说倒提醒我了，这一年多我查到有三名警察有问题，而这三个人在我继续追查下去时，都发生意外死了，我想这不可能是巧合。"

"韩义德那时候是受人指使的，而且之后的一个案子似乎也存在一个幕后黑手。"

秦天阳面色冷峻："不是一个，有很多人，确切地说应该是个组织，他们应该在各个领域都有控制，但是我现在还没有查清楚，目前我只是查到了一个角。"

木十说："那，哥哥现在是……"

秦天阳接口道："好奇我为什么一年之后突然现身吗？"

"嗯。"

"他们现在不会除掉我，不过只是暂时吧。"说着这句话，秦天阳苦笑了一下，接着他道，"因为他们想要找到你父亲，原因我不清楚。"

木十咬了一下嘴唇："所以他们希望借由你，也就是借由我找到我父亲？"

"对。"

木十张了张嘴："所以，他，真的没有死。"

停顿了片刻，秦天阳才回答："恐怕是的。"

木十陷入一阵沉默，她其实早就猜到了这个事实，只是一直没有被证实而已。

秦天阳看着陷入沉默的木十，扯开了话题："我肚子饿了，你饿不饿？"

木十抬头看着秦天阳，点点头。

秦天阳道："家里没什么东西，就下点儿面条吃吧。"

木十从椅子上站起来，脸上恢复了淡淡的笑容："好久没吃哥哥下的面条了，那我来煎荷包蛋。"

秦天阳去楼下超市买来面和鸡蛋，兄妹俩就像之前一样一个人下面，一个人煎蛋。

"小木头。"秦天阳叫了她一声。

"嗯？"

水煮开，秦天阳把面条放进锅里，缓缓道："阮言希这个人不适合你。"

木十把荷包蛋翻了一个面，听了秦天阳的话手一下子顿住了。

秦天阳继续说了下去："我不是完全否定他，他各方面都很出色，我也认可，只是我觉得他可能会过度迷恋于破案。"

"哥哥担心阮言希有一天会去犯罪？"木十把蛋翻了一个面，"这我倒不担心，他太懒了，不愿意干这种体力活。"

秦天阳轻笑，听了这话不禁有些无语。

木十盯着煎得金黄的蛋没再说什么。

很快，木十把煎好的荷包蛋放在秦天阳煮好的面条上，两个人面对面坐着吃着面条。

木十吃了一口："哥，面又煮烂了。"

阮言希这几天有点儿暴躁，当然"有点儿"是他个人认为的，在尤巫看来简直就是相当暴躁，关键是他暴躁得很闷骚，其实他想让木十回来，但还不给她打电话。

在他糟蹋了第二块肉后，尤巫从他手里抢下菜刀，郁闷地问他："你不给木十打电话，干吗还拿块肉出气啊？"

"我为什么要给她打电话？"没有理由啊。

尤巫觉得阮言希的脑回路有很大的问题："怎么？难道你真要等有案子了再给她打电话？"

"有案子？案子，是啊！案子！"阮言希自言自语了几句，突然把身上的围裙一脱扔给尤巫，快步走出了厨房，到书房里拿出电脑捧在手上，一屁股坐在沙发上，开始浏览自己的网站。

十分钟后，他拿起旁边的手机拨出了一个电话，很快电话接通。

"喂，木十。"

"怎么了？"木十一手拿着手机，一手拿着东西。

"有案子了。"

"什么案子？"

阮言希马上道，声音还刻意压得很低："一个密室杀人案，一间房间，门从外面被锁住，里面有一具尸体，尸体旁边还留下了死亡信息，此外房间里还有一些很奇怪的东西，我觉得我们有必要去一下现场。"

"阮言希，为什么我只看到了一个真人密室游戏，玩家不会玩所以才求助于你呢，而且他们还拍了照片，我想这个时候你应该已经知道怎么出密室了。"

阮言希的语气就像是听了木十的话才刚刚恍然大悟一般："哦，原来是这样啊，现在的真人密室游戏都弄得这么真实吗？木十，不只这个，还有另外一个案子。"

木十打断他："你难道要说那个抢劫案吗？"

"是啊，他在银行外面被抢了两万元现金。"

"哦，如果是这个的话，我查了那附近的监控了，显然他在说谎，根本就没有所谓的抢劫犯，而且警察已经查过了，是他赌博输了两万，为了给家人一个交代所以才会说出这样的谎言。"木十停顿了一下，"另外，阮言希，这已经是两天前的事情了。"木十走到红绿灯处停下来等绿灯。

"现在的人为什么要这样呢？"他愤慨。

绿灯亮起，木十穿过马路："嗯，就像我不理解你为什么要编出几个案子一样。"

被无情拆穿的阮言希无话可说。

挂了电话，阮言希一转头就看到了嘴角在抽搐的尤巫："怎么了？中风了？"

尤巫抚额："你给木十打电话居然说案子？"

"那我应该说什么？她说有案子给她电话。"

尤巫觉得他已经无可救药了："你情商是遗传谁的？好吧，先不研究这个，就像你自己说的，木十是你女朋友，女朋友就是可以随时打电话的啊，出去见面约会啊！不然叫什么情侣啊！"

阮言希还在回味他的话，大门却在这时打开了。

阮言希一下子从沙发上站起来冲到门口，就看到提着东西，正在换拖鞋的木十！

他摸着口袋里的两串钥匙，还处于发愣状态："你怎么进来的？"

"这个。"木十晃了晃手上的铁丝，"钥匙忘拿了。"

"你怎么回来了？"阮言希在压制自己的喜悦。

木十走到他身前，抬头看着他："因为我觉得我再不回来的话，说不定你明天就去制造案子了。"

阮言希勾起嘴角，伸手抱住她："这你放心，我懒，不会干这种体力活。"

第二十三章　寻找（2）

阮言希松开她，疑惑地问："你哥呢？"

"回警局了。"既然警局里还存在内鬼，回警局是现在最好的一条路。

阮言希双手抱胸："这么说他现在已经不用藏在暗处了。"

"嗯，因为我父亲。"木十停顿了一下，"阮言希，你知道我父亲是谁吧。"

"木久临。"没有一丝迟疑。

"嗯。"木十点头苦笑了一下，"一个本来应该在二十年前就被执行死刑的杀人犯，但是现在他还活着，并且有人想要找到他，确切地说不是一个人，而是一个组织。"

阮言希想了一秒，轻点头："我懂了，在这个世界上，你是唯一和他有关联的人，所以他们想借由你找到你父亲。"

木十和他说了之前秦天阳查到的东西："我哥哥在被迫失踪之前查到警局里有人向外传输一条关于我父亲的加密信息，他追查到的信号接收点，是一座废弃工厂。"阮言希冷笑："果然警局里有内鬼。"

木十说："还不止一个人，他在一年多的时间内，查到了三个有问题的警察，可不久都出意外死了。"

阮言希抿了抿嘴："弃子，就像之前袭击我们的男人一样。所以说如果要弄清楚这个组织的目的，我们先得找到你父亲。"

木十点头。阮言希突然问她："木十，那你想找到他吗？"

想找到他吗？木十躺在床上，脑子里还在想着下午阮言希问的这个问题，在她不到三岁的时候，确切地说是在她三岁生日的前几天，她记得妈妈当时在厨房，而她坐在房间里的地上独自玩玩具。

没过多久，门开了，是她的爸爸回来了，因为她听到妈妈叫了他的名字，但是木十却没有马上见到他过来，之前她爸爸每天下班后的第一件事，就是来逗她玩，可这次她却先听到了妈妈的惨叫声，那是她从来没有听到过的声音。

她吓坏了，走出房间想去看看，走到客厅，她就看到了妈妈，却是倒在地上的妈妈，全身都是血，双眼睁着看着木十，手颤抖着挥舞着，妈妈张着嘴，拼尽最后的力气对她说着："木十，逃，逃。"那是她妈妈对她说的最后一句话，就是让她快逃。

那一刻，她看着躺在地上一动不动的妈妈，而那后面站着的就是她的爸爸，手里拿着刀，一把带血的刀，上面是她妈妈的血。

木十整个人像被定住了一样，她的面前是她的爸妈，可一个死了，一个刚杀了妈妈，她的后面是房间，她无处可逃，她又怎么逃呢。

她没有死，因为木久临直接走出了家，而她就这样在原地站了很久，直到邻居发现了她和她妈妈，她已经不记得那时候到底有没有哭。

因为没有亲戚愿意抚养她，之后她就被送到了孤儿院，刚进去的时候她一整天都不说一句话，其实从出事那天起她就再没说一个字，所以别人都以为她是个哑巴，一个月后，她才开始说话，第一句话就是妈妈。

在孤儿院待了两年，平静的生活却再次被打破，因为一个包裹，收件人是她，里面是一只死兔子和一张卡片。

"送给我此生的最爱，生日快乐。"

此后的每年生日，她都能收到这么一份礼物，即使后来被秦天阳的父母收养，那份礼物依旧能准时准确地送到她手里。

她知道那是木久临寄给她的，不知道什么目的，或许是让她永远都记得她是他的女儿，在她生日那天提醒她这一点，或许还有其他的目的。

对木十而言，在三岁之前，木久临是一个爱护着她疼爱着她的爸爸，三岁之后，他是一个变态的杀人犯。她再也没见过他，哪怕是照片，可他的脸至今还保存在她的脑子里。

二十多年没有见到的父亲，想找到他吗？不想？不可能，因为她想知道木久临究竟是个什么样的人，为什么要杀这么多人还有她的妈妈，还有那个想要找到他的组织。

想吗？她说不清楚。木十翻了个身，看着窗口，一点儿睡意都没有。

门口传来门把手按下的声音，接着门被轻轻地推开，木十听着，但还是保持着原来的姿势没有动。

第二十三章 寻找（2）

有人放轻脚步慢慢靠近床，被子被掀开，木十旁边的床垫陷了下去。

木十忍了很久："阮言希。"

被发现了，阮言希不慌不乱，索性放开手脚，盖好了被子，又往木十那里靠了靠："木十，你还没睡呢？嗯，我就知道你肯定没睡着，毕竟几天没在这张床上睡了，认床嘛，我懂的。"

木十翻过身在黑暗中看着他："那你来干吗？"

阮言希说："你睡不着我来陪你聊天呀。"

木十说："可我要睡觉了，所以……"

"哦，那睡觉吧，晚安。"阮言希伸手捧着她的脸，在她的额头上轻轻一吻。

"阮言希。"木十叫了他一声。阮言希把她抱在怀里，下巴抵在她的头上，轻声道："睡觉吧，你烦恼的事情交给我就好了。"

尤巫在厨房做早饭，秦天阳和木十坐在沙发上，看着对面喝着热水、穿着厚厚睡衣的阮言希。

木十把视线移开，问秦天阳："哥，你来这里有什么事吗？"而且穿着警服。

秦天阳点头，面色冷峻："发生了一起命案，死者为女性，我看了现场的照片，死者身上有多处锐器刺入。"微有停顿后："并且左手小拇指被切下。"

木十听到最后一句的时候，脸色微微一白。

木久临在几年间残忍地杀害了八名女性，并埋尸于院子里，在尸体被挖出来后，法医发现第一位死者的右手大拇指被切下，第二位死者的右手食指被砍下，按照顺序排列下去，第八名死者的左手中指被切下。

而第九位死者，也就是木十的妈妈，她的左手无名指被切下，同时这也是她戴婚戒的手指。现在突然出现的这名女死者，左手小拇指被切下，不仅仅木十，还有那些熟悉当年案子的人，都会自然而然地和木久临联系起来，时隔二十二年，难道这个本应该死亡的人又开始作案了吗？

阮言希喝完最后一口热水，把杯子放在桌子上："当时这个案子很轰动，知道案子细节的人很多，所以你们并不能排除是模仿者。"

秦天阳没看阮言希，依旧对木十道："我们在现场找到了一枚指纹。"

木十一愣："是我父亲的？"

秦天阳缓缓点了下头。

草草吃完了早饭，秦天阳开车带他们去了发现尸体的现场，也就是死者的家里。高凌尘等人早就在现场勘查，鉴证科的人员已经结束了采集，三个人穿好装备走进去。

"来了？"高凌尘看到他们三个人，说了一句算是打了招呼。

客厅的地上只剩下一摊血迹和一些喷溅出来的血迹，尸体已经被运到法医室，房间里仍然可以闻到一股血腥味。

苏俏婉，这次的死者，同时也是这所房子的主人，27岁，一名普通的白领，未婚独居。

高凌尘对他们道："邢静刚才对尸体做了检查，初步判断死亡时间应该在昨天夜里10点到11点。"

在他旁边的蒋齐手里拿着一个本子和一支笔，看来刚和死者的家人朋友了解过情况："据她的朋友说，昨天晚上她们在外面聚会，晚上从酒吧出来的时候是晚上9点45分左右，而从酒吧到死者的家里如果步行的话大概20分钟的路程，所以我觉得很有可能凶手是跟着她到了家里将其杀害的。"

高凌尘点头，认可了蒋齐的推断："门上并没有强行闯入的痕迹。"

阮言希似乎对他们说的信息并不感兴趣，他在满是血迹的客厅里来回走，时不时蹲下来查看地上或者墙壁上溅上的血迹，最后站起身开口道："他先切下了死者的手指。"

秦天阳冷声道："跟之前所有的死者一样，他先切下了她们的手指，再用刀将她们杀害，至今那些被害者的手指都没有被找到。"

所有人都开了口，唯有木十站在原地，低着头看着最大的那摊血迹，没有说一个字。阮言希走到木十旁边，把手放在她的头上，轻轻地把她的头按在自己怀里，然后带着她往卧室里走。卧室里有着淡淡的花香，靠床的一个柜子的中央放着一个青色的花瓶，上面插着一束红色玫瑰花，窗外的阳光洒进来，照在花上，柔和而美丽。

阮言希走过去，看了一眼地上的拖痕，伸手把柜子往旁边挪去，露出它身后的墙壁。

血红的颜色，向下流淌着。

FIND ME

木十

第二十四章　寻找（3）

墙壁上的红色液体并不是血迹，而是红色颜料。

后面跟进来的秦天阳看到墙壁上的字，拧着眉头走到木十旁边，而高凌尘看到后则微微愣住，走在最后的蒋齐并不知道木十父亲的事情，所以一看到"木十"两个字，傻了眼，顿时有些结巴地道："木，木……怎么这凶手和木……"

高凌尘回头用眼神制止了他继续说下去。

死者为年轻女性，被砍断一根手指，这就像是木久临的犯罪标记，他把这个标记展现给世人，再加上墙壁上留下的字，他在宣告一件事。

他又回来了。

二十多年前，警察用一年的时间找到他，却又让他成功逃脱了法律的制裁，如今他再度出现，结局又会如何呢？

现场勘查结束，阮言希和木十也跟着他们回了警局，在等尸检报告的时候，秦天阳在查酒吧到死者家周围的监控。

而阮言希和木十则坐在旁边的休息室里等高凌尘拿来木久临当年案子的卷宗，木十左手托腮不语，阮言希凑到她面前："在想什么？"

木十抬眼，四目对视："在想他这么多年都躲在哪里，还有为什么现在突然出现？"

阮言希用右手托腮："第一个问题没法回答你，第二个问题嘛，或许他想见见他的女婿。"

木十忍住嘴角抽搐，抿了抿嘴，歪着脑袋："所以他现在杀人，是因为不满意你吗？"

阮言希身体往后一仰："怎么可能？说不定他想试试他女婿的实力。"

"你是怎么得出这个推断的？"

阮言希一摊手："排除不可能的，那么剩下的那个相对合理的答案即使不是正确的，也是最接近的。"

木十决定结束这个话题，然后她想到了另外一件事情："你说那件事应不应该告诉高凌尘？"

阮言希想也没想就否决了："当然不能告诉他。"

木十随口一问："你担心他是内鬼？"

阮言希打了个哈欠："不，我担心他的演技。"

被阮言希质疑演技的高凌尘和抱着放有卷宗的箱子进来的蒋齐都没听到最后这句话。

阮言希从里面抽出一本，依旧像往常一样快速地翻阅着，而木十则放慢了速度，每一页都要停留很久，特别是看到她妈妈的信息时。

花了一点儿时间，阮言希把案子的所有卷宗都看了一遍，发现对被害者的调查还有犯罪现场的细节相对比较详细，但是对木久临的审讯记录却很模糊，能看到的就是他的个人信息，除此之外他的认罪过程、犯罪动机几乎都是一笔带过，这些照理说反而是更加重要的信息。

"当时结案可真够匆忙的啊。"看完后阮言希说出了最直观的看法。

蒋齐倒觉得没什么奇怪的："毕竟抓捕他就用了整整一年的时间，再说了所有的证据都表明他是凶手，抓到了自然就可以结案了。"毕竟谁都想让一个几年内杀了九名女性的变态杀手尽快接受法律的制裁，当然现实却是他躲过了制裁，虽然非常离奇。

阮言希眯着眼睛盯着他："然后连他的犯罪动机都可以忽略了吗？"

蒋齐拿过一本卷宗，翻了几页给他看："这里不是写着凶手因为迷恋女性手指，所以才会在作案后将所有女性的手指切下来收藏起来嘛。"

"嗯。"阮言希当然看到了这些，可是，"这些只不过是当时办案人员的猜想，还有那九根手指呢？"

高凌尘接口道："至今没有找到，在木久临当年藏匿的地方也没有发现这些手指。"

"所以就没有人追查这九根手指的下落了吗？"阮言希边说着，头边前后摇晃了几下，"啊，我知道了，你们觉得凶手既然已经落网了，手指什么的已经无所谓了。"

高凌尘和蒋齐都沉默了，没法反驳，他们不可否认的是这个案子当年的办案人员的很多做法确实存在问题，抓到木久临后匆匆结案。

或许就是这些一点点的问题，导致了最后明明应该被处决的木久临时隔这么久依旧活着并且再度杀人。

阮言希身体前倾，双手相握放在桌子上，肃着脸开口道："还有你们不能否认的是，当时警局里有人存在问题，而且很有可能是办案人员里的，当时的办案人员呢？"

高凌尘大概知道阮言希会需要，所以已经把他们的档案拿过来，他把一个档案袋放在阮言希面前："就在这里，这是当时所有办案人员的资料。"

高凌尘会这么主动提供这些，还是令阮言希有些意外的，他随意翻了翻资料，当时包括法医在内一共有十人参与，现在还在局里的有三个人，四个人退休，三个人已经去世。

和阮言希的想法一样，木十把已经去世的三个人的资料拿了出来。

木十一一念着："徐伟中，二十一年前就去世了，死因是一场车祸，当场死亡。"

她放下一份："李扬，同年去世，是在一次追击犯人的时候被犯人的猎枪击中头部，当场死亡。"

木十补充了一点："这两个人死亡时间只相隔了两个月。"

"最后一个，金邱，前年去世，死因是突发心肌梗死，在家中去世，去世时58岁。"

阮言希问："之前有心脏病史吗？"

"有。"

阮言希从木十手里拿过三个人的资料递还给高凌尘："重点查一下这三个人吧。"

蒋齐不理解："三个人？就算之前两位警察可能是人为操纵的，可金警官之前就有心脏病，不会有问题吧。"

阮言希微微一笑："二十多年都认为已经死亡的木久临都还活着，还有什么不可能的呢。"

蒋齐被噎得无话可说。

木十翻看着自己妈妈的资料："我想回一趟以前的家。"她的脸对着阮言希，显然是对着他说的。

阮言希扭头看她："好，我陪你去。"

木十原来的家是 S 市郊区的一栋小别墅，温馨而干净，可自从那起案子发生之后，这栋别墅就再也没有人住过，二十多年前警察在这里进进出出寻找线索，种着花草的花园被挖开，到处都是坑，而这些坑里就埋着那八名被别墅男主人杀害的女性尸体。

一年之后，木久临落网，木十被送进孤儿院，这栋房子就变得无人问津了。如今杂草丛生，藤蔓爬满了别墅的外墙壁，在冬天时更显荒凉，知道当时案件的人不会靠近这里，不知道的人也把这里当作鬼屋，特别是晚上的时候。

时间可以消磨很多东西，却消磨不掉在这里发生的种种往事。

自从三岁离开这里之后，木十就再也没有回来过，甚至连附近也没来过，不是因为害怕，而是因为陌生，妈妈死时站在那里的陌生的爸爸，显得这家也变得陌生了。

木十和阮言希站在别墅的外面，院子外的铁门已经生锈，上面也爬满了各种枝条藤蔓，阮言希走上去推铁门，用了好大的力气才把它推开，铁门摩擦地面发出刺耳的声响。

阮言希推开门没动，而是回头看木十，用手做了一个请的姿势："木十，你带我参观一下吧。"

原本止步不前的木十听到他的话终于迈开了步子，从阮言希旁边绕过走了进去。

眼前是一个个坑，木十边走边看着它们，对阮言希道："小时候我经常在草地上玩。"

阮言希脑子里已经想到了那幅画面，刚会走路的小小的木十在草地上摇摇晃晃地走着，或许时不时人一歪，摔在草地上，阮言希想着，便问："那你摔倒了会哭吗？"

"我为什么会摔倒？"木十斜睨他，一边回答一边走着，却没有注意到脚边的坑，一脚踩下去，一下子重心不稳往后倒去。

阮言希眼疾手快地抓住她的手，另一只手放在她腰间把她拉了过来，嘴角一弯坏笑道："我对你之前的回答深表怀疑。"

等木十站稳后，阮言希就放开了在她腰间的手，但是抓着她左手的那只手却没有松开，调整了一下继续握着。木十也没有挣开，由着他握着继续往前走。

"那里原本有一架秋千。"木十伸手指着房子旁边的一块空地，那是木久临亲手建的秋千，白天她妈妈带着她出来玩秋千，夏天的时候到了木久临下班回家的时间，她就坐在那里等着他。

秋千当年因为挖掘尸体而被拆除了，可那些记忆终究没有办法忘记。

阮言希似乎也想到了关于秋千的回忆："小时候我爸也给我弄了一个，可惜，我第一次玩就直接摔地上了。"他想着摇摇头。

木十玩的时候可没有摔过，因为木久临造好后自己坐上去试过，确定没有问题才让她上去玩。

两个人走到房子的门口，门关着，木十从包里拿出铁丝开门，轻而易举，门锁就开了。

听到门锁打开的声音，木十眨了眨眼，有些后知后觉地问阮言希："我是不是撬锁撬得太习惯了点儿？"

阮言希点点头，语气随意："嗯，下次改进就行。"

木十说："比如？"

"先敲个门。"阮言希说着还真的抬手敲了两下，等了一秒，"嗯，没人，我们进去吧。"

有人倒是怪事了，木十心里吐槽了一句，手放在把手上打开了门。

"咯吱。"

木十时隔二十多年第一次打开这扇门，连同着对这所房子模糊的记忆。

一股潮湿的味道扑面而来，掺杂着一些怪味，门口的蜘蛛网因为有风而晃动着，在一片灰色脏乱中却有一抹无法忽视的红色。

"看来有人在我们之前回来过。"阮言希弯腰用手帕把这朵放在灰尘上的红玫瑰拿起来看了看，"应该是昨天。"

玫瑰花的发现，意味着他们现在不能再进去了，阮言希拿出手机给高凌尘打了电话。

半个多小时后，高凌尘带队赶过来了，包括秦天阳。

"怎么回事？有什么发现？"电话里阮言希并没有细说，只是说让他们来这里一趟。

"怎么了，木十？"秦天阳担心地问木十。

木十指了指阮言希，而阮言希马上晃了晃手里的玫瑰花："在玄关的地上发现的。"

"你们到的时候门也开着？"高凌尘看着大开着的房门。

阮言希望天："关着。"

鉴证科的人马上到门口去搜集指纹。

阮言希把花放进鉴证科人员递来的证物袋里，补充道："隔夜的花，是昨天放在这里的。"

秦天阳拧着眉头，声音微冷："就是说木久临昨天晚上杀了人之后又回到了这里？"

一旁的木十这时才开口："因为他觉得我会回来。"这是木十唯一能想到的原因。

房间里到处都是蜘蛛网和灰尘，高凌尘走在最前面，一边走一边把蜘蛛网拨开，木十和秦天阳并排走在后面，走到客厅时，木十停了下来低下头看着，自己的脚边就是当年妈妈慢慢死去的地方，即使二十多年没有回来过，她依然记得那个位置。

这里的一切都没有变过，客厅过去的第一个房间里的地上还放着她当时玩的玩具，如今已经全是灰尘。

高凌尘一直注意着地面，半响开口道："房子里面应该最近没有人来过。"因为灰尘积得很深，所以只要有人走进来就会留下明显的脚印，而现在房间里除了他们刚走进来时留下的脚印，其他的脚印都没有："看来他只是在门口放了玫瑰花。"

"错。"突然传出的阮言希的声音让三个人一愣，本以为走在他们后面的阮言希此刻却出现在走廊的另一端，双手插在口袋里看着他们，清冷的声音再度响起，"我想我找到木久临的收藏品了。"

第二十五章　寻找（4）

阮言希带着他们走到别墅的后门，草地上有一个方方正正的洞口，入口处原本被一块石板覆盖着，关上之后根本发现不了。

高凌尘低头看着入口："你是怎么发现的？"

阮言希摇头："准确地说不是发现，而是看到的。"

高凌尘拧着眉头："你来的时候就是这样？"

阮言希双手插在口袋里，斜睨他："如果是这样，那这里面的树叶就不会只有这几片了。"说完他往木十身边靠了靠，左手从口袋里滑出，在碰到木十的手后，把她的手包裹住："我走过来的时候是关着的，但是在缝隙处却插着一朵红玫瑰。"

木十余光瞄了一眼自己被握住的手，声音依旧没有什么起伏："他是故意放着的，为了引我们找到这里。"

高凌尘闻言看了一眼神色淡淡的木十，心里暗暗叹了一口气，转而问阮言希："阮言希，你刚才说的收藏品又是什么？"

阮言希扬了扬下巴："在里面。"

"你已经进去过了？"说完高凌尘转念一想，一进一出时间根本不够，"你猜的？"

阮言希轻轻挑眉："这用得着猜？他想方设法把我们引到这里，你觉得他想让我们看什么？"

高凌尘让其他警员拿来手电筒，便和秦天阳一前一后从入口走下去，里面没有灯光，只在入口处才有从外面照进来的淡淡光线，阮言希和木十一前一后跟在他们后面也走了下去。

走了八级台阶后，就到了平地上，高凌尘抬手用手电筒照向前面，几步开外便是一扇门，高凌尘戴着手套转动把手打开了门。

在手电筒的光亮下房间里的摆设模糊地呈现在他们面前，秦天阳找到旁边的开关，按下后，房间一下子亮了起来。

在适应了光亮后，这个房间里的东西就完整地展现在他们面前。

有些简陋却还算干净的房间，房间比他们想象中的大些，里面的家具并不多，只有一张长书桌、一个柜子、一个书橱，还有一把椅子，并没有找到床和衣物，这就意味着木久临并不如他们一开始预料的那样这么多年生活在这里，这里只是他其中一个躲藏的地方。

书橱上整整齐齐放着各种书，阮言希顺着最左边的开始看，看了几排便发现了摆放的规律："书是按照出版的年份排列的，一直到今年。"上面有着各种类型的书，小说散文、天文地理样样齐全，阮言希扫了一遍后，站在书橱的正中央，左右上下转动着头，这种状态意味着他在观察那些书。

在场的其他三个人都没说话，给了阮言希足够的安静。

没过多久，他的头停在一个位置，视线锁定其中一本书，而后快步走去，伸手直接把那本书抽出来。

秦天阳见状问他："这本书怎么了？"

阮言希把手一转，让他们看着这本书："木久临是按照书的年份排列的，所以越早的书它的使用度越高，也相对比较旧，而这本，我买过这本书，是今年出的书，但是里面的纸张却很旧，说明被一直翻阅，有一定的年份，但是它的封面却很新。"阮言希翻开了书，看到的东西已经证实了他刚才的话："封面和里面的书对不上，显然这本书的封面被换了，这是……"阮言希翻了一页看它的出版时间："是1994年出的书。"

高凌尘拿过来一看，果然是这样，可是："他为什么要换书的封面？"他不解。

阮言希抿了抿嘴："应该是在传递信息。"

秦天阳问："什么信息？"

阮言希摊手，表示他也不知道。

书架的旁边有一个柜子，木十走过去打开了门，看到的东西让她的瞳孔倏地放大，因为这种冲击甚至让她后退了一步。

柜子里放着九个透明的玻璃器皿，里面盛满了溶液，而悬浮在里面的就是木久临的收藏品，警察找了二十多年的手指，却不是全部，因为……

"少了一个人的。"说完高凌尘转念一想就找到了答案，"昨天的那名女死者的手指还没有放在这里。"

"不。"放下书的阮言希走过去，指着其中一个器皿，"这就是昨天的那根手指，是新泡在福尔马林里的。"

"那……"高凌尘看了一眼木十止了声，心中已经有了答案。

显而易见，这里唯一少了的就是木十妈妈的手指。

"木十。"在书桌前的秦天阳似乎发现了什么，没有回头，只是叫了一声。

"嗯？"处于微蒙状态的木十听到他的声音，下意识地应了一声。妈妈，她脑子里现在只有这两个字，木久临让他们找到了九名被害者的手指，却唯独拿走了自己妈妈的，是为什么呢？

"这是……"走过去的高凌尘看到后，一时竟说不出话来。

这是一本相册，很厚的相册，里面放满了照片，但是都是一个人的——木十。

刚出生的、在摇篮里的、在地上爬的、站起来走路的、坐秋千的、笑的、哭的、在孤儿院的、看书的、背着书包上学的、吃饭的、小学的、初中的、高中的、大学的、在犯罪现场破案的、在阮言希小洋房门外的、买菜路上的，全部都是木十成长中的一幕幕，完整地通过这一张张照片展现在众人眼前。

如果是普通家庭，这应该是一个非常温馨美好的成长记录，可现在看来只会让人觉得背后发凉，因为这些都是偷拍的。

"还有我啊。"阮言希翻到最后几页，看到了自己，木十第一次来时他们去逛超市的照片、在路边打车的照片、阮言希靠在木十身上的照片，还有阮言希背木十的照片，只不过这些照片中阮言希都只是被拍到一部分。

"基本都是一定距离外的拍摄，但是有些却是非常近的距离。"秦天阳把那些照片拿出来。

木十低头看着那些照片，都是非常近的距离，说明她与拍照的人是面对面的，那个人就站在她面前，而且身高比她高很多，她低着头，在……

木十全身都在发抖，她张了张嘴，最后说出了三个字："快递员。"

"嗯？"

"这，这些都是我在生日那天签收快递时被拍的照片。"那个时候站在木十对面的只有一个人，那就是送快递的。

"这种近距离的照片最开始的一张是这张。"高凌尘翻到了照片，和所在的年份，"嗯……你18岁的时候，难道之后每年的快递员都是同一个人？"

木十脑子在瞬间一片空白，拍照片的人就站在自己的面前，她居然从来没有发现过："我没有注意过，但是是个年轻人。"她那时候唯一注意的就是那个箱子，因为那里面放着各种动物尸体，每年的那一天她都会守在门口，只为了不让自己的养父母被吓到。

　　秦天阳冷峻的脸上同样出现了惊讶的表情："所以木久临身边还有一个助手。"这是他们之前从来不知道的，他们一直以为木久临都是独自行动的。

　　阮言希拿出几张照片，分别用两只手拿着像对比起来，而后他开口说出了自己的推断："这些照片的拍摄者一共有两个人，18岁之前的照片是木久临拍的，18岁之后的照片是另一个人拍的。"

　　高凌尘惊讶："你怎么知道？这么明确的时间分割点。"

　　"拍摄的角度还有感觉。"阮言希指着那些近距离拍摄的照片，目光微冷，一字一字地慢慢道，"这些出自一个变态之手。"

　　木十纠正他："木久临杀了十个人，甚至是自己的妻子，他同样也是个变态。"

　　阮言希摇头，严肃道："不一样的变态，因为这些照片让我感觉很不舒服。"

　　木十挑眉："因为他没有把你拍全？"让高凌尘和秦天阳意外的是木十现在竟还开起了玩笑。

　　发现木十已经缓了过来，阮言希的眼神里带了些淡淡的笑意，他的手搭在木十的肩上，果断承认了："嗯，这是其中一个原因。"

　　"另一个是这些照片表现出的占有欲非常强烈。"这是一种相当危险的信号，阮言希放在木十肩上的手紧了紧。

　　同一时间。

　　一间昏暗的房间里，厚重的窗帘把外面的光线遮挡得严严实实，房间的一面墙壁上嵌着一块巨大的屏幕。

　　画面中是一间地下室，里面站着四个人。"快递员。"那个唯一的黑发女孩开口道，眼睛直视着前方，有些发愣，"这些都是我在生日那天签收快递时被拍的照片。"

　　画面暂停，这段被倒了回去。

　　播放。

　　"快递员……"

暂停。倒放。播放。

高凌尘带队继续在这里勘查寻找线索，阮言希带着那本被换过封面的书还有相册和木十回了家。

阮言希研究着那本书的时候，木十坐在他旁边翻着相册，然后时不时抽出几张放在一边。

阮言希瞥了一眼后把头凑了过去："亲爱的木十，你在干吗？"

木十又抽出一张自己看书的照片："有些照片拍得不错，打算留作纪念。"

阮言希一听又把头抵在木十的肩膀上："那把那几张有我的也留下来。"

木十瞥了他一眼："上面的你拍的都是不全的。"

"有我不就行了。"阮言希无所谓，只要是合照就行。

木十没回话，只是默默地把两个人的合照也拿了出来。

结果还没整理好，门铃就响了，门外的是秦磊和邢静，一看不是自己在等的人，阮言希的表情自然不怎么样了。

秦磊看到阮言希和木十一起来开门，有点儿受宠若惊，刚想说你们真是太热情了，两个人都来迎接我们，结果就看到阮言希一脸别人欠他钱的表情："见到我怎么这种表情？"

阮言希吐出两个字："有事？"

"没事。"秦磊下意识摇头。

下一句："没事来干什么？"

"没事来干……"秦磊一下子爹毛了，"不是，我们之间难道是那种有事才能见面的关系吗？"

阮言希眯着眼睛，挑眉："我们什么关系？"

木十和邢静已经习惯了他们两个人的对话方式，向来不参与他们的幼稚无聊的对话，邢静换好拖鞋和木十走进屋。

邢静知道他们最近在查杀人案，看到茶几上的东西，便问："你们在忙案子？"

木十给她倒了杯水："嗯，是的，刚回来不久。"

邢静看了眼门口，无奈地摇摇头："我就和秦磊说来之前应该打个电话，还好来的时间巧。对了，最近我们家附近新开了一家蛋糕店，所以买了几块来。"

邢静知道他们两个人都喜欢吃蛋糕。

"蛋糕？"木十的眼睛亮了，但发现邢静手上并没有拿蛋糕。

看到木十的表情，邢静笑了："在秦磊那儿。"

在门口的秦磊正好有些火大地冲阮言希甩了甩手上的袋子："阮言希，我们是给你送蛋糕来的！"

阮言希瞟了一眼他手里的袋子，为防他再激动把蛋糕给弄翻了，于是转身走回去："哦，那进来吧。"

秦磊气得牙痒痒。

结果变成了四个人吃着蛋糕看照片。

秦磊翻了翻相册，发现都是木十的，细看以后就觉得不对劲了："这照片是谁拍的？怎么看着有些诡异啊？"

木十淡淡回答他："有些是我父亲拍的，后面的那些……"

"一个变态拍的。"阮言希的脑袋突然从木十和秦磊之间探出来，幽幽地来了一句。

秦磊大叫一声，瞪圆了眼睛看着木十："变态？木十你这次又招惹什么变态了？"

邢静伸手拍他："秦磊，怎么说话呢？"

木十倒是无所谓，继续吃蛋糕。

"不是吗，他们两个还真是天生一对，一个专门招惹凶手，一个专门招惹变态。"秦磊觉得生活在他们身边绝对要遭殃，然后突然觉得自己平安无事实在是幸运啊。

阮言希听着秦磊刚才那句话觉得还挺顺耳，挖了一勺巧克力蛋糕送到嘴里。

相比之下，在场中算是最正常的邢静比较担心木十的安全："木十，这个变态除了拍照还干了什么？"

阮言希哼了一声："18岁之后她每年生日都送她玫瑰花。"

木十用手比了一下，是一大束。

"每年都送玫瑰花，好浪漫啊！"邢静下意识地道，可细思之后，又觉得不妥，"不过这种求爱方式有点儿恐怖啊。"

四个人还没吃完蛋糕，门铃第二次响了，这次，阮言希倒是主动站起来去开门，门开了又被关上，不一会儿他们就看到抱着一堆书进来的阮言希。

"你又买书了？可是怎么看着像二手书。"对于秦磊这种只会在电脑上、手机上看书的人实在不明白阮言希干吗要买这么多书。

木十却认出来了:"这是地下室里的书?"

阮言希耸耸肩,那里对他而言最有吸引力的就是书架上的那些书了:"是啊,那里的书都是我没有看过的,所以我就拿来了,我想木久临既然想要我们找到那里,就意味着他放弃里面东西的所有权了。"

木十说:"嗯,我想他不会介意的。"

阮言希把那堆书放在茶几上,随手拿了一本就靠在沙发上看了起来。

秦磊歪着头看了一遍所有书的书名,看到最下面一本时,他咦了一声:"这怎么有一本教科书啊?"

阮言希皱眉:"教科书?我可没要教科书。"

"还是初中物理呢,哦,我最讨厌的一门学科。"秦磊看都不想看一眼。

"初中物理?怎么会有这种书?"木十也觉得奇怪,木久临是大学老师,他不需要这种书,更不会留在他的书架上。

阮言希把那本物理书抽出来,翻开看,这上面没有字,只有圈画过的痕迹,但即便如此,阮言希还是察觉出来一些东西,他随即拿出另一本书,同样翻开,然后指着上面的圈画痕迹,对他们道:"这是十多年前木久临在上面用钢笔圈画的,圆圈是逆时针画的,但是这本却是顺时针,所以这属于两个人。"

木十微微沉思:"那个助手的。"

"木久临的助手是个年轻人,从他18岁第一次亲自给你送箱子和玫瑰花可以看出他和木久临在之前就相处了很长一段时间,所以才会对木十产生这种扭曲……感情,不然不会做出这种行为,而木久临还教他读书,初中,不,应该是更早,他对木久临的感情是感激的,应该是木久临帮他摆脱了之前的生活。"

"他可能是个流浪者或者……"木十停顿了一下,才慢慢吐出这两个字,"孤儿。"

阮言希看向木十,引导她继续推断下去:"孤儿,那是什么原因让木久临相中了他呢?"

"父母一方是杀人犯。"

第二十六章 寻找（5）

"你们的意思是木久临的助手很有可能是个孤儿，而且是个杀人犯的孩子？"警局的一间办公室里，高凌尘坐在办公桌前，手里拿着笔轻轻敲着桌面，在听了他们的推断后发了声。

阮言希坐在他对面的椅子上，双手相握放在腿上，不紧不慢地道："是，这是一种很常见的情感转移，把情感从一个人转移到另一个人的身上，以寻求一种……慰藉，他没有办法接近木十，所以他选择另一种途径，就是收养一个和木十有着相同经历和家庭的孩子。"

身体直挺站在一边的秦天阳开口道："可这个范围还是很大，因为他不可能是通过正常渠道领养孩子的，肯定查不到领养证明。"

阮言希扭头回答他："哦，还有一点要补充的是，我们知道时间点，木十是在六岁的时候被收养的，所以……"阮言希向他伸出手，示意他说下去。

秦天阳看着靠在墙壁上的木十，皱了眉头："你觉得木久临是在发现木十被领养之后才领养了一个孩子？"

阮言希点头："没错，他应该和木十年龄相当，可能之前在孤儿院待过，但是又因为某些原因流浪在外，所以木久临把他带在了自己身边。"

"那我去查一查那个时候有没有走失过的孩子。"秦天阳和高凌尘示意了一下，转身往外走。

木十站直后跟了上去："哥，我和你一起去。"

待两个人离开后，高凌尘又把注意力放在阮言希身上："那本被换了封面的书，你查出什么来了？"

阮言希抬头向后一靠："没有，我看了一遍，除了找到几个错别字之外一无所获。"

高凌尘肃着脸缓缓点了下头："蒋齐去查了当年办案组的队员，暂时也没有查到什么疑点。"

"所以我真庆幸本来就没对他抱太大的希望。"阮言希又转回头，从口袋里拿出几张纸，放在高凌尘面前，"于是我就自己去查了一下，然后，发现了一些有趣的东西。"

高凌尘看着纸上的一些记录："这是什么？"

阮言希说："我托一个朋友找到的，当然你没必要知道他找到这些的渠道。徐伟中和李扬当年曾经因为赌博欠了一大笔债，可是后来居然在极短的时间内还上了，时间点恰好是在木久临宣判死刑之后。"

就目前的情况，高凌尘也不在意他的渠道："你的意思是有人以替他们还赌债为诱饵，让他们帮助木久临逃脱？"

阮言希叹息道："他们两个欠下赌债的时间也恰好是案发之后，之前他们一直是小赌，可那次却欠下了足以倾家荡产的数目。"

高凌尘声音有些升高："所以，这一切其实都是有人安排好的？"

"我想联系他们的人就是当时的副队长金邱。本来就不是什么好警察，这么大的诱惑怎么可能抵挡得住呢？"说到最后，阮言希嘴角溢出一丝冷笑。

高凌尘翻着手上的信息，后抬头问他："为什么你认为一定是金邱？"

"徐伟中出车祸的时候，最快赶到现场的是金邱，李扬受到枪击的时候是和金邱一起追击的嫌犯。"他停顿了一下，严肃地说，"这世上确实存在巧合，可没有那么多巧合，而且所有的巧合指向的往往就是真相。"

高凌尘说："所以徐伟中和李扬的死不是意外而是人为，这我能理解，那金邱呢？"

阮言希又给他看了当时的医疗记录："金邱因为心脏病，所以装了心脏起搏器，这个可以说救了他的命，但同样也可以要了他的命。"

高凌尘听过国外有利用心脏起搏器杀人的案例，可是他不明白的是，为何这么多年没有杀金邱，而是选在去年呢？

阮言希看到高凌尘眉头紧锁，没有说话，自然就知道他现在疑惑的是什么："奇怪为什么选去年才杀金邱？那是因为他有一个保命的东西。"

"保命的东西？难道金邱留下了当年的一些证据？"

阮言希身体前倾，压低声音道："藏在一个只有他知道的地方。"

高凌尘问："你怎么知道这些的？推断的？"

阮言希摊手，抬高了声音："当然是证实了的，因为我找到了那个地方，他藏的东西已经不见了，东西被销毁了，人当然就不会再留了。"

信息量有点儿大，高凌尘紧皱眉头，看着手上的纸消化了一番，半晌开口："那我们假设你说的这些都是对的，还有一个最大的问题，为什么金邱要帮木久临？他们没有任何关系，为什么他要放弃一个警察的原则去帮助一个十恶不赦的杀人犯？"

阮言希面露嘲讽："就和韩义德为什么会听从木久临陷害木十是一样的道理，一些把柄，一些利益，就能让不配当警察的人舍弃他们一开始承诺的忠诚。"

当了这么多年的警察，高凌尘也多少遇到过为了诱惑而舍弃初衷的警察，他叹了口气，又想到了另一个关键的问题："可木久临只是一名老师，手下的房产只有那栋别墅，他身上会有这么大笔的钱吗？就像你推断的用来控制那几名警察为他做事。"

阮言希说："一开始没有钱，但他可以赚钱，木久临这么多年的藏身之处远不止一两处，他能躲藏至今并且做了那么多事情，因为他有资本，却肯定不是用正常渠道赚取的，我的推断是他一定有一个能让他赚钱的东西，可能不是实物，是虚拟的东西，当然在还没找到之前都有可能。"

高凌尘听着觉得玄乎："你是说他有一样东西可以让他赚钱？"

"所以才会有人想要找到他。"阮言希拍了拍手，"这是我现在得出的唯一结论。"

高凌尘还想说什么，办公室的门被打开，一名警察急匆匆地跑了进来："队长，我们在那个地下室里找到了一个正在运行中的摄像头，通过传输信号，我们找到了一个确切的地址！"

这是一个居民区，从楼下往上看去，眼前的楼和普通的居民楼没有任何区别。让人难以想象的是木久临可能就生活在这里，生活在普通人身边，而周围人从来没有发觉，或许邻居曾经看到过他，一个看上去儒雅的中年男性，他们或许会互相点头打招呼，他们不会知道住在附近的人是个杀人犯，不知道就不会恐惧。

特警队参与了这次的行动，阮言希和木十站在楼下和其他警察一起等待特警队员的突击行动，他们看着车上的设备，关注着此刻在那间房子门口的情况。

特警队员破门而入，房间里很黑，客厅的窗帘都被紧紧拉上，在迅速搜索了整个房间后，特警队员做了一个表示安全的手势。

就是说在那间房子里没有找到任何人。

等鉴证科的人搜集完指纹，高凌尘、秦天阳、阮言希和木十四个人走进了这所房子。

房子看上去很空，没有过多的装饰，看上去有些冷清。

高凌尘把窗帘拉开，让客厅稍微亮了一些。三室一厅的房子，一间是卧室，里面除了铺得很整齐的床，衣橱里没有任何东西，卧室冷清得就像一个新家，没有人住过的感觉。

一间是书房，里面有一个书架，其他什么也没有，连书都没有。

阮言希和木十走进最后一间房间，房间很暗，墙壁上挂着一个大屏幕，上面播放的画面暂停着，那上面正是他们四个人在地下室的画面，显然不久前有人在那里观看着。

房间里有一个大沙发，沙发的茶几上放着一个杯子，阮言希凑过去闻了闻，又将手指伸进去试了试温度，水已经变冷了。

"这里不像是有人住过的感觉。"后面进来的高凌尘和秦天阳有同样的感受。

木十拿起遥控器按下了播放键，画面开始动了起来，同时还有她自己的声音："快递员。"她又马上按了暂停，把遥控器放回去不再看下去。

沙发的后面是一大块酒红色的帘子，阮言希先拉开一角看了一眼，而后回头看了一眼身后的木十。

木十缓缓点了下头。

而后，阮言希抓住帘子的一角，一用力，拉开了它。

滚轮发出的声音，流畅没有一点儿凝滞，在场的四个人很快就看到了帘子后面的东西。

这是一面照片墙，上面密密麻麻贴着木十的照片，每一张都是木十，最后通过一种特别的摆放排列方式，让它们组成了一幅巨大的木十头像。

照片墙的右下角贴着一张卡片，上面用钢笔写着一句话：

木十，送给你你现在最想要的东西。

阮言希的手松开帘子，插进口袋里，缓缓道："木十，做好准备，你要见到你父亲了。"

"我父亲？"木十动作缓慢地扭头看着他，脸上有一丝疑惑和不可置信。

在旁边的高凌尘急道："阮言希，话说清楚些，你说木久临在哪儿？"

阮言希抬手敲了敲那堵照片墙，而后指着身后的窗户："这个房间有一个暗室，看得出来吗？那边的窗户，不觉得离墙壁的距离太近了？"他手指往后一指："隔壁的房间，窗户离墙壁的距离是这么大，而这里却不到十分之一。当然如果还不相信的话，你们可以在这幢楼随便找户房子进去看看，绝对不是这样的。"

阮言希走到墙角，蹲下来，用随身携带的小刀把墙纸的一端掀开，露出白色的墙面，而后他抬头看他们。

高凌尘和秦天阳走过去，也帮着阮言希把墙纸掀起来。

墙纸撕到一半多，一扇没有把手的门就出现在他们面前，接着阮言希上前用小刀卡进门缝，把门撬开来。门开了，暗室里面的景象一览无余，里面没有人，一个就像密室一样的房间自然不可能会有人。

没有看到人，高凌尘刚想开口问他木久临在哪里，却看到了正对着门的一个玻璃橱柜，他睁大了眼睛。

木十一步一步地走进去，三个人站在原地没有跟上去，而阮言希则伸手轻轻关上了那扇门。这个时候，他需要给木十一个空间，一点儿时间，去面对眼前的事实，一个迟到了那么多年的真相。阮言希双手插在口袋里，默默地等在外面。

震惊之余，高凌尘看向阮言希，却发现他没有像他们一样表现出意外，相反他面色平静，仿佛在开门之前就已经知道了。

高凌尘开口问："那是木久临的骨灰？"

阮言希轻轻点头。秦天阳却仍旧不相信，或者说不敢相信，他语气有些激动地道："木久临二十多年前骗过了所有人，为什么不可能再骗一次呢？"

阮言希耸了耸肩："从一开始我在别墅的地下室看到照片之后我就觉得奇怪，木久临的助手，那个他养大的人，所拍的照片表现出的占有欲太强了，而刚才当我看到这面照片墙时，我非常肯定的是这也是那个助手做的，他对木十产生了非常扭曲的爱慕和占有欲，所以这就让我想到了那个打电话让韩义德按照他的计划陷害木十的人。"

高凌尘说："那个不是木久临吗？"声音也是中年人的声音，署名是Ｊ.Ｌ.。

阮言希摇头："不是，我们都错了。从木十十八岁开始，他就借用了木久临的身份，一个变声器和一些刻意留下的线索，他让我们以为这些事都是木久临做的，可木久临和他毕竟是两个人，而他们对木十的感情也是不一样的，木久临希望木十永远不要忘记自己是她父亲的事实，而那个助手，他想要的是木十被他一个人占有。"

秦天阳向他走近了一步："可即使这样，你为什么说木久临一定死了？"

阮言希对上他的目光："因为木久临即使是个杀害九名女性的杀人犯，别忘了他还有一个身份，就是一位父亲，你们觉得一位父亲会让一个变态这么接近自己的女儿吗？"在看到那张卡片后，阮言希已经很确定木久临已经死了，墙壁后面很可能存放的就是木久临的骨灰盒。

高凌尘叹了口气，这起案件的发展越来越出乎意料了，先是木久临二十多年前没死，后来发现他身边有个助手还是他养大的，现在又变成了他几年前就已经死了，这么想着，他突然发现："如果木久临几年前就已经去世了，那前几天那个杀人案……"显然就不是木久临干的了，这也就意味着这起凶杀案的凶手还没有找到。

几乎在同时，门"吱呀"一声被推开，木十毫无表情地从里面走出来，眼睛向下看着地面。玻璃橱柜里放着一个骨灰盒，还有一个玻璃器皿，盛放着福尔马林溶液，瓶子里放着两根手指，手指上各戴着一枚戒指，这是两枚对戒，昭示着手指主人的身份。

在木十看来却觉得有些讽刺，有些刺眼，也许这是木久临最后的遗愿，但木十知道很快这两根手指就会分开，这才是她想要看到的。

高凌尘待在这里处理后面的事情以及查实房主人的身份，而秦天阳开车送阮言希和木十回家。

路上开到一半，阮言希突然让秦天阳靠边停车，也没说什么事，就自己下了车往街上走。

没过多久，他又走了回来，手上拎着一个袋子，上了车，阮言希把袋子放在腿上，从里面拿出了一杯奶茶递给木十，自己拿出一杯插上吸管喝了起来。

秦天阳从后视镜看过去，只有两杯，还真没有自己的。

阮言希抬头看了他一眼，解释了一句："木十说你不喜欢喝甜的。"

秦天阳没做什么回应，重新启动车子。

十多分钟后，车开到小洋房，秦天阳停好车，和他们一起下了车。

走到门口，木十拿出钥匙打开门，先走了进去，秦天阳第二个进门，而阮言希走在最后。

木十先换好拖鞋，然后拿出一双男士拖鞋放在秦天阳面前："哥，拖鞋。"

秦天阳弯腰脱下鞋，穿上拖鞋后，一抬起头，就看到木十向后使了个眼色，他拧了拧眉头觉得怪异，可还没明白这其中的意思，后脑勺就传来一阵剧痛，他吃痛地向前倒去，手想要扶住旁边的墙壁，下一秒却失去了意识。

木十被"砰"的一声响吓了一跳，她低头看看秦天阳再抬头看看阮言希手里的棍子，担心道："不会直接打死吧。"

阮言希把棒子放在一边，摆手道："不会，最多昏迷半个小时，无生命危险，不会留下失忆等后遗症。"

阮言希扬了扬下巴："木十，你不觉得我们应该先处理这个？"

木十看着还躺在冰冷地面上的人，点点头。

头痛，他晃了晃沉重的脑袋，却仍然能感觉到后脑勺传来的疼痛感，一阵眩晕后，意识渐渐恢复。

他努力睁开眼，眼前有些暗，他想用手按着头，却发现自己的双手都被束缚着，完全睁开眼睛后，他低头看自己，全身都被绑着，绑在一把椅子上，身体无法动弹。

怎么回事？他回想起自己晕倒前的最后一幕，自己眼前的是木十，还有，她的那个眼神，他觉得情况不太对劲了。

"醒了？"这时门开了，房间也亮了一点儿，走进来说话的人正是阮言希。

他抬起头，马上对阮言希厉声喊道："阮言希，这是怎么回事？木十呢？"

"哦。"阮言希听了扭头对门外喊，"木十，他叫你。"

紧接着木十走了进来："怎么了？"

"小木头，你们在玩什么？为什么把哥绑起来？"对着木十，秦天阳的声音变得轻缓了很多。

木十目光微冷地制止他："不要叫我小木头，那是只有我哥哥才能叫的。"

"小木头。"阮言希叫了一声。木十斜了他一眼。

秦天阳的表情有些尴尬："木十，你在说什么呢？我是你哥哥。"

木十走到他面前，对他道："鉴于我们已经知道了你的身份，我觉得我们都没有必要再装下去了，我不想再把你当作我的哥哥，叫我的名字你也觉得恶心厌恶不是吗？"她停顿了一秒，缓缓叫道："凤先生。"

第二十七章　寻找（6）

"觉得很诧异吗？我们知道你的名字。"阮言希走到旁边的小沙发前，坐了下来，"其实并不难，他们派你假装木十的哥哥来找木久临，为了拿到他手上的某样东西，那是你身后的人指示你的，但是除此之外，我们却发现一个很奇怪的地方，你本人同样非常想要找到木久临，是完全来自你自己的想法，为什么呢？你不是木久临的亲人，那么，就还有一种可能性，他是你的仇人。"

木十面色平静地看着他，接了阮言希的话："那八名被他杀死的女性，对他们的亲人来说，我父亲就是仇人。"

阮言希的双手相握放在腿上，身体前倾："所以确定了这一点，找到你并不难，当年那八名女性有儿子的有三人，与秦天阳身高相仿并且现在已经下落不明的只有一个人，凤因华，就是你。"

短暂的沉默，椅子上那个和秦天阳长得一模一样的男人闭上了眼睛，缓缓开口道："没错，我就是凤因华，柳梦嫣——木久临杀死的第七个人的儿子。"他倏地睁开了眼睛，眼神里是愤怒是怨恨，长达十多年的恨在这一刻完全爆发："他……他杀死我母亲的时候，我刚刚6岁，但是那个时候我和我父亲并不知道她被人杀死了，我们以为她只是失踪了，报了警，可根本没有用，警察找了半个月，慢慢就扔在一边了，每次都告诉我们他们在搜寻，可一直没有找到。"

凤因华低喘着气："后来我父亲辞了工作，到处找我的母亲，贴寻人启事，无数个夜晚我们在马路上漫无目的地找着，可就是找不到她，两年后，警察找上了门，我们……我们都以为，以为他们找到我母亲了，可他们却跟我们说非常抱歉，让我们节哀，为什么？"他仰起头，微微侧着头，然后就这样斜眼看着木十："因为他们找到的是我母亲的尸体！埋在泥土里长达两年的尸体！"他大声地吼叫着。

凤因华猛地又低下头，盯着地面，脑子里仍旧是那一幕，他额头上的青筋暴起，似乎再过多少年也无法平复他的内心："连尸体都不是完整的，他居然切下了我母亲的一根手指，留作纪念。"

他冷笑着："这个变态，我们想要亲眼看看那个杀死我母亲的变态，可警察告诉我们他逃走了，接着又是等待，那些死者的家人有些和我父亲一样，也在找木久临，不休不眠地找，半年后，他终于落网了，我们只是在很远的地方看了他一眼，只有背影，可我们知足了，因为他就要被判处死刑，他就要受到应有的惩罚了！"他瞪圆了眼睛，看着木十的眼神有些阴毒："包括他的女儿，你成了孤儿，被送到了孤儿院，你肯定不知道，我父亲带着我去看过你，只是在远处，杀人犯的女儿，那个时候我听到有人对你指指点点，我知道这个称呼会一辈子跟着你。"

那张和秦天阳一模一样的脸上出现这样的表情，木十心中有些刺痛，这么多年，那八名女性死者的家人她从来没有去关注过，她知道他们承受着痛苦，可知道和亲耳听到完全是不一样的。

"对不起。"她没有避开他的目光，而是直视着他愤怒的眼睛道。

这三个字仿佛更加刺激到了凤因华的神经，他冷笑着："对不起？替你父亲说的？我可不需要这种廉价的道歉！"

"我不是他，我不为他道歉。"她只为她自己，这么多年都没有关注过那些同样的受害者。

凤因华别开脸，不屑道："那我也不需要，你永远也没法理解我的感受！那时候生活慢慢恢复了平静，可是一年前，我却得知木久临居然没有死！那个我亲眼看到他被押进警局的人居然还活得好好的，这让我怎么接受？"

阮言希站起身，往木十那里走去："所以他们让你假扮秦天阳的时候，你就答应了？"

"为什么不答应，这是我的机会，报仇的机会，我父亲几年前就去世了，我已经了无牵挂，而让木久临死是我这一生一定要完成的事情，他毁了我一生。"

"你非常了解我哥哥，几乎以假乱真，他们是怎么让你做到的？"木十此时最担心的就是她哥哥的安全，她不知道哥哥是在暗处继续隐藏着还是已经被他们抓住了。

凤因华没回答她的问题，而是转而问她："那你又是怎么发现我不是秦天阳的？从什么时候开始？"

"第一天。"木十如实告诉他。

"竟然是第一天！"木十的答案让凤因华觉得不可思议。

木十说："任何细节你都模仿得很好，但是，你记得第一天你和我谈论过阮言希吗？"

凤因华问："这又怎么了？"

"你说阮言希不适合我，担心他过度沉迷于破案有一天会去犯罪。但是，我哥哥绝对不会这么认为的，相反他会对阮言希非常满意，所以我那时候就对你有了怀疑。"

木十从来没有和阮言希提过这件事，他最开始是从木十第二天就回来感觉到秦天阳也许有什么问题，现在听到木十这么说，阮言希眼睛一下子亮了，突然觉得未来一片光明！

木十瞥见阮言希的表情就知道他现在在想什么，她继续道："秦天阳是我哥哥，我和他生活了这么多年，如果没有一开始的怀疑，因为喜悦或许我不会发现你的问题，但是当我产生了怀疑，找到你不是我哥哥的证据就方便多了。"

吃惊沉默之后，凤因华的表情突然变了，他最后弯起嘴角，露出一丝笑意："呵，那我觉得你也许不是那么了解你哥哥，你觉得他现在在哪里？还在逃亡中？"

"你见过他？他在哪里？"木十心中隐隐不安。

"当然见过，哦，对了，有一点你们没有猜错，是有一个组织，他们一直在找木久临手里的东西，可你们不知道的是……"凤因华看着木十，抛出了一枚重磅炸弹，"秦天阳也是这个组织里的人，一年多前，他就已经加入了。"

因为震惊，木十睁大了眼睛，脑子里瞬间一片空白。

凤因华非常满意木十的表情，他因为这个似乎放松了不少，眼神里有着得意："觉得吃惊吧，你以为你哥哥躲藏在暗处想要摧毁这个组织？呵，可其实组织早就已经收他成为其中的一员了，他一直在为他们做事，而且他比我的级别高，我不过是一枚棋子，而他则是一名管理者。"

木十咬着嘴唇看着他没有说话。

凤因华眯着眼睛，继续道："不相信？那你以为只有你和秦天阳知道的密码我是怎么知道的？有两封密信不是吗？第一封是秦天阳失踪后写给你的，而第二封，是我写给你的，为了试验秦天阳给的密码是不是正确的，不过没想到

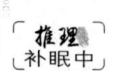

的是正好被木久临的那个助手利用来陷害你了。"

"所以，木十，我一点儿都不需要你的同情，因为我始终都觉得你比我还可怜，父亲是个杀人犯，自己的母亲被自己的父亲给杀死，而最信任的哥哥却是骗你最多的人！你还一直等着他回……"

就在凤因华越说越激动之时，阮言希走到木十前面，隔断了他们，他出声直接打断凤因华："但你却很可悲，你说木久临毁了你一生，之前或许没有，但是现在你却自己毁了自己，毁掉自己的人生去扮演另外一个人，来报复一个几年前就已经死亡的人，你要知道，木久临杀死了你母亲，但是凤因华却是被你自己杀死了。"

"那又如何？"凤因华看着他，不以为意。

阮言希接着抛出了一句话："那你就得想想之后的路了。"

凤因华轻笑："怎么？想要说服我？"

阮言希抱胸低头看他："你身上还有任务不是吗？木久临虽然已经死了，但他手上的东西还没有被找到，你的任务就没有完成。"

阮言希的话没有错，凤因华垂下眼在思考，如果组织发现他暴露了自己肯定没有一点儿活路，而没有完成任务，他同样没法离开，可是对方确实是自己仇人的女儿，他内心挣扎了许久，最后开口时语气却刻意显得平静随意："你想要我做什么？难道和你们合作？"

阮言希的身后传出声音："你告诉我们组织的事情，而你可以继续留在这里和我们一起找那样东西。"

"为了找到你哥哥？"凤因华问。

木十却否定了："不，我哥哥想要找我的时候自然会来找我。"

"怎么？难不成你还相信他？"凤因华无法理解。

"他是我哥哥。"对她来说，相信这个就够了。

第二十八章　密室（1）

"新年快乐！"一开门，秦磊和邢静没看清楚人就直接冲着里面喊着，下一秒才发现开门的不是阮言希，又愣了一会儿才反应过来是谁，"嗯？哦，木十哥哥新年好。"

听到木十哥哥这个称呼，凤因华的脸上闪过一丝尴尬，随后又马上恢复了平静，然后继续扮演着秦天阳的角色，淡淡地对他们点头道："新年好。"

毫不知情的两个人换好拖鞋后跟在凤因华身后往里走，却发现沙发的位置上并没有阮言希，就连木十也不在："阮言希呢？"

从书房里走出来的尤巫回答他们："出门了，和木十一起。"

"下雨天出门？有案子了？不然不像阮言希会干的事啊。"秦磊吃惊了一下，要知道阮言希这人最懒了，没事不会出去，更别说是下雨天了。

邢静拿出手机发现没有未接电话："应该不是吧，没接到队长通知啊。"

尤巫摇了摇头："不是，据说是出去看电影了。"

秦磊瞪大眼睛："看电影？难不成……他们俩约会去了？"

鉴于阮言希选片失败，之后的目的地的选择便交给了木十，木十在网上查到附近有一家真人密室逃脱馆，最后便决定去那里。

真人密室逃脱是现在挺火的一项活动，就是把原本的电脑游戏密室逃脱放到了现实中，玩家通过解谜、推理、合作从密室中逃脱。

木十和阮言希都没有玩过，所以打算去体验一次。

这个真人密室逃脱馆是由十多个大型密室组成，每个密室都有一个主题，因为其他密室都已经有玩家进入，只剩下最后一个密室，阮言希和木十也不想等，就决定去玩这个叫作"吸血鬼之唤醒"的主题密室。

大型的真人密室游戏一般都需要六到八个人一起破解，所以工作人员看到他们只有两个人时就建议他们和另一队人一起玩,对方正好是五个人,看到他们是一对情侣,其中唯一一名男性就热情地对他们道:"你们就两个人,我们这五个人,加起来七个人,听说这密室很难的,不如我们一起吧,这样成功的概率也高。"对方是出于善意,因为觉得他们两个人完全是不可能逃出密室的。

可实际上,阮言希觉得只要里面不出现很严重的逻辑问题和错误,这种密室对他而言完全没有问题,他刚想拒绝,可转念一想,里面据说有一些体力活,要爬上爬下,那么……

阮言希抿着嘴巴,眯着眼睛打量着那名看上去十分壮实的男人,在四名女性中间,他的肢体和语言明显散发着强烈的表现欲,既然如此,当然应该满足他了,于是阮言希难得接受了陌生人的邀请:"好的,谢谢。"

男人笑着,看上去挺豪爽:"谢什么,一起努力吧,我姓王,叫王勇立。"然后他又一一介绍一起的四名女性。

"我姓阮。"阮言希又指着木十介绍,"我女朋友姓木。"

就这样他们组成了一队,七个人把包还有手机都存放好之后就一起进入了密室,在工作人员向他们介绍了一些规则、注意事项和游戏背景后,一个小时的倒计时开始了。

这个密室一共由五间房间组成,只有在一间房间里找到钥匙或者密码打开门后才能进入下一间房间,所以玩家要在一个小时的时间内打开五间房间才算成功,因为时间不算充裕加上里面的难度很高,所以能在一小时内成功逃脱密室的玩家并不多,而这也正是它的刺激之处。

房间被布置得很有氛围,黄色的灯光制造出有些昏暗的效果,第一个房间是一个欧式的客厅,墙壁上挂着很多壁画,墙边上是一个壁炉,旁边的书橱上放着几本书,而旁边的单人沙发上放着一本摊开的书。

王勇立一进去就积极地寻找起来,马上在一个柜子里找到了东西,他拿出来道:"这里有一个箱子,有密码锁,里面可能是钥匙,我们需要找到密码。"

"密码会不会是在书里?"一个卷发姑娘马上说道。

而阮言希已经在翻书了,书上有一处用笔画过的痕迹,他读了一遍,然后放下书,走到壁炉那里蹲了下来,果然在那里找到了一张被烧掉一半的字条,上面写着数字7和5,后面的数字显然被烧掉了,他拿起字条对他们道:"一半的密码在这里。"

第二十八章 密室（一）

王勇立带着箱子马上走过去，看到阮言希手上的东西后颇感吃惊："啊？你怎么会想到去壁炉里面找？"

阮言希懒得解释是从书里的线索推断的，只是回了句："无意中。"

王勇立把密码锁的前两位调到7和5："好，我们现在已经拿到了一半的密码，还剩下两个数字。"

"勇立，我知道了，后面的数字是0和3。"而另一边在木十的提点下，一个姑娘也找到了后面的两个数字，便激动地对王勇立喊道。

王勇立调好了后面两个数字，果然密码是正确的，里面是一把钥匙。

于是他们用了非常短的时间就通过了第一个房间，这让除了阮言希和木十之外的五个人信心一下子高涨起来。

接下来的房间当然不会像第一个房间那样简单，房间是随之增加难度的，所以越到后面的房间就越难。在第二间房间中，对阮言希和木十来说依旧没有任何问题，但其他人都觉得完全没有思路了，在阮言希解出摩尔斯密码和八卦阵之后，明显那四名姑娘的注意力就更加放到阮言希身上了，王勇立有些挫败，因为他完全不懂。

好在第三个房间用到了王勇立，因为有了爬梯和密道，需要力量和灵活性，王勇立为了在姑娘们面前表现，更加卖力了，而在他的卖力下，他们成功打开了通往第四间房间的门。

走过去时，阮言希和木十走在最前面，接下来是王勇立和四名姑娘，第四间房间没灯，阮言希和木十想借助身后房间的灯光找到灯的开关，可就在这时……

"啊！"随着身后的一声尖叫，房间的门猛地关上了。

而房间随之陷入一片漆黑。

黑暗中安静了几秒后，王勇立的声音响起："怎么回事？刚才是谁在叫？"

一个女生还没有缓过神来，结结巴巴地道："好，好像是小满，她，她，就走在我后面。"

"小满，出什么事了？"因为没有一丝亮光，加上身上的手机都在外面，他们的身边没有任何可以照明的东西，王勇立只能大声叫着名字，"小满！小满！"可始终无人应答。

在王勇立叫了几声后，阮言希开口道："她恐怕现在已经不在这个房间了。"

因为尖叫声在门关上后被隔断，说明那个女生根本没有进到4号房。

"啊？她难道还在3号房间！"王勇立马上转身去摸门，摸到门把手后转动，却发现3号房的门像是从里面锁上了，怎么也开不了，他抬高了声音，明显有些惊慌了："门怎么会锁上了？"

在听到门锁了之后，其他三名女生也对着门大喊着："小满！小满！"一边还用力敲打着门，但没有听到任何动静。此时此刻，他们根本无法知道现在3号房间发生的事情，也不知道小满到底出了什么事，那声尖叫还回响在几人的脑海里。

看不到有时比看到更折磨人，因为留下的只有恐怖和悬念，特别是尖叫之后，小满就像是失踪了一般，就这样无声无息。

王勇立强迫自己镇定下来，三名女生的情绪已经不稳定了，他只能说出了一个比较好的猜想来抚慰她们："说……说不定只是游戏效果，为了增加刺激性，说不定等我们成功逃脱后，就可以在外面看到小满了。"

可效果并没有预想的好，这个猜想没能安抚到她们，一个女生马上道："可，这游戏怎么会这么恐怖？没听说过会这样啊。"密室游戏所要玩家体验的是推理观察能力、合作性还有时间的紧迫感，是不会出现这种恐怖的环节的。

接着是另一个女生咽口水的声音："不会是……闹鬼了吧。"

"啊！鬼，肯定是鬼！"

"完了，那完了，这里肯定有鬼！小满一定被鬼抓走了！"另一个女生的猜想直接导致了女生们一起陷入恐慌之中，黑暗、寒冷、封闭、尖叫、失踪，这些都压迫着她们的神经，最后让她们崩溃。

哭叫声几乎在一瞬间充满整间房间，王勇立只是发蒙地睁大着双眼，连安慰女生的想法都没有了，房间里只剩下恐惧和绝望。

"啪嗒。"

一束光照在了他们脸上，终于打断了哭叫声。

拿着手电筒的阮言希在发现哭叫声变为抽泣声后才开口道："第一，这世上没有鬼；第二，现在哭没有用。第三，当务之急我们要搞清楚现在的状况。"

脑子一片空白的王勇立问："那……我们现在怎么办？"

阮言希把手电筒的光照向他："你手上是不是拿着HELP（救命）的牌子？"

王勇立拿了出来："是啊，在这里。"写着HELP的这块牌子代表一次提

第二十八章 密室（一）

示的机会，每个房间里都装有摄像头，连接到外面的电脑上，所以，工作人员可以从监控中时时掌握里面玩家的动向，而在游戏中，玩家有一次请求提示的机会，只要将那块写着HELP的牌子对着摄像头举起，工作人员看到后就会过来帮你解答一个问题。

所以，现在他们可以做的事情就是请求帮助，等工作人员来就可以出去了。

当然，这是最好的一种设想了。

阮言希从王勇立的手上拿过那个牌子，然后把手电筒往上照去，在一个墙角找到了摄像头，他一手举着牌子，一手用手电筒照着牌子，为了确保工作人员能看到，阮言希举了大约一分钟，才放下牌子。

然后就是等待。

可无论前面还是后面，都没有工作人员出现。

本来以为马上会有人出现，结果那四个人又慌了神，王勇立只能继续安慰自己还有身边的三个女生："会不会工作人员刚好走开，或者摄像头坏了？"

"摄像头是运行的，前者不好说。"可世上没有那么多巧合，阮言希和木十之前已经隐隐有些不安了，而阮言希举牌子就是为了证实最糟糕的一种可能性，而现在基本被证实了。

他们进入了一个陷阱，不是鬼怪，而是人为的陷阱。

一秒的沉默之后："我们不会被困在这里了吧！这究竟是怎么一回事啊？"

"啊！怎么办？呜呜呜。"女生们相互抱着又哭喊起来，而木十也被旁边的一个女生紧紧地抱着手臂，抽也抽不开。

周围一片噪声，阮言希的脑子冷静快速地运转着：后面的门从外面被锁住，他们没法打开，前面的门，他刚才已经看过，需要密码，所以现在除了等待之外唯一的方法就是继续破解，走到5号房，再破解，最后走出去，当然谁也不知道5号房等待他们的是什么……

阮言希拿着手电筒在房间里搜索，又找到了一个手电筒后递给了木十，他看着那些惊吓过度不停哭叫的女生们，眉头紧了又紧，在他思考的时候最烦的就是噪声，而人产生的噪声无疑是最影响他的。

阮言希不说，木十也能知道他烦躁的源头是什么，她对他点点头，然后拿着手电筒转过身照着他们四个人，没有去劝那些女生，而是对王勇立道："安抚一下她们，我们现在要出去，阮言希要破解密码需要安静。"这件事情交给他来做，一是木十并不擅长安慰别人，二是她对她们而言还是陌生人，她们不会听她的。

王勇立虽然自己也在恐惧之中，但还是马上安抚她们："甜甜、小惠、子楚，先别哭了，没事的，我们会出去的，阮先生已经在破解密码了，出去了就没事了。"

终于在他的柔声细语中，三名女生渐渐安静下来，虽然还是害怕，但都是默默流着眼泪，没哭出声来。

木十见她们的情况稳定了，便开口道："你们先原地坐下吧，手互相拉着，这样就没那么怕了。"

大概是觉得木十的提议有道理，他们坐下来围成一个圈，互相拉着手，来获取一些安全感。

木十蹲下来继续用手电筒照着他们，这么做的目的，一是保证他们的安全，二是看清楚他们的动作，不是说怀疑他们，只是保险起见。

身后传来阮言希翻东西和走路的声音，坐了一会儿，因为不知道现在的进展，王勇立忍不住问木十："阮先生需不需要帮忙？"

木十抬眼看他，简单回道："他不需要。"

王勇立觉得不可能："可这么黑，他一个人很难找全线索。"言下之意，他想要去帮忙。

木十可不觉得王勇立在这种情况下能提供什么帮助，于是她道："他已经记下来了。"

"什么？"王勇立不理解。

木十看着他，语气淡淡地道："这个房间里的所有东西，他看过一遍就已经记下来了，所以全部的线索现在都在他脑子里。"阮言希现在要做的不过是把这些线索理顺，找到密码只是时间问题，而且就是几分钟的时间。

王勇立显然被木十的说法惊到了，以至于完全没了声音，低着头默默地坐着。

一分钟后，按密码的声音响起。

"嘀嘀嘀"，门上的灯变绿，门开了。

"木十，门开了。"阮言希手放在门上，没有立即打开门。

"嗯。"木十应了一声。

而后，阮言希推开了门。

第二十八章 密室（一）

在找到灯的开关后，阮言希打开了灯，黄色昏暗的光线照亮了整个房间，同时让身后的人安定下来。

六个人终于走进5号房间，也是最后一个房间。

这个密室的主题是"吸血鬼的唤醒"，而最后一个房间无疑是所有房间中最能表现这个主题的，墙壁上挂着好多只蝙蝠，还有吸血鬼的画像，嘴里的獠牙清晰可见。一把椅子上放着假的人骨，柜子上放着几个人的头骨。

最后，房间的中间，放着一副黑色的棺材，上面刻着十字架和一只蝙蝠，这无疑是这个房间里最特别的东西。

棺材的旁边放着一张小圆桌，上面摆着一只高脚杯，而里面盛着红色的液体。

木十低头凑过去闻，脸色马上变了。

此时，王勇立几个人还在四处寻找线索想要找到出门的钥匙。

"是人血。"木十轻声对阮言希道。

阮言希听了拧了下眉头，而后在棺材的侧面弯下腰，伸手抠棺材盖子的边缘，用力向上打开了棺材。

棺材的里面铺着红色的丝绒，里面安静地躺着一个男人，穿着衬衫礼服打着领结，头发打理得一丝不苟，他面色苍白，嘴唇却很鲜艳，沾着鲜血，嘴角的两颗獠牙露在外面，就像是刚吸了血的吸血鬼。

正走过来的王勇立看到棺材里的人，先是一惊："这里面怎么有个人？啊，是吸血鬼的模型。"再凑近一看："他手里拿着的不是钥匙吗！"惊喜之后，马上伸手抓去。

"别动！"阮言希大声呵斥他，在其他几个人听到声音都看向他之时，厉声道，"现在开始所有人都放下手里的东西，站在原地不要乱动。"

随后他补充道："因为你们现在正站在犯罪现场。"

第二十九章 密室（2）

高凌尘接到木十的电话，就立马带队赶了过来。

鉴证科的人在现场搜集指纹、鞋印和物证，高凌尘他们还在外面等着。

宋队长把一个证物袋递给高凌尘，里面放着一张写着字的纸，对他道："高队长，现场我们都搜查过了，这里有张字条你看一下。"

高凌尘接过证物袋仔细查看这上面的字。

一边，宋队长补充道："是在死者的西装口袋里找到的。"

高凌尘点点头，看了上面的字，眉头紧皱着："我想我们大概知道死者的名字了。"高凌尘突然说了一句让在场众人不理解的话，然后把证物袋给了阮言希。

阮言希接过来看那张字条，并把内容读了出来。

"我叫张翔，一天前被人杀害，但我不知道杀我的人是谁，我不想这么不明不白地死去，所以我特意安排了这场游戏，希望你们找出杀死我的凶手。

"另外，那个女孩我带走了，因为既然是游戏，就要有规则，48小时之内，如果你们找到凶手，我就放了那个女孩，如果没有，那我只能让她永远陪着我了。

"那么，游戏现在开始了。"

在旁边听完的蒋齐差点儿跳起来，觉得字条上的内容无比荒唐，声音一下子高了好多："这，这是什么啊？凶手把被害者的尸体放在这里然后让我们在48小时里找到他？他想干吗？"

阮言希保持着看字条的动作没动，嘴上道："游戏，他想玩一场游戏。"

字条上的内容是以死者为第一人称写的，木十把内容转换了一下："他是游戏的制订者，而我们是游戏的玩家，找到他是任务，完不成任务，惩罚就是那个女孩的性命。"

"女孩，女孩……"木十最后的一句话似乎触动了阮言希，他盯着那张字条，

第二十九章 密室（2）

嘴里重复着这两个字，然后用手摸着下巴，有些想不通，"很奇怪啊。"

"哪里奇怪？"根据以往的经验，高凌尘觉得阮言希应该是发现了线索。

阮言希抬头看他，并把证物袋还给他，挑了挑眉："密室里的监控现在可以看到吗？"

"技术员正在处理。"高凌尘回答了他，又指示蒋齐："蒋齐你先带他们去监控室。"

"哦。"蒋齐点头应着，然后带着阮言希和木十到了旁边的监控室。

这个密室逃生馆里每个密室都有一个监控室，工作人员就坐在那里观察里面的情况，并在玩家求助时及时地出现解答，所以监控室离密室并不远。

一进门，蒋齐就用手指着旁边的一个柜子："那名接待你们的工作人员被人打晕后关在那个房间的柜子里。"所以在阮言希他们进入密室之后，实际上看着监控的并不是真正的工作人员。

说完这个，蒋齐往里走，对正坐在电脑前的同事道："文彬，怎么样？监控现在能看吗？"

胡文彬对他点了下头，向他们说明了他检查完监控的成果："摄像头是在他们开始进入密室之后才开启的，之前的画面都没有拍到，然后我又找到了前一天密室的监控，那个时候最后一场玩家玩的时候，这里面还没有尸体。"这意味着监控并没有拍到尸体被放进棺材里的画面，而尸体是在昨天晚上闭馆后到今天他们进入密室之前的这段时间放进去的。

胡文彬又把监控画面快进："然后在你们进入4号房间时，1、2、3号房间的摄像头被关闭了，之后只有4号和5号房间的摄像头在运行。"

阮言希让胡文彬把他们进入4号房间后的监控画面放给他们看，里面记录着他们六个人在那两个房间中的所有画面，看完后，阮言希突然问木十："木十，看出问题了吗？"

木十看完后若有所思，半晌道："那张字条是和尸体同时被放进棺材里的。"

木十的话让阮言希勾起了一抹笑，因为显然他们发现的问题是一样的。

可蒋齐还是没发现，觉得木十说的话很奇怪："是啊，字条放进死者的西装口袋里，然后和尸体一起出现在棺材里，这有什么问题吗？"

木十看着他道："这就有一个很大的问题了，从监控中可以看到尸体是在我们进入密室之前就放在里面的，所以说字条也是在之前就已经写好的。"

"对啊。"蒋齐还蒙着。

木十继续道:"那安排这场游戏的人又怎么能确保抓走的一定是个女的呢?"

"嗯?"蒋齐继续蒙。

蒋齐的状态让阮言希无语地翻了个白眼:"还没明白?那个女孩是在从3号房间走到4号房间的时候被抓走的,因为她是走在最后的人,再想想那张字条,上面写着:'那个女孩我带走了',字条是事先准备好的,他那个时候怎么知道后来抓走的一定是个女的?"

蒋齐脑子转了两圈,终于想明白阮言希的意思了,不由得瞪大了眼睛:"啊,对啊,玩密室的人有男有女,万一那个时候走在最后的是个男的呢?"那不就和字条上面的信息对不上了。

阮言希点点头,觉得和蒋齐说话有些吃力:"所以他一定是事先就知道这次抓走的一定是个女的。"

蒋齐这么一想就觉得不可思议:"这要怎么确保?"难不成他觉得抓走女性的概率更高一些?这就有运气成分在里面了。

阮言希把手插在口袋里,然后提出了一个推断:"如果他一开始想要抓走的就是这个女的呢?"他晃了晃手指,眯着眼睛继续道:"那么,他一定就得通过某个条件来确保这一点。"

蒋齐跟着阮言希和木十走出监控室的时候还满脸迷茫,阮言希说完那句有点儿玄乎的话也不点明,就和木十交换了个眼神,完全不考虑他们身后这个智商没这么高又迫切想要知道答案的人,这让蒋齐郁闷不已。

就不能先跟我解释一下嘛!他在内心默默咆哮。

三个人走回密室,这时接到电话的邢静也已经赶了过来,正戴着手套给尸体做初步的检查。

"队长,死亡时间的确是在昨天,但不超过24小时。"就是说和那张字条上所写的符合,"死亡原因……哦!你们已经来了?"邢静一抬头看到进门的阮言希和木十马上停了下来,和他们打了招呼。

邢静表情严肃地道,"死亡原因目前我还没法确认,因为他身上有开放性伤口。"邢静把死者的左手抬起来给他们看手腕的位置,上面清晰可见几处刀痕:"但是,同时尸体还溺过水,所以现在还不能确定他究竟是失血死亡还是溺水

第二十九章 密室（2）

死亡。"

邢静继续道："不过，我可以确定的是割腕早于溺水，因为进过水，所以尸体的皮肤上还有肺部会留下残留物，回法医室分析一下应该能搞清楚确切的死亡原因还有水的情况。"

蒋齐一听完就有了自己的判断："那这怎么像是自杀的啊，先是割腕又是跳河的，可如果说是自杀，那岂不是就不存在凶手了？"

阮言希像是没有听到蒋齐的疑惑一般，此时他最在意的不是尸体："高凌尘，那四个人呢？"

高凌尘回道："还在做笔录，怎么了？"

阮言希转身往外走："我要单独和他们四个人聊聊，一个一个聊。"

阮言希和木十坐在一个房间里，然后让蒋齐安排他们一个一个进来。

第一个进来的王勇立看到他们两个坐在那里很是吃惊，他想到外面的男警察跟他说的话，惊讶地说："你们……难道是警察？"

"顾问。"阮言希简单地回答了他，然后指了指对面的椅子，"坐吧。"

接下来的谈话内容非常简单，阮言希把凶手的要求告诉了他，然后就让他出去了，也不管王勇立一个劲儿地问他余小满有没有生命危险。

接下来的两个人，阮言希还是这样告诉了他们余小满的处境，之后也让她们直接出去了，没有说其他多余的话。

最后进来的是葛惠，从3号房间进入4号房间时，她走在余小满前面。

关上门，她两手抓着衣角慢慢走过去，看上去神色还算平静，但是她的肢体动作却暴露了她的紧张。

葛惠一坐下来，阮言希就直截了当地对她道："如果在48小时内找不到凶手的话，余小满就会死。"

葛惠一听惊得差点儿跳起来："什么？这怎么可能？"

阮言希一点儿都不意外她的表情，把那个装着字条的证物袋给她看："这是凶手留下的字条，上面写得很清楚。"

"这不可能，余小满怎么会死？我不想……"葛惠看着那张字条上的内容，惊恐地摇着头，嘴里不停地念叨着。

阮言希身体前倾，用手支着下巴："不想，不想什么？原本不想她死吗？

那你为什么让人绑走余小满？"

"我……我没有！"葛惠下意识地否认，然后拼命地摇着头。

阮言希冷笑着继续道："你让人绑走她不就是为了让她死吗？"

葛惠人不住地往后缩，死死地抵在椅背上，想要离阮言希尽可能地远一点儿，为了逃避这个现实："不……不，我不想让她死的，我，我只是想吓吓她而已。"

木十面无表情地看着她道："可眼前的事实可不是这样，如果找不到凶手，两天之后她就会死。"

"他不是那么说的，他说只会关她一天，然后就会把她放出来！"葛惠猛地抬起头看着木十，语气激动。

叫声太刺耳，阮言希用手指捂了一下耳朵："那个他是谁？"

葛惠脸涨红着，摇头道："我，我不认识，他只是告诉我可以帮我教训一下余小满，我当时根本没有考虑这么多。"

"她不是你朋友吗？"木十问她。

"朋友？我之前当她是朋友，可她怎么对我的，抢走了我的男朋友还表现出和我很要好的样子，多恶心，我恨不得……"意识到自己的话不妥当，她赶紧息了声，原本带着怨恨的表情马上收了起来，眼里含着泪，带着一点儿哭腔，"你们要相信我，我虽然很恨她，但我真的不希望她死的，真的……"

葛惠表情变化太快，阮言希没忍住心里对她的厌恶，纵使她的本意不是想让余小满死，可还是直接导致了现在的局面，于是他直接打断了她的话："你见过那个男的吗？"

她还是摇头："没有，只有电话联系过，我可以给你们他的手机号，这样是不是就可以找到余小满了？"

葛惠提供的手机号当然一点儿用都没有，是个一次性的号码，根本追踪不到对方。

葛惠被带回局里做进一步的调查，蒋齐看着她的背影，摇了摇头，而后问高凌尘："队长，现在怎么办？那个联系葛惠的人应该就是那个把尸体放在棺材里的人，可通过手机号追踪不到他的位置。"现在死者的死因不明，究竟有多少人参与其中也不确定，蒋齐偏着头想着，就看到阮言希在房间里翻着东西："阮言希，你在找什么？"

阮言希回了他一句："48小时。"

"啊？"阮言希的话永远让他摸不着头脑。

木十也在找着："他在找计时器，字条上虽然写着 48 小时，但我们现在并不知道 48 小时是从什么时候开始计时的。"

"应该是从……"蒋齐看着手表说到一半突然说不下去了，这个时间是那个放字条的人定的，所以可能计时是从他把尸体放进密室时开始，也有可能是从阮言希他们走进密室时开始，还有可能是从他们发现尸体时开始，当然，还有一种可能，就是从死者的死亡时间开始计时，如果是这样，留给他们还有余小满的时间就不多了！

时间紧急，一分一秒都要抓紧，高凌尘马上安排了下去，几名警员帮阮言希一起找计时器，而蒋齐带一部分警力去死者张翔的家里，还有一部分人分别去余小满和葛惠的家里寻找线索。

在 5 号房间里并没有发现和时间有关系的东西，阮言希直起身，脑子里想到了一点，然后直接穿过 4 号房间，到了 3 号房间，也就是余小满被抓走的房间。

木十似乎也想到了这一点，跟在他身后，走进房间，一眼就看到了那个钟："钟停了。"钟的时间定格在 10 点 24 分 53 秒。

"那正好是我们离开这间房间的时间。"也就是余小满被抓走的时间，48 小时就是从这个时候开始计时的。

木十拿出手机看向时间，12 点 17 分，已经过去快 2 个小时了。

剩余时间：46 小时零 7 分。

第三十章　密室（3）

搜查完密室之后，高凌尘便开车载着阮言希和木十去了张翔的家里，一个高档小区，张翔的父母常年在国外，所以家里只有张翔一个人住。

张翔的家在顶楼18楼，蒋齐已经在房子里查看了一遍，看到他们来了，忙迎了上去，表情看上去应该是发现了什么重要的线索。

"队长，我们在书房里找到了一份遗书，是写给他父母还有女朋友的。"

阮言希和木十先在房间里转了一圈走出来，听到蒋齐的话，他看也没看就断定："不是手写的吧。"

蒋齐下意识地点头回答："嗯，是打印下来的。"

"这就是遗书。"蒋齐把装有遗书的证物袋给高凌尘看，说出了和之前一样的推断，"队长，我们不是真的在调查一宗自杀案吧，这样的话哪里来的凶手，我看其实这整个事件是葛惠一手安排的，她或者她的同伙先是把一具自杀的尸体放在密室里，然后让她的同伙在3号房间绑走余小满，刻意让我们认为张翔是自杀的，让我们去抓这个不存在的凶手，她的真正目的其实就是杀死余小满，做这些不过是为了逃脱嫌疑。"

高凌尘仔细看着遗书，没有发表任何看法。

等蒋齐说完，阮言希双手抱胸看着他，扬了扬下巴："自杀？你是怎么看出来是自杀的？"

蒋齐很肯定地道："割腕还有跳河再加上遗书，不就是自杀嘛。"邢静在法医室做的验尸报告已经出来了，因为死者手腕上的刀痕并没有割得很深，所以当时出血并不严重，不会马上造成死亡，而之后又掉入水中，因为失血而出现休克症状，最终导致了张翔溺水身亡。

阮言希耸耸肩，得出的是完全不同的结论："可我看到的却是凶手极力想伪造成自杀的样子。"

第三十章 密室（3）

"你的意思是他杀？"蒋齐纳闷。

阮言希没有直接回答他，而是问他："除了遗书之外，从死者的房子中你还能看到什么？"

"呃……"蒋齐环视四周考虑了片刻后简单地说了他的第一印象，"很干净，很有品位，独居，生活很有条理。"

阮言希没有对蒋齐的判断做出评价，而是问站在他旁边的木十："木十，你说呢？"

木十没做多少时间的思考，直接道："蒋齐说得没错，但是漏了很重要的一点，你没有仔细观察过家里东西的摆放位置，茶杯柄的方向，笔放的位置，包括餐具的摆放等。"

蒋齐看了看，脑子还是没转过来："这些摆放怎么了？"

木十说："都是靠左边放置的，这都证明死者是一个左撇子。"

蒋齐刚开始有些蒙，然后仔细想了想木十的话，再一观察就发现了这个刚才他忽略的线索："哦，还真是，但死者是左撇子和是自杀还是他杀有什么关联呢？"

高凌尘很快就想到了其中的关联："死者的左手腕上有刀痕。"

阮言希点头："没错，他的左手腕有刀痕，说明他是用右手割的，可他是左撇子，如果他写了遗书，割了腕还跳河就证明他下了很大的决心要寻死，既然如此，为何会用并不擅长的右手来割腕呢？"阮言希又带着他们来到死者的书房，也是发现遗书的地方，死者的电脑开着，上面正是遗书的电子稿，他指着电脑前面的鼠标，开口道："你们看鼠标的位置，现在鼠标是放在电脑右边的，同样的道理，死者是左撇子，所以鼠标原来是在左边的，为什么现在被放到右边呢？因为写下这封遗书的人是用右手，他变动了鼠标的位置。"

高凌尘看着电脑上的遗书，肃着脸道："所以是有人杀了张翔，伪装成他自杀的。"

"队长，还是很奇怪啊，凶手杀了张翔，再想尽办法伪装成他自杀的样子，再把尸体送到我们面前，让我们来抓住他？"如果尸体在河中，反而可能不容易被发现，随着尸体的腐烂，一些证据都会销毁，一般凶手杀人最希望的就是尽可能掩盖他的罪行，怎么还有送尸体上门的？

阮言希问他："你怎么能肯定凶手和把尸体放在密室里的人是同一个人

呢？"

高凌尘拧了下眉头："阮言希，你认为是两个人？"

"大胆猜想，因为你们也不能否认这种可能性啊。"阮言希耸耸肩，说了一句他常说的话，"存在即合理。"

一直有疑问的蒋齐道："如果是两个人，那个放尸体的人的目的又是什么？"

阮言希说出了他的推断："如果死者的尸体是在之后从河里捞上来的，手腕的伤痕再加上书房里的遗书，警察可能把这个案件定为自杀案而完结，就像你五分钟之前的判断一样。"他停了一下，看了一眼蒋齐。

蒋齐干咳了一声，面色尴尬。

不理会蒋齐的尴尬，阮言希继续道："而现在，不可否认的是，他通过这种手段，提高了警察对这件原本可能会被当作自杀案的案子的重视度，可以说，他把这个凶杀案送到了我们的面前，来让我们破解。"

虽然有那么一点儿道理，但蒋齐还是觉得费解："既然他觉得是凶杀案，大可以报警啊，为什么用这种方式，还拿一个无辜的人的性命来开玩笑！"

阮言希说："因为他想要做一个掌控者，控制全局。现在他手上有了人质，所以游戏规则都只能由他来定。"对他来说，这是一场游戏，以生命作为代价的游戏，输或者赢，全在这48小时内得出结果。

木十接着他的话道："他关心的不是人命，而是游戏本身。"

此时剩余时间：44小时36分。

即使阮言希和木十都这么说，但在蒋齐心里还是觉得张翔是自杀的可能性更高一些，所以他觉得与其去抓这个或许根本不存在的凶手，还不如去抓紧审讯现在最大的嫌疑人葛惠，毕竟现在最要紧的就是查出余小满的下落，他认为只有攻破葛惠，让她供出同伙，才能找到余小满。

蒋齐把自己的想法告诉了队长高凌尘，鉴于张翔这边还没什么突破口，高凌尘就留了几名警员在这里侦查，然后就和蒋齐回局里继续审讯葛惠。

而阮言希和木十则继续留在张翔家里，阮言希在各个房间翻找着能和张翔被害有联系的线索，而木十则在书房的电脑前看着张翔最后留下的遗书，是在他死的当天写下的。

我不知要如何说，但死这个念头在我脑海里产生很久了，我知道这是一个很荒唐的选择，对不起你们，但我实在承受不了这种心理折磨，还有来自外界

第三十章 密室（3）

的压力，我看不到希望，也不要这样窝囊地活着。

爸妈，对你们，我只能说对不起，我之前一直忙于工作，没有好好照顾你们，以后也没有机会了，我不是一个孝子，我走了以后你们不要太伤心，要小心身体，所幸还有大哥可以照顾你们，他陪在你们身边我也放心了。

大哥，对不起，要让你照顾爸妈了，我知道你肯定能照顾好他们的，还有，你肯定要看不起我了，觉得我是一个懦夫，我也不想这样的，只能说下辈子我们还做兄弟。

小米，对不起，我做不到之前给你的承诺了，给你一个温暖的家，是我没有能力给你，我让你伤心了，在我走后找一个能给你安全感给你爱的人吧，祝你幸福。

对不起，我走了。

一个绝望又没有担当的男人。

这是木十看完之后唯一的评价，当然前提是这封遗书是张翔写的。

而另一边，从卧室出来但是一无所获的阮言希又走回书房，走到木十旁边看了一眼电脑屏幕，问："遗书怎么样？"

"看上去没有什么问题，然后我在网上查了他的资料，前不久张翔在公司的投资上出现了严重的决策问题，导致公司资金严重亏损，他正在想办法补救，但结果并不理想，所以现在这种情况，他如果自杀的话，估计没人会感到意外。"一个突然失意的商界精英，承受不了自己内心的自责和外界的压力，摆脱不了这种前后的落差感而选择自杀并不是一件离奇的事情。

阮言希接口道："而凶手恰恰是利用了这个事件，这个时间点——"他拖长了最后一个"点"字，然后话音一转："犯罪动机，要锁定凶手我们先要找到犯罪动机，凶手为什么要杀张翔呢？"

木十说："张翔所在的是一家上市公司，资金亏损所造成的影响很大，对公司，对职员还有包括投资者的利益都有损害。"这个消息网络上一搜就能找到，显然这个损害达到了一定的严重性。

"如果是因为经济利益，那么我们的嫌疑人可能有成百上千人！但不是每个人都会将仇恨付诸行动，哪个人会这样做呢？"阮言希在房间里转了一圈，边走边开口，低着头看着地上，声音并不高，就像是在自言自语一般："房间里没有找到任何血迹，所以他是在外面实施他的犯罪的，通过什么方式把死者约出去……约出去？"他突然猛地停下来，抬起头接着打了个响指："张翔是一个做事井井有条的人，那么，他会不会恰巧在那天记下了他当天的行程呢？"

木十点头，觉得有可能。

"本子，记事本。"阮言希边说边翻着他的桌子、抽屉还有包，最后在公文包里找到了一本黑色的小记事本，封面的折痕非常明显，本子的纸张有些皱，显然经常被翻开，而且已经被使用过一段时间了。

阮言希翻开本子，上面果然记录着张翔每天的行程，开会、面谈、报告还有投资商的电话等，每一天都记录得非常详细。阮言希扫了几页之后，就直接翻到了最后记录的那一页。

但是一周之前的行程安排，和平时一样，没有任何不同，之后就再也没有记录，这个发现让阮言希非常不满意，他随手又往后翻了好几页，却看到上面写着一串英文字母。

　　e y a w u o

阮言希念了出来。

木十想了一下，毫无思路，于是道："一串混乱的英文字母。"

突然出现的字母让阮言希觉得找到了一个重要的线索，张翔把这个记在上面肯定有它特殊的含义："但或许也是一个被加密过的信息。"

他的眼睛紧紧盯着那几个英文字母："可能是一个被重新排列过的单词，e y o a w u、w a o u y e、y o e u w a……"纸上的字母在他脑子的转动下不断跳动着，变换着它们的位置，形成新的组合，结果所有的可能性都排列了一遍，只得出一个结论："不是这个加密方式。"

"阮言希。"木十突然叫他。

阮言希像是没有听到一般，此时完全沉浸在自己的密码世界中："那么试试颠倒，e y a w u o每一个字母倒过来就是a h e m n o，无意义，如果再排列。"脑子转动一圈："错，不是这种。"

"还有什么？替换式密码R13，e y a w u o每个字母在字母表中向后移13位，也就是r l n j h b，什么乱七八糟的。"

……

在阮言希把所有他知道的加密方式一一拿来试着解密之后，得出的还是一堆毫无意义的英文字母或是数字。

第三十章 密室（3）

最后他妥协了，放弃了，认可了木十一开始的定义："好吧，它就是一串毫无意义的英文字母。"

木十看着站在书房中间，手里拿着一个黑色小本子，努力破解密码的阮言希，伸手抬了下眼镜，语气认真地道："阮言希，你真可爱。"

纠结了半天最后却发现其实是自己想多了的阮言希听完这句话，瞬间被治愈，弯腰凑过去亲了木十一下："相比于口头上的表扬，我更喜欢用行动来奖励。"

木十淡定地转回电脑前，决定再用口头上的话来刺激一下阮言希："其实这六个英文字母是有意义的。"

阮言希立马问："什么意义？"

"张翔邮箱的密码就是这个。"木十指着早就打开的页面，"而且我是在你试完第一种加密方式之后发现的。"

"那你不早说？"

"我叫过你了。"

自作自受就是在说他。

"好吧，那……"阮言希话说到一半，手机就响了，话被打断，阮言希有些恼火，掏出手机一看，是蒋齐打来的。

接通了电话："喂。"

电话那头的蒋齐马上道："阮言希，你们可以从张翔家里出来了。"

阮言希问："嗯？为什么？"

"因为我们找到了张翔跳河的位置，并且看到了他自杀时的监控画面。"不知道是不是故意，"自杀"这两个字蒋齐说得格外清晰。

"自杀？"阮言希眉头紧锁。

剩余时间：42 小时 51 分。

第三十一章 密室（4）

第二天一大早，木十就穿好衣服出了房间，一走出去就看到隔壁房间门口站着两个人，面对着紧闭的房门不进去也不敲门，就在门口侧耳听着里面的动静，旁边还坐着一只老虎。

木十走过去要开门，两个男人自动给她让道，她的手放在把手上转动一下打开了门。满屋的纸，在墙壁上和地上，所有白色的纸上就写着同样的两个字——自杀。

尤巫看着这个场景嘴角止不住地抽着，谁能想到这是在破案呢，不知道的人还以为阮言希是在练字呢。凤因华看了以后只有一个感想：神经病。

而在最前面的木十在环视了一下房间后，叫了他一声："阮言希。"

听到木十的声音，阮言希手里拿着资料抬头看着她："木十，为什么会是自杀呢？"

她抬了抬眼镜，面无表情地道："大概是他讨厌被这么多纸包围着。"一大堆纸的上面放着的正是一张死者张翔的照片，在关门之前木十加了一句："顺便提一句，我也讨厌。"

五分钟后，房间里被整理干净了。木十的脸色终于缓和了不少。

时间回到12小时前，接到蒋齐的电话后，阮言希和木十马上和留下来的警察一起回了警局。一路上两个人都没有说话，监控的事情显然大大出乎他们的意料，他们几乎可以肯定张翔并不是自杀，可现在出现了当时的监控画面，这就完全推翻了他们之前的所有推论，他杀，凶手，伪造的遗书，都俨然变成他们妄想出来的东西了。

一到警局，两个人便到了高凌尘的办公室，蒋齐看到他们，指了指电脑："有目击者看到张翔出现在××路上，那里正好有一条河，所以我们调取了那里的

第三十一章 密室（4）

监控录像，就看到了张翔自杀时的画面。"蒋齐伸手按了一下鼠标，监控视频开始播放。

时间是在下午1点13分，张翔出现在监控范围中，他一步一步地走到河边，之后就站在河边没有动，大约十分钟后，他从口袋里拿出一把刀，原本左手拿刀的他把刀放在了右手上，接着就割向自己的左手腕，然后他扔了刀，手臂下垂放在身侧，大约又站了两分钟，他往前走了两步，最后像是下定决心一般跳进了河里。

张翔彻底从画面中消失，蒋齐对阮言希道："我是这么想的，他那个时候估计还没下定决心要自杀，所以才会用不擅长的右手割腕。然而力道不够，最后就选择了跳河。"

阮言希眼睛还是看着监控画面，抿着嘴摇头："不，怎么会是自杀呢？"

蒋齐道："为什么不可能？死者这段时间承受着相当大的压力，对生活绝望了，所以才自杀啊。"

"那个人设定好了这个游戏，他不会放一个自杀的人的尸体在那里让我们找凶手，太说不通了。"这是那个人精心准备的一场游戏，这个看上去像是自杀的案子背后一定有什么东西是他们还没想到的。

"这有什么说不通的，就是葛惠和她的同伙策划的，用来迷惑我们的。"蒋齐不明白阮言希为什么就是不相信张翔是自杀的，而且是在亲眼看到监控后。

阮言希抬头看着高凌尘和蒋齐，语气肯定："这个案子绝不是那么简单的。"

从警局回来之后，阮言希就一个人关在房间里研究，但直到现在还是一无所获。

木十把小耳朵身上贴的纸弄了下来，直接用力往阮言希脑门上一拍。

因为木十的施力，阮言希的头往后仰去，正回来后，他用嘴巴一吹，就把纸从他的脸上吹走了。

"木十，这个自杀案满是疑点，但是我现在却找不到证明它疑点的证据，没有一点儿证据。"阮言希现在脑子存放着所有的信息，却理不顺，就像是缺了一个突破口。

木十托腮想了一会儿，突然有了一些想法："死者自杀的那段监控，你有没有注意到，他前后两次看向了摄像头的位置。"

这恰恰是阮言希之前没有注意到的，他马上拿来放在旁边的电脑，又放了一遍，果然在张翔刚走到河边和准备跳河之前，他突然转头看了一下摄像头的位置：" 哦！木十，你果然是天才！"

木十说："我觉得很奇怪，为什么一个想要自杀的人会两次去看摄像头呢？"

阮言希看着木十，推断道："或许有人在通过摄像头看着他。"

"你是说可能有人在控制他？"

他不住地点头："对！对！那么是什么人操控了他的自杀呢？"阮言希一偏头，就看到小耳朵坐在地上，一手拿一张纸，在那里来回甩着玩。

阮言希怕他割伤自己，就把那两张纸拿了过来。

一张纸上的内容是张翔的遗书，另一张上写着在张翔记事本上发现的那串英文字母。

"嗯？等等！"阮言希想到了一种之前没有想到的可能性，"如果这封遗书真的是张翔写的呢？"

"嗯？"

阮言希解释道："他受人控制，肯定不是一天两天的事情，如果他想在他死前留下一些信息而不被控制他的人发现呢？"

木十也想到了："遗书是那时候最好的方式。"

"这串英文字母不是邮箱密码那么简单。"遗书和英文字母，阮言希低着头，眼睛快速在两张纸上扫着，脑子里运转着各种可能的加密方式。

一旁的小耳朵歪着头看着他。

五分钟后，阮言希猛地从地上跳了起来："是四方密码！"

他赤着脚走到白色的墙壁前，用双手抓着纸，粗暴地把上面的纸全都弄了下来，然后左手拿着笔在上面快速地写着。

"eyBnwui和它的颠倒ahBumni是两个密钥，按照顺序放入矩阵中，再将余下的字母按顺序放入矩阵，就得出了两个加密矩阵，这两个加密矩阵分别放在左上角和右下角，余下的两个角放a到z顺序的矩阵。"

a b c d e E Y B N W

f g h i j U I A C D

k l m n o F G H J K

p r s t u L M O P R

第三十一章 密室（4）

```
v w x y z S T V X Z
A H B U M a b c d e
N I C D E F f g h i j
F G J K L k l m n o
O P R S T p r s t u
V W X Y Z v w x y z
```

"加密的结果就隐藏在遗书中，每一个段落的首字母ＤＢＷ。再运用这个矩阵倒推出加密信息，就是……"阮言希用手指在矩阵上比画着，然后一个一个地写出来。

ＨＥＩＴＡＯ。

"黑桃。"

阮言希扔了笔倒退了几步，看着那两个字："这就是张翔最后所要传递的信息。"

剩余时间：30 小时 32 分。

木十看着墙壁上阮言希写下的一串密码，在看懂之后不由得真心感叹："阮言希，你好帅啊。"

"谢谢，但我说过比起口头上的赞扬，我更喜欢……"阮言希偏头看着木十，眼里带着笑，嘴角扬起，这表情是从来不在外人面前展露的……流氓腔（木十定义），身体一歪，作势就要往木十身上靠去。

木十斜了他一眼，随即弯腰一把抱起坐在地上的小耳朵，然后往阮言希手里一塞，接着掏出手机打电话，一系列动作做得流畅无比，根本不给阮言希反抗的机会。

阮言希下意识地接过小耳朵，小耳朵仰起脸看着他，咯咯地笑了。吃豆腐不成的阮言希只能黑着脸看着木十打电话。

"喂，高凌尘，阮言希有些发现。"木十停顿了一下，听高凌尘说完后道，"嗯，好的，我们马上去局里。"

"补充一下，仅仅是在解密码的时候。"木十抬脚往房间外面走，"走吧，密码天才。"

"所以死者留下了一个用四方形密码加密过的信息……"蒋齐听完木十详

细的解密，消化了一下才开口。

阮言希鄙夷地扫了他一眼，纠正他："四方密码。"

对密码完全不了解的蒋齐尴尬地咳嗽了两声："咳咳，好吧，然后你解密以后得出了'黑桃'这个信息？"

阮言希扬了扬下巴。

而一旁的木十指着桌子上放的照片："还有，用右手割腕和鼠标摆放的位置，我觉得都是张翔刻意这么做的，为了引起警方的怀疑。"如今细想来确实存在着这种可能性。

蒋齐抓了抓头发："所以那个黑桃是什么意思呢？总不可能凶手就叫黑桃吧。"

高凌尘推断："可能是凶手的代号。"

木十翻着网页："黑桃可以代表军人、和平还有男人。"

"和平就算了，难道凶手是个男军人？"蒋齐结合了一下。

她继续道："另外，黑桃Q代表雅典娜，黑桃K代表大卫，黑桃J代表霍吉尔。"

蒋齐听了毫无思路。

"各位，我们还有不到30个小时了。"高凌尘说。

这也就意味着已经过了18个小时，但是如今他们知道的信息还是很少。

四个人对于"黑桃"这个死者最后留下的信息的破解毫无进展，鉴于时间紧张，高凌尘提议分开行动，他这里继续对死者的社会关系进行调查，列出可能对死者生命造成威胁的人，而阮言希和木十继续研究"黑桃"背后的意思。

一面墙壁已经被写满了东西，阮言希在另一面墙壁上画了一个大大的黑桃。

在图案的一边，从上到下写着：

利刃

男人

和平

军人

女神

国王

侍卫

第三十一章 客室（4）

阮言希看着那些黑桃的含义最后摇了摇头，扔了笔，赤着脚在房间里走来走去，双手抓着头发，嘴里大声说着话，看上去有些神经质："我知道我就要死了，那个人一定要我死，我别无选择，逃脱不了，没法求救。而我今天就要自杀了，一定要留下一些信息，我要让别人找出威胁我的那个人，所以我设计了密码，密钥在本子上，加密信息隐藏在遗书里，那么我应该留下什么样的信息呢？"他抱着头闭上眼睛，想要让自己置身于死者那个时候的感受之中。

"凶手的名字？"他随即否定了，"不，或许我不知道他的名字，那么代号？我从何而知他的代号，他给我发过短信，打过电话，寄过信？"

木十看着手上的资料，回答他："从死者手机上并没有找到奇怪的短信，近期也没有什么陌生电话打入，信件也没有，我还查了邮箱，也没有。"

阮言希脚一顿，停了下来，接着转身往回走："或许他到了我的家里，说不定我们见过面，他站在我面前，说不定我可以看到他的长相。"阮言希微微眯起眼睛，语速变慢："还有身体上特殊的……某样东西。"

木十抬眼看他，说了出来："文身？"

显然他们两个想到的是同一样东西："如果是一个黑桃的文身。现在是冬天，露在外面的肌肤有脸、颈部还有手，这样我才能注……"

"等等。"木十猛地打断阮言希的话，像是突然想到了什么，"文身。"

阮言希这时候当然不介意木十打断他的话，相反，看到木十的表情后，他忙问："木十，怎么了，你想到什么了？"

木十垂眼想了一下，抬头看着他道："我不知道有没有什么关联，但之前我听我哥说过一个案子，是一个连环杀手，直到今天还没有破案，这个凶手每次在被害者家里实施杀人之后，都会留下用来文身的工具，工具的旁边是被害人家里的一样东西，那时候警方认为，凶手每次杀完人都会留在那里一样东西，就像选择一件纪念品，然后把这样东西文在自己的身上。"

"那他最近的一次杀人是在什么时候？"阮言希对这个案子没有什么印象。

木十记得清清楚楚："十年前，他一共杀了十个人，用了一个月的时间，之后就像人间蒸发一样，再也没有作案。"这是当时十分轰动的案子，凶手的残忍，现场的惨状，还有留在犯罪现场的文身工具，都会让人记忆深刻！当时所有警力都在追查这个案子，可就是没有找到那个凶手。

"十年前？怪不得我不知道，那几年我在国外。平均三天杀一个人，作案速度非常快。"而在这么快速的作案中,他还能很好地隐藏自己,寻找下一个目标,最后消失得无影无踪。

木十补充道:"有些被害者的死亡时间间隔只有一天,而且那些人都是被折磨致死的,死者身上的某些伤痕是……"

阮言希猜到了:"他们自己弄的。"

木十点头:"凶手先让他们自我折磨,最后由自己结束他们的生命。"

"虐待狂,十足的虐待狂,他最享受的就是这个过程,作为一个观赏者,看着他们在恐惧绝望中自残。"接着阮言希想到了至关重要的东西,"对了,那些被文在凶手身上的东西是哪些?"

"我硬盘里有这个案子的资料。"

木十打开电脑,把这个案件的资料找了出来,把现场的图片一张一张给阮言希看。

看了七八张之后,当一张照片跳出来的时候,阮言希突然喊停,他指着照片中的那样东西,问木十:"你有没有觉得这个图案很眼熟?"

这是一个打火机,上面印着黑色的图案,两团火焰之中赫然是一个黑桃。

剩余时间:28小时零5分。

第三十二章 密室（5）

虽然阮言希和木十确定了目前的最大嫌疑人，可随之而来的问题却更加严重：这个变态杀人狂为什么沉寂了十年突然再次出现在世人面前，他在这十年中有没有再杀人，为何现在选择张翔为目标，又是通过什么方式逼得张翔最后只能自杀？

没有答案。他们现在唯一的线索就是黑桃。而且如果凶手真的是那个逍遥法外十年的人，十年前没有破获的案件，他们怎么在二十多个小时内找到他呢？

木十手上的资料并不全，所以她马上给高凌尘打了电话，高凌尘挂了电话后，马上去警局的档案室里调出了关于这起案子的所有资料。

几个小时后，阮言希把几箱子的资料全部扫了一遍。

凶手的作案手法、犯罪现场的每一个细节、死者身上的伤痕、那些被挑选出来的纪念品，所有的信息都通过脑子里记录的信息再度展现在他的眼前。

"他用很短的时间来挑选被害者，被害者都是独住，他选择半夜作案，撬门而入，先将被害者敲晕，封住他们的嘴，等他们醒来之后再折磨他们。凶器是一把刀，一刀直击心脏，干脆利落。然后他在房间里开始挑选纪念品，之后坐在椅子上，将纪念品上面的图案文在自己的身上，可能是手臂上，清理好一切，他离开了房间，从容不迫。"

他闭上眼睛遂又睁开，然后起身走到墙壁前，用笔写下了一个大大的——
十。

阮言希拿着笔一遍一遍地描着这个十，一共十遍："十年前，他杀了十个人，选择了十个纪念品，被害者家里的门牌号码最后两位都是10。"

木十说："他有OCD（强迫症）。"

"十全十美吗？"阮言希冷笑一声。

"所以他才会隔了十年再犯案？"木十略一思索，"可为什么他改了之前的作案手法，这一次他没有亲手杀了被害者，而是让被害者自杀，在现场也没有发现文身的工具。"

阮言希扔了笔，回头看向木十："十年了，他可能进化了，也可能退化了。"

"退化。"木十马上明白了阮言希的意思，"当年的警察判断凶手应该在30岁~40岁，过了十年，他现在应该是40岁~50岁，他的体能显然已经没有当年那么好了。"

阮言希点头道："所以相比于用体力制伏被害者，他现在选择了更轻松的一种方式，用心理折磨，让被害者在心理压力下，选择自杀，他同样享受了这个致使别人心理崩溃的过程。"从肉体的折磨转为精神上的折磨，很难说是退化还是进化。

"而且既然他重新开始杀人了，一旦开始，他就不会停止。"

木十微微叹了口气："直到再杀满十个人。"

"张翔这个案子我们肯定还遗漏了什么，凶手既然十年前在每一个凶案现场都选择了一件纪念品文在身上，那么这一次他肯定也为自己挑选了一件纪念品。"

于是两个人决定再去张翔的家里看看。打车到张翔家楼下，阮言希和木十还没下车就看到从门前一辆出租车上下来一名年轻的女子，她穿着一件米色的大衣，头上戴着帽子，前面的帽檐往下拉，几乎挡住了她的眼睛，她低着头，站在门口，戴着手套的手紧紧抓着包带，时不时地看着大门，却一直没有往前走一步。

她的打扮和奇怪的肢体动作自然引起了两个人的注意，阮言希和木十下了车，走到她旁边。

木十开口询问："小姐，你怎么了？"

本来就精神极度紧张的年轻女子被突然出现的声音吓了一跳，她回头看的同时下意识地往后退了几步，结果脚下一趔趄，身体便向后倒去。

阮言希就在她身后，见她快摔倒了就顺手拉了她一把，谁知道那女子站稳后，非但没有说一句感谢的话，反而下意识地甩开了阮言希扶她的手，脸上的表情是一转而逝的厌恶和恐惧。

"对，对不起。"女子低着头也没看阮言希，声音很轻。

被莫名其妙甩开手，阮言希的不满马上表露在脸上，但他还是没说什么，

第三十二章 密室（5）

她微一思索就站在了木十身后。

木十对女子刚才过激的动作也存了疑问，然而她马上认出了眼前这个人的身份："小姐，你是张翔的女朋友吗？"

女子大惊，抬头看她："你，你是谁？你怎么知道？"她的双眼通红，脸上还有泪痕，显然刚才哭过。

木十如实告诉她："我们现在在查张翔的案子，我在他家里看到过你们的合照。"

她听了之后小声问木十："那，你们是警察？"

"顾问，协助警察办案，我们现在要去张翔的家里，我想你应该也想去看看。"

张翔的女朋友田米思考了一会儿之后还是点了点头。

在张翔家守着的警察认出阮言希和木十，让他们进了房间。

田米用手撑着墙壁，才得以稳住自己的身体，还没有走进去，她的眼泪已经流了下来，熟悉的房间，没有变化的摆设，却唯独少了房子的主人。

原本设计简洁的房子现在看上去格外冷清，田米慢慢走过客厅，来到卧室，里面的柜子上放着的是张翔和家人的照片，还有他们两个人去旅游时拍的照片，照片中的男女相拥着，眼神里满是对对方的爱意，他们一个月前还在计划着他们的婚事，他们的未来，可如今……

她再也控制不住内心的悲痛，把相框按在胸口，蜷缩在地上大哭起来。

在客厅的阮言希和木十此时并不想打扰她，因为田米需要一点儿时间来发泄她的痛苦，但同时，她的那些异常举动却让他们很在意。

"她对男性很抵触，我在外面，木十你等会儿去和她谈谈。"对于阮言希的善意行为，田米却表现出了过激的举动，说明她对于男性的碰触很反感，甚至可以说是厌恶。可他们之前了解的田米却完全不是这样，张翔的死亡不可能导致这样的后果，那么肯定是在他死亡之前的这段时间发生了什么事情。

阮言希在意的是，这件事情和张翔的死亡有没有关系。

"好。"木十也是这么认为，现在的情况下，只有她去和田米谈。

等田米的情绪稍微稳定之后，木十走进卧室，然后把门关上。

田米发现门被关上了，突然大喊："你要干什么？"木十的本意是想给她们提供一个安静的谈话环境，没想到田米对此的反应却十分激烈。

木十皱了下眉，把手又放在把手上，对她道："抱歉，我没有恶意，如果你不舒服，我可以把门打开。"

她哽咽着摇头："不用，不好意思，是我的反应过激了。"

"没有关系，田小姐，坐到床上吧。"木十伸手把她扶起来，木十的手接触到她的手臂时，她只是轻微地颤抖了一下，并没有推开。

"谢谢。"

木十把纸巾递给她，声音尽量放轻："我们在调查张翔的死因，所以想向你询问一些事情。"

田米擦着眼泪，手摸着相框中的照片，眼泪又掉了下来："他，他真的是自杀吗？"

木十无奈，只能回答："目前根据已经掌握的证据看来，是这样。"

田米却因为这句话又失声痛哭起来："都是因为，都是因为我，他才会这样。"

木十看着她悲痛自责的样子，听出了她话里不对劲的地方："为什么是因为你？"

她低下头，埋在相框上，闷声道："他，他想保护我，都是为了我！"声音到最后变成了抽泣声。

"田小姐，最近是不是有人威胁过你？"

她只是哭，双手抱紧自己的身体，身体颤抖着。

结合着她之前的那些奇怪的反应和刚才说的话，木十睁大眼睛，一下子明白了什么："你有没有见过一个身上有文身的男人？"

阮言希坐在客厅的沙发上，听到声音转头看向卧室门口，就看到木十冷着脸走了出来，她反手关上门，向他走来。

然后，阮言希听到木十说："我知道凶手从张翔那里拿走的纪念品是什么了。"

剩余时间：24小时。

昏暗的房间、被锁上的房门，女人的泪水、被封住的嘴以及那叫喊不出的痛苦和绝望。

黑夜里掩盖的罪恶，还有月光下依稀可辨的文身都在最后化为沉默和独自的哭泣。

第三十二章 密室（5）

害怕，恐惧，保护，一个女人的受伤和一个男人的付出，种种最终演变成了一场自杀，一场惨剧。

一场没有凶手的凶杀案。

田米在一天下班回家的路上被强行塞进一辆车里，然后被那个男人带到了一个陌生的地方。

阮言希和木十带着田米去了警局，他们现在需要知道那个地方在哪里，可田米却不想再回忆。

关于那天的细节，高凌尘特意让队里的一位女警察和她交谈，可田米却依旧表现出排斥的情绪，只是一个劲儿地流泪，没有说话。

眼前的情况让高凌尘他们遇到了难题，时间只有不到一天，他们却没有掌握一点儿关于凶手的行踪，而田米是现在唯一活着的接触过他的人，她也许就是一个突破口，问题是现在必须要打破这个僵局。

"让我来吧。"

高凌尘回头，开口的正是木十。接收到高凌尘的目光，木十看向他道："刚才我和她有所交流，她现在不愿意开口，那我可以试试看。"

这似乎是现在唯一的办法，木十也是最好的人选，所以高凌尘点头答应了，让里面的女警察出来。

这时，阮言希却伸手拉住木十："等等。"他对高凌尘道："先去买一杯××家的巧克力奶茶。"

高凌尘皱眉："巧克力奶茶？"

阮言希解释道："张翔家里有这家店的外卖单，他们有一张一起喝奶茶的照片，田米喝的就是巧克力奶茶。"田米本来就受到了伤害，不管是自身还是自己男友的死亡，本来在张翔家里，熟悉的环境还能让她有一些安全感，可现在她被带到警局，身边没有一点儿熟悉的人或者东西，陌生的环境会让她产生更加严重的排斥感，更何况现在是在让她回忆她最痛苦的经历，所以一杯她喜欢喝的奶茶会让她的情绪稍稍缓解一点儿。

很快，一名警察跑上来，手里捧着一杯还热乎的巧克力奶茶，木十拿过奶茶就走进了休息室。

田米坐在沙发的最边上，头低着，双手抱着自己的手臂，不安和抗拒完全用她的肢体动作表现出来，沙发前的茶几上放着一杯已经冷却的水，她没有喝过一口。

木十走过去坐在离她不远也不近的地方，保持着一段距离，然后把奶茶递给她。

田米看到奶茶愣了一下，小心地伸手接过后，微微抬头看着木十，小声道："谢谢。"

她开了口就是一个好的开端，木十没有直接问案子，而是以奶茶为开始："你喜欢喝巧克力奶茶吧？"

田米捧着奶茶，慢慢喝了一口，听到她的问题，有些意外："嗯，你，是怎么知道的？"

木十回答："你们的照片，你当时喝的就是这个。"

"我喜欢喝这种甜的奶茶，还老被他说……"田米说起往事，声音有些哽咽，"但他每次还是会买给我喝。"

"他很爱你。"

田米听了泣不成声，那个爱她、宠她的男人已经不在了，永远离开她了。

木十递了纸巾安抚了她一会儿，然后进入了正题："田小姐，我想刚才的那位女警察已经跟你说过了，我们在找那个男的，他十年前杀害了十个人，而现在又迫使你男友自杀，所以我们希望你能提供线索，帮助警察找到他。"

田米还是不愿意再去回忆，她别开脸："我知道的都已经告诉你了。"

木十慢慢引导她："对，你看到他的文身了，但是你记不记得你被带去的地方在哪里？"

她摇头："不，不知道，我被放在车子的后座上，被绑起来，眼睛和嘴巴都被捂住了，所以我根本看不到。"

木十说："没关系，你还记得车大概开了多长时间停下的吗？"

田米拧着眉头，回忆了一下："大概，大概30分钟或者40分钟吧。"

木十说："很好，那下车的地方你听到些什么声音吗？"

田米说："那里很安静。"

"那里应该是个很偏僻的地方，你站在那里，有什么比较特别的声音吗？"

在木十的引导下，田米仿佛又回到了那个地方，她闭着眼睛："我，我不确定，好像听到水的声音，有一点儿小雨。"

木十继续问："那里的味道呢？"

她皱眉："有些难闻。"

木十问："臭味吗？"

她摇头："不，像是化学品的味道。"

"很好，我们继续。"木十声音低缓，"然后他把你带到房间里，这个时候他把蒙在你眼睛上的布拿走了吗？"

她的语速变得有些急，身体不可抑制地颤抖："没有，他，他把我，把我……"

木十把手放在她的手上，安抚她："田小姐，慢慢来，不要怕。"

田米喝了一口奶茶，似乎想汲取一些温暖，她缓了缓，开口道："他把我扔在了床上，然后就扯掉了我眼睛上的布条。"

木十问："然后你看到了什么？"

她拼命摇头，那个过程太过痛苦，她流着眼泪："不，太暗了，他压在我身上，我看不到他的脸，我说过我只看到了他手上的文身。"

木十说："看不到脸没关系，你看到他的衣服了吗？"

田米摇着头，表情痛苦，但她还是尽力回忆着："一件棉衣，黑色的棉衣，上面好像还粘着什么东西。"

木十抚摸着她的手给她鼓励："还有呢？他的身上还有什么东西？"

"我不知道，我当时在挣扎，我只能看到这些。"

木十说："好，那味道呢？你在他身上闻到什么味道？"

"有一点儿，有一点儿油漆的味道。啊！我不想再回忆了。"她痛苦地叫着。

木十稍微抬高了一些声音，试图引导她："田小姐，你做得很好，不要看那个男人了，我们现在回到房间，你能看到房间里有什么吗？"

她的情绪渐渐好了一点儿："有窗户。"

"那你看得到外面，对吗？"

她点头："嗯。"

"窗外有什么？"

"一棵树，没有叶子，只有树枝，只能看到这个。"

木十从房间里走出来，对等在外面的人道："她被带到的地方是个郊区，离她工作的地方30~40分钟，周围有化工厂，附近有一条河，是化工厂排污的地方，那天下着小雨。"

她停顿了一下，接着道："还有一个非常重要的信息，凶手现在是一个油漆工，他工作生活的地方可能就在那里。"剩余时间：20小时36分。

第三十三章 密室（6）

　　油漆工，这是警方第一次掌握凶手的信息，是一个极大的收获，十年前警方预估这位文身凶手职业的时候丝毫没有把油漆工考虑进去，因为所有死者遇害之前家里并没有进行过装修，隔壁邻居也没有，所以自然不会往油漆工方面想。

　　而现在，有了职业，还知道他工作和生活的地点，要找到一个人就容易多了，接下来的工作就是高凌尘他们的了，阮言希和木十没有什么可以帮得上忙的，所以自己打车回了家。

　　于是在当天晚上临睡觉之前，在自己房间的木十收到了高凌尘的一条彩信，一张照片和一个名字。

　　照片上的男人看上去四十多岁，皮肤黝黑，长相普通，唯一能让人注意的就是一双锐利的眼睛，直勾勾地看着前方。

　　木十知道，这就是警方目前确认的文身凶手，张学珉，是他的名字。

　　高凌尘还没打电话给她，只说明他们刚确认了他的名字，正在搜查他的下落。木十拿着手机，翻身下床，穿上外套往门口走去。

　　现在的时间，阮言希应该还没有睡觉，所以她开门出去，走到隔壁房间，敲了一下门，就开门走了进去。

　　穿着睡衣的阮言希坐在靠床边的椅子上，闭着眼睛，就像是在椅子上睡着了。当然，如果忽略绑在他身上的绳子和站在他身后的男人的话。

　　那双锐利的眼睛听到开门的声音，抬头看着木十，他一手撑在椅子的椅背上，另一只手拿着刀就抵在阮言希的颈部，仿佛就在等着她。

　　木十往前走了几步，依旧停在离他一定距离之外，开口叫出了他的名字："张学珉。"

　　张学珉似乎并不意外木十知道他的名字，扬了扬下巴，命令她，声音冷硬

第三十三章 密室（6）

低沉："把手机关机放在地上，滑过来。"

木十照做了，因为现在阮言希的命就在他的手上，自己没必要做这种抵抗。她把屏幕对向他，向他显示自己只是在关机，然后蹲下来把手机放在地上，手腕一动，把手机往他那里滑去。

手机准确地落在张学珉的脚边，他一脚把它踢到一边。

然后木十注意到抵在阮言希颈部的刀，神色冷静地对张学珉道："警察已经查到你的身份了，现在正在全城搜查你。"

在张学珉的脸上看不到一丝惊慌，他张着嘴露出有些泛黄的牙齿，笑着道："我知道，但他们现在正赶往我的工作场所和家里，没有人会来这里，等他们要来这里的时候，你已经是一具冰冷的尸体了。"

木十挑眉，听出了他话里的意思："所以你的目标是我？我可以知道原因吗？""在死之前想要知道原因？告诉你也无妨。"张学珉非常大方，反正现在有的是时间，回答一个问题并不能改变什么，"有人出了一大笔钱买你的性命，就这么简单。"

木十还真没想到居然会有人来买自己的性命，"那买主是谁？"

"这你就不用知道了。"张学珉显然有些不耐烦了，从口袋里拿出一个药瓶扔给木十，"行了，现在你也知道原因了，把药吃了吧。"

木十接住药瓶，这是一个白色药瓶，没有贴任何标签："这是什么药？安眠药？"张学珉的刀转着，似乎稍稍一用力就会割到阮言希，同时向木十道："安眠药可要吃好多片呢，太麻烦了，这个一粒胶囊就够了。"

木十点点头，看上去依旧平静，她拿着药的手放在身侧，然后又和他协商："既然警察最起码还要几个小时才会来这里，我能问几个问题吗？"

张学珉不耐烦地问："还想问什么？"

她看着他道："为什么你觉得我一定会吃了这粒胶囊呢？"

"呵呵。"他冷笑，笑容凶恶而阴险，刀背划过阮言希的皮肤，"如果你不吃，那你男朋友的命可就没有了，况且，你觉得你现在就算要逃，逃得走吗？"一个拿着刀的男人和一个手无缚鸡之力的姑娘，谁输谁赢，根本不用思考。

"是吗？"她低声道，"我觉得这倒不一定。"木十说着突然把手上的药瓶向他扔去，而就是同一时刻，张学珉身后的窗户被快速打开，一把刀准确地插入张学珉拿刀的手臂上，而与此同时，突然出现的女人已经跳进了房间内。

手臂受伤，张学珉虽然忍着痛没吭声，但依旧紧锁了眉头，可即使受了伤，他还是快速转身挡住了女人的攻击。

女人似乎只带了一把刀，如今竟是赤手空拳对着张学珉，但即使这样，也没有显现出劣势，她准确地避开张学珉的每一次攻击，几次后更是握住了那把还刺在张学珉手臂上的刀，用力一拉，在他的手臂上留下一道深可见骨的伤口。

"啊！"张学珉叫了一声，却没停下攻势，拿刀刺向女人的胸口，却再次被她轻松避开，而趁着一个间隙，她一脚踢向阮言希坐的椅子，让他离开了他们的战斗区域。

木十见状，马上把阮言希拉到了旁边，帮他解开了身上的绳子，确定了他只是昏迷便松了一口气。

此时，一声坠地的声响，木十抬头一看，发现那边的战局也已经结束了，张学珉倒在地上，完全没了动静。

"绳子。"女人第一次开口，声音清冷。

显然这句话是对木十说的，木十把阮言希放下，拿着绳子走了过去，绳子是来绑张学珉的，这就说明他还没死，只是昏迷。

女人很快地把张学珉全身紧紧地绑了起来，确定他在短时间内不会醒来后就踢到了一边。

木十这时才仔细地观察她，她穿着一身黑，头发利落地扎成辫子，她的脸上没有什么表情，即使刚才在和张学珉搏斗时，面上也表现得非常淡定，可让人意外的是，她长着一张非常美艳的脸，和黑色的衣服形成强烈对比的是她白皙的脸，木十忍不住看了一会儿。

似乎是感受到了她的目光，女人抬起头，对上了她的视线。

木十真诚地对她道："谢谢。"

女人没说话，点了下头算作回应，态度很冷。

女人收起刀，就听到木十的话："你是为我来的？"

她再度把目光对上木十，饶有兴趣地看着她："为什么这么说？"

木十一字一句地说出了自己的判断："你不是警察，你的目标也不是张学珉，你是发现了我们有危险才来的，你把视线放在我身上的时间比在阮言希身上的多得多，所以我觉得你是为我而来的。"

为什么会认识我，这句话木十没有问出口。女人听了，弯了一下嘴角，第

第三十三章 密室（6）

一次有了表情，她开口淡淡道："果然是他的妹妹。"

女人的这句话让木十脸色一变，急切地向她证实："你认识我哥哥？"

女人没吭声，微微扬了扬下巴，算是默认了，她靠在窗口，视线警向窗外，似乎在注意着外面的情况："还有几分钟？"显然是在问木十。

这是一个有些突兀的问题，但是木十却明白她在问什么："7分钟。"明显女人并不想和警察撞上。

"够了。"她收回视线，转而看向木十，"看来你早就已经报警了，如果我不出现，你应该也能解决。"警察出警的速度不可能这么快，从最近的警局到这里也要十多分钟，所以木十显然是在她出现之前就报了警。

木十点头，在进房间看到张学珉劫持阮言希的那一刻她有些慌张，一是没想到张学珉会出现在这里，二是担心阮言希有生命危险，但是细想之后，她就知道阮言希暂时没有危险，因为张学珉不会直接杀人，他享受的是折磨人的过程，所以她很快就理清楚了，那个时刻阮言希是筹码，而她才是目标。

所以她马上用手机报了警，在张学珉没有察觉的时候，这是木十自己研发的软件，在处于危险的时候能快速地报警，同时给高凌尘发送求救短信，所以那个时候她其实有了双重保障，警方肯定会赶过来，接下来她要做的就是拖延时间，随机应变等待救援。

当然让她没想到的是眼前这个女人的出现，而且和自己的哥哥有关。

女人开始说她要提供给木十的信息："据我现在得到的消息，那个让张学珉来杀你的人和绑架那个叫余小满的小姑娘的是一个人。"

木十并没有感到太多意外："你知道是谁？"

她看着木十："不知道，他藏得很深，还没查到这个人的身份，但是绝对是冲你来的。"

木十神色平静地点头道："我知道。"但是即使刚才自己的生命受到了威胁，她还是觉得那个人似乎在告诉她什么，如果不是他，他们不可能就注意到张翔的自杀案，也不可能破获十年前的案子，他仿佛一路都在引导他们，可他究竟是什么目的呢？

没来由地，木十想到了一个人。

女人见木十正在思考，过了一会儿才又开口："你应该知道了，有一个犯罪组织的存在，但我们更习惯称它为网，因为它就像一张蜘蛛网，从中心点开始向外扩张，越处于中心区域的权力越大。"

"我哥哥就在这里面。"她用的是肯定的语气。

女人目光一闪："果然凤因华都告诉你了，没错，他现在是一个管理者，处于网的第四层。"

木十问："一共多少层？"

女人摇头，她并不清楚："这张网很大，所以爬上去并不容易。"

"那我怎么能见到我哥哥？"木十很快就问了自己最关心的问题。

"等合适的时机，木十，插入组织内部不是那么容易的事情，生存也是，他一直不想把你牵扯进来，为了保护你。但是之前在你身上发生了太多的事情让他明白隐瞒对你来说并不是保护，所以他让我来找你。"女人一口气说了很多，然后她目光定定地看着木十，"但是还是看你自己的选择。如果你不想正式地牵扯进来，我会尽量保证你的安全，如果……"

"我愿意。"在女人说完之前她就开了口，木十没有一丝迟疑，在她看来既然已经牵扯进去就没有必要退缩，何况，站在那里的还有她的哥哥。

女人眼里有一丝欣赏，然后她从口袋里拿出一样东西抛给木十。

木十接过，是一个U盘，她抬头看着对方。

"这是你哥哥给你的，你看了就知道了。"女人突然把目光投向躺在地上的阮言希，"对了，你的小男朋友……"

木十耸耸肩："他还用说嘛。"对他来说这么有趣刺激的事情，他当然感兴趣。

这时窗外警笛大响，女人转头看向窗外不远处的灯光，最多还有几分钟警车就要到了。

"我该走了。"女人轻巧地跳到窗台上，回身又扔给木十一个东西，"这个给你，留作防身用。"

是一把刀，木十突然来了一句："谢谢，未来的嫂子。"

女人听了明显一愣，脸上露出一丝尴尬，转而却笑了："木十，小心凤因华。"几秒后，她看了一眼手上的通信设备："哦，不用了。"

"回见。"说完，她翻身而下，转眼就消失在夜色中。

木十把刀放进口袋里，转身想着，女人的话是在提醒自己，刚才张学珉能轻易进来就是因为凤因华，而现在当然不用小心了，因为他的任务既然完成了，谁还会留着他呢。

第三十三章 密室（6）

木十吐出一口气，当初留下凤因华是一个非常危险的举动，这点她和阮言希都非常清楚，但是他毕竟是自己父亲杀死的被害者的孩子，被自己母亲的死亡，被复仇的心理折磨了这么多年，所以木十想尽可能地改变他。

可是十几年的恨，到底不可能通过这么短的相处就消泯，所以，在这次这么大的诱惑面前，他还是选择了之前的那条路，复仇。

"啊呀。"一声呻吟声从她身后传来，木十一回头就看到阮言希捂着头睁开眼睛，在恢复清醒之后，他说的第一句话是："谁打的我的头！"

还是用吼的。木十这下放心了，都能吼了看来是没事了。

两分钟后，高凌尘带人冲了进来，看到的景象让他们呆站在门口，满脸黑线。

木十坐在阮言希的床上听到声音回头看他们，而在一边，一个全身上下除了一条内裤之外什么都没穿的男人被吊在窗口，他的身上、手臂上到处是文身，手臂上还有一道深可见骨的外伤。正是他们要抓的凶手，张学珉。

而阮言希戴着手套，站在他面前，手里拿着什么东西对着男人身上涂。

高凌尘反应过来，快步走向他："你在干什么？"

阮言希晃了晃他手里的弱酸溶液："帮他去文身啊。"

小洋房不远处的一个拐角处，穿着一身黑衣的女人站在那里，和黑夜几乎融为一体，她从口袋里掏出一盒烟，敲出一根来，然后把烟盒重新放了回去。

"啪嗒"，她点燃了烟。

她静静地看着警车的到来，之后又离开，自始至终没有吸一口烟。

灯光熄灭，她转身离去。

张学珉被带回了警局，当然在这之前先去了趟医院治疗。

阮言希和木十也一道回警局做了个笔录，因为阮言希当时一直处于昏迷中，所以他只是坐在一边补觉，全程都是木十在说。

木十说了大致的情况，当然把女人这一段去掉了，而是变成了："正好我身上带着一把刀。"

"你晚上睡觉还随身带把刀？"蒋齐听了不可思议地看着她。

木十面不改色："是啊，我现在身上还有一把刀。"

蒋齐彻底无语了，还两把刀！

接着木十十分简单地描述："然后我就把他砍了，砍晕了他，把他绑了起来，几分钟后你们就来了。"

蒋齐看向闭着眼睛的阮言希，抱怨道："那你等着我们来就好了，干吗还要给他去文身？"

"那你们早点儿来不就好了。"阮言希嘴上全是理。

一个小时后，警方接到一个电话，一个求救电话，是余小满打来的，警察很快就在一条小路上找到了惊慌失措、被关了近两天的她。

在医院做了详细的检查，确定她只是受到了惊吓，除此之外没有任何问题。

但是，从她口中警方并没有获得任何有用的信息，余小满那天被下了迷药，再醒来时就发现自己在一个阴暗的地下室里，每天都有人给自己提供饭菜和水，但她看不到他们的脸，也没有人和她说话，而今天，她醒过来时就发现自己在一条小路上，旁边放着一部手机，然后她就打电话报警了。

对方很谨慎，明显是之前就计划好的，没有给他们留下任何线索。

阮言希和木十被送回了家，木十拿钥匙开了门，一开灯，就看到了玄关处放在地上的一封信。

木十一眼就觉得这封信不对劲，信封上用一片玫瑰花封口，不用想就知道是谁给她的。

阮言希也看到了这封信，面色一沉，掏出手帕递给她。

木十弯腰用手帕把信封捡起来，对着灯光照了照，确定里面只有信纸后，换好拖鞋进到了客厅。

她把信封放在茶几上，然后想起了那个女人送给她的刀，她把刀从刀鞘中抽出。

"这个花纹……"阮言希一眼就看到了刀上的特殊花纹，"我们是不是见过一次？"

木十也吃惊："和那把刀上的花纹一模一样。"木十和阮言希想到的那把刀是第一次有人潜入他们家时，尤巫追出去后，在门外的地上找到的刀。

而现在哥哥身边的女人送的刀竟然和那把刀上的花纹一模一样，究竟是什么原因呢？

暂时把这些疑问放在脑后，木十用刀把信封割开，然后拿出信，她展开信，上面只有两行字。

亲爱的木十：

猫与鼠的游戏正式开始了，欢迎加入。这个游戏在没有结束之前，谁也不知道究竟谁是猫，谁又是鼠。

第三十四章　密室（7）

信的一角有一个署名：J．L．。

"原来这同样是他名字的缩写。"和木久临的缩写一样，阮言希斜睨着信封上的玫瑰花瓣，不屑道，"无聊的男人。"

木十倒是仔细看着花瓣："和之前送来的是同一品种的，说不定他种了一园子的玫瑰花。"她微微仰着头，想象了一下，还挺美的。

"那我预祝他有一天掉在玫瑰花丛里，被扎死。"

木十斜了他一眼："你吃醋了。"肯定的语气，还有些调侃的感觉。

木十瞥了他一眼，然后从口袋里拿出哥哥给自己的U盘压在他的嘴巴上，说："看这个。"

木十拿来电脑放在茶几上，开机后把U盘插了上去，里面只有一个文件夹，点开后，里面有几个子文件夹，第一个子文件夹叫网，里面只有一个文档，介绍了网这个组织。

这是一个庞大的犯罪集团，涉猎广泛，金融投资、医药病毒、走私贩毒、杀人抢劫，他们的人在每一个行业、每一个地区、每一个角落都存在着，就像是一张大网将所有地区都控制在内，他们做着一件件触犯法律的事情来使自己获得权力和利益。

正因为组织的人很多，他们有着严格的等级管理制度，从中心点向外散开，从制高点到底层，都有严格的划分。

每一个区域都有一个总管理者，而木十的哥哥秦天阳就是一名总管理者，同时他的下面又分为几个管理者，每一个部下手上都有多人供他派遣，他们就是底层，称之为棋子。

第一层和第二层因为直接参与到任务中，所以死亡率相对较高，而第三层以上的成员等级一般不轻易改变，除非死亡或者出现问题，那么就会从下一层

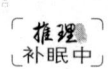

挑选一个人补上。

除了棋子之外,所有人的身份都是绝对保密的,都有独立的代号,并且除了直接上下属之外,不能和任何人联系。

相对比较简单的任务,一般来说都是由部下直接策划,由棋子来完成,而较难的任务则由管理者直接策划,交由部下和棋子来完成,他们通过内部加密网络联系分配和报告任务,从不见面,而总管理者并不参与策划,他只下发任务,他的工作就是保证所有人都在掌控之中,管理着他下面的网正常地运转。

而在总管理者之上有一个监视者,这就是网的第五层,监视者监控着每次任务和参与任务的每一个成员,如果有任何人出现问题,这个时候就会有另一种人出现,清理者,他们会根据监视者的指令来处理失败的任务和出问题的人,就像上次的车祸事件,还有凤因华的死亡,在这个网中,他显然就是一枚棋子,最后的下场就是被捏碎。

这个组织如今它已经渗透到了各个层面,已经不可能一下子击破,特别是对它的存在外界丝毫不知道,所以秦天阳才会选择加入组织,从内攻破。

第二个子文件夹的名字是英文加数字:DOO23。里面一共有两个文档,分别是两个管理者的资料,但是没有照片、没有名字,有的只是他们的代号和他们策划的所有行动。

第三个文件夹:DOO23048

编号:DOO23048

行动:刺杀任务。

对象:代号"Leach",军火贩。

策划者:红唇。

执行日期:2月28日。

这显示的就是他们近期要执行的任务,阮言希看完后道:"看来这是还没执行的任务,还有十天的时间。"而代号为红唇的人就是秦天阳下面其中一个管理者。木十点点头,然后打开了最后一个文件夹,这是一个程序软件,安装后,电脑却突然黑屏了。

阮言希看了纳闷了:"怎么回事?中病毒了?"

"这是我哥做的软件,通信软件。"木十原本毫无起伏的声音有些轻微的颤抖和几分期待,话音刚落,黑屏上突然跳出了一个对话框。

第三十四章 客室（7）

是否连接？

木十毫不犹豫，点了是。一秒后，屏幕亮了。

牵挂了一年多，寻找了一年多的那个人的脸终于出现在屏幕上，与一年前相比并没有太多的变化，只是更加消瘦了些，原来冷峻的脸在看到木十之后显得柔和了很多，他的嘴角带着笑，低沉的声音叫着那个亲昵的名字。

"小木头。""哥。"

这是一年多来木十和自己哥哥的第一次通话，阮言希不想打扰他们，便从沙发上下来去了厨房。倒了两杯水出来，就听到木十在叫自己。

阮言希拿着水杯走了过去，木十拍拍旁边的位置让他坐下来，他刚坐好，木十就对秦天阳道："哥，他就是阮言希。"

"你好。"阮言希首先开口。

秦天阳把视线在他身上停留了几秒后点了下头，随即又移向木十："小木头，我给你的资料你都看了吗？"

木十小幅度地点了点头："都看完了，哥，你是总管理者？"

"DOO23区的总管理者，你应该看到了一项刺杀任务，是在2月28日行动，目标是一个代号为Leach的军火贩，他在国内外走私军火，没有人知道他的真实姓名，只知道他是一个中国人。他之前一直在国外活动，最近回国，只有最近两周停留在S市，2月28日之后他又会出国，所以最晚的刺杀时间就是28日。"

阮言希一边听着秦天阳的说明，一边观察他所在的地方，从视频中可以看出，秦天阳在一个房间里，虽然限制了他的行动，但是可以看出房间的环境非常不错。他的身后是一个书架，却并不高，即使坐在椅子上也可以直接取到，然后在画面的最右下角，阮言希突然看到了一样东西的一部分，即使是一部分，但他还是马上认出了这样东西，他心中一震，为什么会有这个东西？

可表面上他还是镇定地问："那他的具体位置呢？"

秦天阳很严肃地回答他："这项任务最难的就是搞清楚他所在的位置，他隐蔽得极好，现在没有人知道他在哪里，组织也是在他到达S市后的第三天才得到的消息。"

木十显然没有注意到那样东西："Leach可是警方一直通缉的对象，为何这次他会冒险回国？"

秦天阳说："他回国带着一大批的军火，可能是进行一项交易，而这批军火正是组织想要得到的。"

"所以才要刺杀他，可要刺杀一个军火贩不是一件容易的事，我看到上面的策划者只有一个人，其他的区域还有人也在执行相同的任务？"阮言希又将腿盘了起来，眼睛时不时地瞥向那件东西。

秦天阳点头道："是的，这次任务很重大，所以S市的几个区域都参加了，每个区域都派出一队人，执行这项任务。"

木十想了想："这也给我们提供了一个机会，可以趁此机会找到很多组织的成员。"

秦天阳也知道这次任务是一个好时机，如果警方能在那里设下埋伏，可以削弱组织的一部分力量："前提是你们要比组织中任何一队人都先找到Leach的位置。"

阮言希双手抱胸，语气显得轻松："嗯，好在我们有十天的时间。"

"你们要小心，千万不能单独行动，警方那里也不能相信太多的人，但是你们一起合作的高凌尘可以相信。"这次行动太危险了，秦天阳不想木十和阮言希因此受到任何伤害。

"哥，我知道。"

断开了通信，秦天阳看了一会儿自己妹妹最后定格的画面才把软件关掉，之后做好了一切措施防止别人追踪到，他关上了电脑，双手放在轮椅的车轮上，他转动着车轮，往后倒了几步，然后转了一个角度，接着向门口慢慢驶去。

第三十五章　军火贩（1）

"等等，你们让我消化一下，就是说有一个不为人知的神秘而庞大的犯罪组织，散布在我们的周围，杀人、走私、扰乱经济……这是真的？"蒋齐一脸迷茫，觉得自己像是在听书。

"难道我的口气像是在说小说？"阮言希反问了一句，然后双手一合，自顾自地道，"好了，消化时间结束，组织现在要找Leach，我想你们应该对这个人不陌生吧。"

对于此人高凌尘当然不陌生，他两手交握放在桌子上，人坐得笔直："国内最大的军火贩，一直是我们的通缉对象，可他的活动范围一直是在国外。"

而坐在他对面的阮言希整个人都软趴趴地靠在椅子上，怎么舒服就怎么坐："没错，但是他现在已经回国了，携带着大量的军火武器，并且会在S市停留到28日，在这段时间会进行一次军火交易，我想就会在28日那一天，交易结束，然后……"阮言希摆了摆双手："再见。"

坐在阮言希旁边的木十补充道："这是一个非常好的机会，这次组织会派出S市的所有队伍去刺杀Leach，如果我们能找到Leach，也可以借此机会瓦解一部分组织的力量。"

高凌尘知道，这当然是最理想化的结局了，但是……他眉头紧拧着，语气严肃："Leach一直是我们通缉的头号军火贩，特案一队这几年一直在调查他的行踪，可他的行踪太隐蔽，交易时从来不轻易露面，找到他并非易事。"

阮言希双手交叉相握，微微歪着头："想要找到他不容易，可别忘了我们现在还有一个人。"说话时，他的眼里有着一抹自信。

高凌尘问："谁？"

阮言希伸出手指点了点木十的嘴唇："这次刺杀行动的策划者之一——红唇，同样在找Leach的人。"

木十一手拍开他的手指。

蒋齐无语地看着阮言希的奇怪动作，然后才想到他刚才说的话，不免有些疑惑："可不过就是一个代号，除此之外我们对她一无所知，怎么找到她？"

阮言希可不这么认为："正因为我们有一个代号，一个中文代号可远比一个英文代号包含的信息要多得多。"

"就一个代号可以看出什么信息？"蒋齐当然不会相信。

面对蒋齐的质疑，阮言希身体前倾看着他道："那来做个实验好了，蒋齐，我要你现在为自己想一个代号，给你三秒的时间，想好之后不要说出来。"

蒋齐听了还真去想了："呃，想好了。"

阮言希身体向后一靠，慢悠悠地开口道："你想的代号是两个字。"

蒋齐的瞳孔微微放大，到底还是忍着没出声。

"而且是你QQ的昵称。"看着蒋齐控制不住的震惊表情，阮言希打了个响指，"谢谢你完美的吃惊表情证实了我的观点。你下一句是不是要问我怎么知道的？"

果然蒋齐下一秒惊呼出口："天哪！你是怎么猜到的？"

阮言希不满他的措辞，微微拧起眉头纠正他："我不是在猜，而是在推理，任何事情都是有因果关系的，所有特定的因素导致的结论往往就是最接近事实的，你刚才会想出那个代号，因为这个事件是突然发生的，而我只给了你很短的思考时间，而像你这样脑子转动比较慢的人，这么短的时间你能想出什么来呢？只可能是你非常熟悉的词语，你是一名警察，在想代号的时候肯定会避免和自己的工作相关，因为会暴露你的身份，所以肯定来自生活中，而你又是一个不愿意花时间去记东西的人，所以我敢肯定你的QQ、论坛还有游戏的昵称都是同一个。"

蒋齐显然已经被他的一大串言论说蒙了，微张着嘴巴看着他，被看着的阮言希显然还觉得刺激不够，继续道："对了，我建议你还是尽快换一下你的银行卡密码。"

"你连我银行卡密码都知道了？"蒋齐此时已经像看见鬼一样地看着他了。

阮言希摇摇头："你家里电话号码的前六位，太不安全了。"

天哪，我觉得最不安全的就是你，蒋齐在心里吐槽："行，我回去就把密码改掉。"

第三十五章 军火贩（1）

下一秒接着说："然后改成你女朋友的生日？"

蒋齐脸都憋红了，他怎么都能知道？他决定自暴自弃了："好吧，所以我们要找的是一个QQ昵称叫红唇的人？"

"你以为谁都和你一样？"阮言希斜睨他一眼，"我们要找的是一个女人，而且是一个女强人，她有一份不错的职业，而且是领导者。"

蒋齐把问题抛给他："S市女性这么多，成功女性也很多，这要怎么排查？"

阮言希耸耸肩："当然不止这些，别忘了我们有她之前一年所有参与的行动。分析之后自然可以得到我们想要的信息。"

高凌尘听后道："好，那你们研究红唇这个人，我去联系特案一队，这个案子要移交给他们。"

虽然高凌尘给他们提供了一个休息室，但是阮言希还是坚持要回家去："被这么多人包围着，会严重干扰到我的思考。"

回到家，阮言希和木十见到了前两天一直外出不在家的尤巫。

阮言希换好拖鞋，手插在口袋里，一挑眉，阴阳怪气地对尤巫道："哦，尤巫先生你回来了啊。"

不过几天没见，怎么突然对他变了一个态度，尤巫一下子捉摸不透他话里的意思，只能求助地看着走在后面的木十，谁料木十只顾着逗怀里的辛巴，对他投去的目光接都不接。

于是只能开口："阮言希，怎么了？"

阮言希一步一步走到他面前，冷着脸道："尤巫先生，不用和我们装傻了吧，我们已经知道你的身份了。"

阮言希的质问让尤巫明显一愣："什么？什么身份？"

"组织的一员，DOO14区管理者，代号：驯兽师。"木十抱着辛巴在一旁冷冷地道。

阮言希说："啧啧，真是贴切的代号。"

尤巫听了冷汗都快下来了，难道自己的身份被组织察觉了？他面色慌张起来："不是不是，我才两天不在，怎么一下子变成组织的一员了？"

阮言希步步紧逼："那你觉得我们是怎么知道你的这个身份的？你真应该给你的电脑设一个比较难推断出来的密码，这样我不会一下子就进去了。"

"我真不是什么组织的人！"尤巫彻底慌了，这样看来一定是有人在自己电脑上动了手脚，让阮言希他们认为自己就是组织的成员。

阮言希对尤巫的辩解丝毫不理睬，对他道："坦白吧，你住在我们家里有什么目的，哦，我知道了，显而易见不是嘛，你是在监视我们，想看我们对组织了解多少，说不定还可以找个机会灭了我们。"

"哦，天哪，我可被冤死了，我不是组织的人，而且我在你们身边不是监视你们，是在保护你们。"

阮言希扬了扬下巴，示意他继续说。

到了这种地步，尤巫只能坦白了："好吧，我对你们是有所隐瞒，木十，我认识你哥哥，当然不是在国外那次，是在这之前，国外那次我见的的确就是凤因华，而且我那时候就知道他是假冒的了，所以我回国后才会来你家，为了监视他，保护你们。你们要相信我啊，木十，你可以去问你哥哥啊！我说的都是实话，什么代号，驯兽师都跟我一点儿关系也没有！"

原本一脸严肃的阮言希别过脸，忍着笑看向木十："木十，你觉得他刚才的表情怎么样？"

木十也忍着笑，一本正经地道："迷茫不解、震惊恐慌、极力辩解，表情相当真挚。"

尤巫看到他们的表情傻眼了："什么情况？你们已经知道了是不是？"

阮言希彻底笑出了声："哦，不用太伤感，毕竟你也瞒了我们很久了。"

被耍了！尤巫懊恼地抚额："所以你刚才是在套我的话呢，什么D0014，驯兽师……我居然……"

本来因为被隐瞒而不快的阮言希看到尤巫是一脸郁闷的表情，心情大好。

五分钟后。

"为什么我要坐在地上？"尤巫不舒服地动了动腿，看向阮言希。

"因为这是最舒服的姿势，能让我的大脑更加快速地运转。"阮言希说着，还在小幅度地转动着手指。

尤巫还是不解："那为什么我也要坐在地上？"

阮言希说："因为这样交流起来方便，你坐在椅子上，我就要仰视你。我坐在桌子上，你坐在椅子上，我要俯视你，太不舒服了。"

见他们为了姿势的问题谈论了半天，木十打断他们："两位先生，我们可

第三十五章 军火贩（1）

以开始了吗？"

阮言希爽快地结束了这个话题："红唇在一年前只是一枚棋子，而在半个月后，马上就上升到了第二层，接下来一个月后，又升到了第三层，这个速度不会过快了吗？"

木十偏头看他："这两个被红唇取代的人都是死于任务，你觉得是红唇设计杀了他们？"

阮言希对上她的眼睛："不能排除这个可能性不是吗？毕竟如果她的上一级死亡，那么她就有机会接替他的位置。"

尤巫觉得有道理："既然是在任务中死亡的，那我们就查查这两次任务。"他翻着手上的资料："找到了，第一个任务是一个刺杀任务，对象是一个证券公司的一位高级管理人员，第二个……也是一个刺杀任务，是一个黑帮老大。"

阮言希用手敲着地面，看着这次行动的资料："黑帮老大？老K，我有印象了，当时是两个帮派混战，然后一方的老大被砍死了，没想到原来是一场有组织的谋杀啊。"

木十说："这次混战中一共死了十二个人，就是说当时的管理者蛇头也在混战中死了。"

尤巫察觉出了里面的问题："可是管理者都是负责策划，并不会直接参与执行，为什么他会出现在那里？"

木十思忖了一下道："也许他本来就是帮派里的人。"

阮言希用手弹了一下纸，抬起头看着两个人："而且当时有个警察潜伏在与老K对立的这个帮派中，他也死了。"

木十伸手抬了抬眼镜："你怀疑这个卧底警察就是组织里的一名管理员？也就是红唇以前的上级蛇头？"

阮言希用手撑着头："考虑到蛇头在他还不是管理员时执行的一些任务与他卧底的身份有着千丝万缕的联系，我想我们不能排除这种可能性。"

"好吧。"尤巫想了想，"即使我们现在可能已经查到了蛇头的真实身份，又怎么找到红唇呢？"

阮言希摆了摆手指："别忘了，红唇直接参与了这场刺杀行动，也就是说她可能隐藏在这两个帮派之中，当然更有可能是在与老K对立的那个帮派，所以如果有人恰巧看到过她呢？"

尤巫说："所以你要让警察去找黑帮的人？"

阮言希手腕一转，调侃了一句："然后让他们各自展示一下自己的实力？"

"不然呢？"话一出口，尤巫突然想到了什么，"哦，不是吧，难道你打算自己去？"

"当然不是，我们一起去。"阮言希怕没说清楚，又补充了一句，"我、木十还有你。"

"我也要去？"尤巫转念一想也不放心让他们两个单独去，可是，这毕竟是黑帮的领地，进去了一个不小心……他咽了下口水，道："那我是不是应该带上小可爱？"

阮言希站起来，把不知道什么时候拿来的车钥匙抛给尤巫："我想他们大概没有兴趣欣赏表演，所以你只要带上车钥匙就行了。"

于是，在阮言希的指路下，他们很快就到了一个小巷，小巷的两边是有些古老的居民区，简陋但看上去还算祥和，最起码尤巫看不出来这里和黑帮有什么关系。

尤巫怎么看怎么觉得这里就是一个普通的居民区："你确定就是这里？"

"难不成你以为黑帮住的地方门口挂着一个大牌子写着'黑帮'两个字吗？"阮言希一指前方，"看到那个店了吗？有一个男人从里面走出来。"

尤巫回答："看到了，一家杂货铺。"

"没错，这的确是一家杂货铺，但只是它一楼的模样，下车吧，幸运的是他们没有换据点。"

尤巫从他的话里抓到了重点："这么说你不是第一次来这里？"

阮言希口气随意："之前也是为了一个案子，他们前任帮派老大被人谋杀，结果大家都以为凶手就是那个下一任接班人，然后我帮他们找到了凶手，并且让现任老大洗脱了嫌疑。"

"原来你还是这个黑帮老大的恩人。"尤巫听完松了口气，发现之前的担心完全没有必要，这样想着又发现了一个问题，"那你为什么不早说？"

阮言希转过头看向他，表情严肃，然后道："因为你没问。"

尤巫想自己刚才居然会以为阮言希真的给出一个合理的解释。

三个人走到那个杂货铺门口，店里的店员看着他们，然后从桌子上拿起一

第三十五章 军火版（1）

部智能手机，按了几下，举起手机，又看着阮言希，似乎在确定他的身份，接着他收起手机，从柜台上拿出一张扑克牌递给他："阮先生，您的牌。"

阮言希拿过这张扑克牌，然后转身继续往里走。

那店员看阮言希什么都没问，自己说了一句："老大在底楼。"

阮言希没吭声，熟门熟路地找到店里的一扇门，打开门后，是一道楼梯，楼下嘈杂的声音也传了上来。

地下一层是娱乐场所，打牌，搓麻将，打桌球，甚至还有玩象棋的，里面有男有女，有老有少，看着就像是普通的棋牌室一样。

三个人穿梭在里面，其他人像是没看到他们三个人一样，连头都没有抬，似乎毫不在意，完全沉浸在自己的双手运动中。

阮言希又走到一扇门前，这次门口有两名彪形大汉拦着，示意他们出示身份证明，也就是那张扑克牌，阮言希手一抬，给他们看了一眼，两名大汉就给他们让了道，并打开了那扇门。

又是一条楼梯，身后的门被重新关上，尤巫问阮言希："这里一共有多少层？"

"一共地下四层。"

走下楼梯，就可以看到地下第二层的全部景象，这是一个酒吧，和外面的酒吧一样，却更加疯狂，昏暗的灯光，激昂的音乐，各种酒，还有热舞，这是年轻人寻找刺激的场所，但是来的三个人明显对这个地方不感兴趣，最不舒服的就是阮言希，他用手指揩着耳朵，里面的烟味还有酒味让他不舒服地皱起眉头，他的脚步明显加快，直直往里走。

偏偏这时，一个穿着暴露化着浓妆的女人挡在他面前，手里拿着一杯红色鸡尾酒，颜色倒是和她血红色的嘴唇一样。

"这位先生，有些眼熟啊，我们之前是不是在什么地方见过面哪？"非常恶俗的搭话方式，但对方也算是个美女。

可惜的是阮言希没有欣赏美的眼睛和心情，况且对方还挡了他的道，于是他冷冷地看了过去，然后语气很硬地道："我会觉得眼熟的人，一是我不讨厌的人，二是尸体，显然你两个都不是。"

"你！"女人没想到阮言希会这么说话，简直就是在羞辱自己，正要发飙，就被旁边的一个男人厉声拦下了："眼瞎了吗？这是老大的客人。"

那个女人一愣,之后一声不响地扭头走了。

在这段插曲之后,三个人顺利地到了地下三层。

这是一个大型赌场,门口的穿着西服的男人见到阮言希就迎了上去:"阮先生,老大在楼下,只能您一个人下去,您的朋友可以在这里玩一会儿。"

阮言希这次倒是没和他争论,另一个男人带着他往楼下的入口处走去。

反正等着也是等着,木十和尤巫决定玩一会儿,尤巫想反正输了钱都算在人家老大身上。

所以等阮言希回来的时候,就看到尤巫站在木十旁边,而木十已经赢了一笔可观的"零用钱"了。

木十也看到了阮言希:"好了?"

阮言希点点头,然后甩了甩手:"没事,你继续玩。"

尤巫总有种他们会进黑名单的感觉。

从杂货铺里面出来,上了车,木十问阮言希:"查到什么了?"

阮言希弯了嘴角,身体放松地靠在座椅上:"知道了一条非常有趣的线索。"

尤巫扭头问:"什么?"

"红唇和蛇头是一对恋人。"他缓缓道,"蛇头或许很聪明,但他这辈子最大的失败就是把一个想要踩着他上位的女人当作自己的爱人。"

第三十六章 军火贩（2）

阮言希说完后拿出手机，正巧这时手机响了。

他接起电话，不等对方说话，就先说了一长串："高凌尘，正想给你打电话，我们现在有了不小的收获，所以我们现在要去徐海的家里，如果你没有印象的话，我可以告诉你他是一名卧底警察，而且和我们的红……"

高凌尘打断他，说了打电话的原因："阮言希，我刚和特案一队的队长沟通过，他们也在昨天接到了一个线人的告知，得知了 Leach 到达 S 市的消息，所以这个案子现在全权归他们处理，我不能参与。"

阮言希听了眉头一紧："所以呢？"

高凌尘继续道："我向他们推荐了你，所以你还是可以作为他们队此次案子的顾问，继续协助他们找到 Leach 的行踪。"

阮言希毫不犹豫："不用了。"说完就直接挂了电话。

木十看他表情不对，就问他："怎么了？"

阮言希把高凌尘的话重复了一遍。

尤巫想到阮言希最后一句明显是拒绝的话，疑惑道："所以你不准备继续查了？"

阮言希收了手机，抬眼看他："当然不是，我们自己查。"

"阮言希，你很抗拒和特案一队合作，这是为什么？"木十的在意点在这里。

阮言希撇撇嘴："因为我不喜欢和不熟悉的人合作。"

木十直接戳穿他："理由不通，你和高凌尘合作得很好，显然一开始的时候你们也是不熟悉的。"

阮言希耸耸肩，语速变快："因为在几年之前我和他们合作过，为了抓一个毒枭，非常不愉快的合作，我一开始就和他们说了他们要抓的是一个女毒枭，可他们坚决否定了我的推断，然后用了两倍的时间和人力，最后抓到了一个女的，唯一值得庆幸的就是他们没有认为这个毒枭变性过。"说到最后他嘲讽地笑了一声。

尤巫听了点点头："哦，原来是这样。"照阮言希的性格，怎么可能会再次协助他们？

阮言希扬着下巴，语气傲慢："所以我为什么要和完全不会认可我的推断的队伍合作？"

木十明白阮言希的想法，如果是高凌尘的队伍和特案一队合作，那么作为顾问的他的意见就会由高凌尘转述，这样特案一队或许就会重视，而如今让他一人去协助，说不定就会碰到和之前类似的遭遇。

没了警察的帮助，他们还怎么查？尤巫这么想着，便把疑惑问了出来："那现在我们怎么办？"

阮言希说："当然是去徐海的家里。"

尤巫说："可我们怎么进去啊？"

木十说："我带了工具。"

尤巫无话可说，你们也太明目张胆了吧。

徐海死亡的那年他三十岁，他的父母在几年前就已经相继去世，之前他是缉毒队的一名队员，在两年前进入黑帮卧底。

徐海独自住在一套两室一厅的房子里，他没有什么朋友和亲戚，所以这套房子还是保持着他去世前的状态，除了多了些灰尘。

阮言希一定要到徐海家里，有他的理由，组织是不允许上下级之间有过多的接触，所以他们的关系绝对是保密的，他们不可能在外面约会，见面的地方只可能是在这里。

所以这里可能会有关于红唇的线索。

木十很轻松地开了门，三人走了进去，阮言希和木十在房子里转了一圈，简单地翻找了一下房子里的东西。

尤巫在客厅里转了转，不一会儿阮言希和木十又走回了客厅，木十对他们道："徐海所有的东西都在这里，他的手机在帮派斗争的时候摔坏了，但是我没有看到电脑。"

尤巫说："可能他没有电脑？"

木十摇头，否定了这种可能性："我查到了他网上交易的记录，他买过一台电脑。"

尤巫双手抱胸想了想，继续猜测："或许是被人拿走了？可能就是组织的人，他死了之后，怕他的电脑里存在一些资料信息，于是就销毁了。"这显然是一种很合理的解释。

"或者他留了一个心眼，藏在了某个地方。"阮言希右手摸着下巴，在客厅里小范围地来回走了几步，先是低头后又抬头，"如果他要藏在这所房子里，他会放在哪里呢？"声音很轻，就像是在自言自语。

两人都没有打扰他，阮言希往卧室走去："他是一个很谨慎的人，有一样东西要保存好，这件东西对他非常重要，他没有书房，所以他可能把这个东西带进了卧室，每天睡觉前都要看一眼，所以一定离床很近，是够得到的地方。"阮言希说着脱了鞋子躺在床上，头枕着枕头，他抬起手敲了敲床头上的木板，是空心的。

然后，阮言希闭着眼睛，手在四周摸着，他的右手在床头柜和床之间的缝隙里慢慢从里往外移动，然后继续向外，碰到了床边，他的身体更加往边上靠去，手也随之往床下更深处伸去，一点儿一点儿地摸索，很快，他的手停住了。

"咔嗒"，很轻的声音，之后床头的木板里同样发出一个声响，似乎是什么东西开启的声音。

阮言希的左手向后伸去，再次碰触那块木板，从下往上一推，就出现了一个暗格。

木十走到床边，便看到了里面的东西，不是他们所预计的电脑，而是一张有些硬度的白色纸片，她伸出手从暗格里拿了出来，反过来一看，这才发现这其实是一张照片。

阮言希从床上坐起来，一同看着这张照片。

照片中一共有两个人，左边的男人就是这所房子的主人。

尤巫也凑过去看："这个男的就是徐海吧，这个女人不会就是红唇吧？"

一个陌生的女人，看上去二十七八岁的模样，穿着一身休闲装，从他们身后的背景可以看出拍摄的地点就在这间房间里。

木十说："阮言希，我想我们现在很有必要和特案一队合作了。"

"为什么？"尤巫不解，怎么看到一张照片，就一定要和特案一队合作了？

木十解释道："特案一队现在的副队长就是照片上这个女的。"之前木十查过特案一队的资料，所以一眼就认了出来。

尤巫觉得这个信息量有点儿大了，他抬高了声音："所以，特案一队的副队长和徐海是情侣关系，而她就是红唇？"

木十点头。

"天，红唇居然是警察？"他感慨了一番，然后问，"那我们现在怎么办？"

"就像木十说的，既然特案一队的副队长就是红唇，那我们就有必要和他们合作了。"阮言希从床上下来，拿出手机给高凌尘打了电话，电话接通后，他直接道："高凌尘，我反悔了，我可以协助特案一队抓Leach。"

这么快的转变，高凌尘的直觉认定一定有什么原因："原因？"

"我找到红唇了。"

阮言希是时隔几年之后第二次来到特案一队的办公室，因为高凌尘已经和特案队长面谈过阮言希要来协助的事情，所以他和木十到那里的时候，队里的人只是抬头看了他们一眼就继续忙自己的调查了。

队长潘飞手里拿着资料从档案室走入办公室，一进门就看到了舒适地坐在椅子上的阮言希和他身边戴着眼镜的姑娘，并不是之前的元小姐。

听到他走进去的声音，原本正在和那个姑娘说话的阮言希扬起下巴看向他，有些傲慢的眼神，和几年前一模一样，唯一的变化就是旁边的助理换了一个人。

潘飞走上前去，和他打了招呼："阮言希，又见面了。"

阮言希对他点了下头，然后伸手指了一下旁边的木十，和他介绍："潘队长，这是木十，我的助理。"

潘队长和木十相互点了下头，算是打了招呼。

潘飞带着两个人往里走："高队长应该和你们说过了吧，我们已经从线人那里得到了Leach到S市的消息，来进行军火交易，现在我们基本锁定了几个目标点，正在逐一进行排查，所以……阮言希，有什么问题吗？"他看阮言希一直在四处张望，一点儿也没有把注意力放在他这里，不免觉得有些奇怪。

阮言希直接问："你们队的副队长呢？"

潘飞皱了眉："副队？你找她有什么事吗？"

阮言希随口道："上次合作的时候副队并不是她，所以想见一见。"

他居然会关注这个？潘飞觉得很奇怪，他不是除了案子之外根本不会关注任何事情的吗？虽然心里有了疑问，但毕竟不好问出来，于是潘飞只是道："她应该在办公室。"

第三十六章 军火库（2）

一个队员听到他们的对话，抬头对潘飞道："队长，邵队她刚才出去了。"

"哦。"阮言希缓缓点了点头，然后偏头给木十使了一个眼色。木十垂下眼走了出去，拨通了秦翼的手机："喂，阿翼，帮我锁定一部手机的位置。"

木十再回来时，明显脚步有些急，她走到阮言希的旁边，带来的是一个惊人的消息："红唇可能已经找到 Leach 了。"

潘飞手里握着方向盘，通过车里的后视镜瞥了一眼坐在后面的阮言希，刚才在办公室，阮言希突然告诉了他 Leach 现在的方位，他甚至不知道阮言希是怎么得知的，但上次的合作让他明白，这个人口中的话与事实几乎一致。

他的视线收回，又回到自己的手机上，刚才在办公室听到阮言希的话之后，他马上就打电话去通知邵洁云，可阮言希却直接道："不用打了，你打不通的。"

结果果然是无信号。阮言希怎么连这个都知道，还有他刚才特意问了邵洁云，这之间有什么关系吗？他看着前方的路况，赶紧收起这些疑问，现在找到 Leach 才是最关键的。

很快，他们就赶到了阮言希说的位置，一家废弃的工厂，看过去除了他们没有其他人。

潘飞回头看阮言希，希望他能给个说法："你说 Leach 在这里？这里可什么都没有。"

阮言希指了指下面："在地下。"木十让秦翼定位了红唇的手机，找到了这个位置，但很快，就无法跟踪了，因为没有了信号，只有一个原因，红唇到了地下："所以我们要找到这个入口。"

潘飞听了之后有些将信将疑："你怎么知道的？"

红唇既然已找了 Leach，那可能其他的人也已经到了那里："时间很紧张，现在……"

"轰砰！"

震耳的声音从前方传来，原本平坦的地面瞬间被炸开，大块的石板掀起，飞速地飞向四周。

"砰！砰！"

一声连着一声，就像是连锁反应一般，由远及近向这里炸来，仿佛要把整片地全都炸毁，火光、浓烟、碎石，夹带着热浪向周围的人涌去，所有的人在瞬间都被掀翻在地。

浓烟滚滚，就像是一幅恢宏壮丽的画。

当爆炸平息，一辆黑色的车缓缓驶离了这片地方。

后座上坐着一个男人，他低着头，注视着枕在他腿上的人，神情专注，眼睛里带着抹不去的柔情，他手里拿着一块干净的白色毛巾，轻轻地在她的脸上擦拭着，一点儿一点儿地擦去，直到她的脸上看不到任何灰黑。

他倾身向前，更靠近了她一些，从额头，到眼睛，到鼻子，到嘴唇，他一点儿一点儿地看过去，仿佛怎么看也看不厌，他漆黑的瞳仁里带着浓浓的暖意，很久之后，他伸出手小心翼翼地去触碰她的脸，犹豫了一会儿，最后却只挑起了她的一束头发，慢慢靠近自己的嘴唇。

他闭上眼睛，吻了上去。

第三十七章 爱与玫瑰（1）

我们究竟怎样才能克制住那一份爱欲。

木十缓缓地睁开了眼睛，入目的是白色的天花板和一盏精致的吊灯，脑子里放空了几秒，她才回想起昏迷前那一刻的爆炸，剧烈的爆炸。

阮言希，她最后看到的是他的脸，下一刻就被他护在身下，可现在，他在哪里？而她，又是在什么地方？

她躺在床上环顾整个房间，一个宽敞的房间，右边是纯白的家具，而左边是窗户，淡黄色的窗帘把窗户完全遮掩，但还是有淡淡的光线透射进来。

这不是医院，不是病房，自己是在一所房子里，但不是她熟悉的小洋房，她慢慢地坐了起来，床头柜上放着一个杯子，里面盛着三分之二的水，还是温的，而它的旁边，放着一个花瓶，上面插着一束鲜艳的红玫瑰，像是新摘下来的，花瓣上还可以看到露水。

红玫瑰。

她的心里一紧，闭上眼睛，叹了口气，复又睁开，总得弄清楚现在的状况。

这么想着，木十把腿垂在床边，地上放着一双软软的拖鞋，兔子拖鞋，还有两只兔子耳朵，她把脚放进去，而后从床上站起来。

身体没有任何不适，除了口渴还有肚子饿，她的视线回到床头柜上，伸手拿起那个杯子，凑到鼻子前闻了闻，最后抿了一口水。

放下杯子，她走到窗前拉开窗帘，阳光完全照射进来，她微微眯起眼睛，适应了光线后，看到了外面的景象。

一个大花园，入目的是一片花海，红色、黄色、粉色，各种品种，各种颜色的花，花园的中间是一个白色的亭子，向前望去，一片开阔，再也看不到其他高耸的建筑，当然还有人。

木十现在唯一能得出的判断就是自己所在的是一个很僻静的地方，这个房间处于这栋建筑物的一层。

观察完窗外后,木十又走到房间的另一边,大衣柜里整整齐齐地挂着各式各样女人的衣服,每一个季节的都放在一个衣柜里,都是崭新的,连标牌都没有拿掉,打开里面的一个抽屉,里面甚至放着内衣,木十看后愣了一下,马上把它推进去。

等到房间里再无可发现的东西,木十走到房间的门口,手放在把手上。

门并没有被锁住,所以一下子就打开了,发出"吱啦"的声音。

面前是长长的走廊,这个房间似乎位于最角落的位置,走廊的两边还有几间房间,墙壁上挂着一幅幅油画,皆是名画。

踩着拖鞋一路走过去,光线也越来越亮,一个宽敞的客厅就出现在她的面前。右侧是一面全玻璃的弧形墙面,太阳直射下来,让整个客厅都处在光照之下,冬日的阳光并不强烈,只是带来了暖意。

木十继续往前走,耳边听到了一些细碎的声响,她转身往左边走去,拐过一个转角后,她看到了声音的来源。

一个穿着围裙的男人站在开放式的厨房里,修长的手指握着刀,另一只手按着红色的小番茄,一刀切下,番茄变成了两半,接着他又拿了一个,重复着同样的动作,平稳而细致。

淡淡的阳光洒在他的身上,浅黑色的头发泛着金色,他的皮肤很白,带着一丝亮泽,低着头切着东西,神情柔和而专注。

木十看着他的侧面,没有动,也没有说话。

画面就像是定格了一般。

似乎是感受到了注视,他缓缓地转过头,在看到木十的那一刻,脸上的表情鲜活起来,嘴角带着暖暖的笑,他开口,声音低柔:"你醒了?在那里坐一会儿吧,早饭马上就好。"

这句话是那么自然,就像是两个互相熟悉的人,可木十却从没有见过他,不,是见过却从来没有注意到。

说完这句话,他低下头继续忙碌起来。

知道现在他不会回答任何问题,木十走过去坐在了餐桌前,然后抬头继续看着他。

她又想到了阮言希,很显然他不在这里,他应该是安全的,她这样想着。

第三十七章　爱与玫瑰（1）

没有案子的时候，在小洋房，她经常会看着阮言希做菜，也是同样的专注的表情，她回忆着，眼角都染上了笑意。

"好了，吃早饭吧。"低柔的声音打断了她的回忆，她抬头和他对视，却看到了他眼里一闪而过的冷意，迎上她的目光后又恢复了之前的样子。

她不动声色地避开了他的目光，垂眼看着餐桌上已经摆好的早饭。

他在木十对面坐了下来，视线仍旧放在她的脸上，看到她没有动，便又开口道："不吃吗？是不是不合你的胃口？"他问得小心翼翼。

木十淡淡道："我只是不习惯在陌生人面前吃东西。"

"陌生人。"他低声说着这三个字，神色有些受伤。

木十道："我连你的名字都不知道。"

"君临，木君临。"他慢慢念出自己的名字，仿佛希望木十牢牢地记住他，"现在可以吃早饭了吗？你已经有一段时间没有进食了。"

听出了他语气中的恳求，她越发觉得眼前这个男人和她想象中的父亲的养子不一样，太不一样了，用阮言希的话来描述，他是一个内心扭曲的变态，可她看到的却是一个温柔、小心翼翼讨好她的邻家大男孩。

但她还是拿起勺子，因为她实在太饿了，她喝了一口粥，不得不说比阮言希做得还好吃。

"味道怎么样？"他用期待的眼神看着她。

木十点点头，虽然味道不错，但是被看着吃饭真是不太舒服。

"那多吃点儿。"他温柔地道，嘴角扬起，似乎心情很好，也拿起勺子开始喝粥。

接下来的早饭吃得无比安静，两个人都没再说话，木十吃饱后就放下了勺子，拿旁边的湿巾擦了擦嘴。

看到木十的动作，他问："吃饱了吗？"

木十点头。

然后她看到木君临起身，收拾着餐桌，把碗筷放到洗碗机里，然后转身走了过来："我带你参观一下这里吧。"

木十不动："然后呢，你准备什么时候让我走？"

他的笑容一滞，满是不解："这里不舒服吗？"

木十直视他的目光，语气有些冷淡："这里不是我的家，而且有人在等着我。"

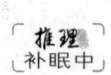

他低着头,手微微捏紧,表情隐藏在阴影下,虽然看不清楚,但木十仍然感觉到因为她的这句话而刺激到他的神经,而他在克制情绪。

"就七天。"他低语着突然抬起头,"七天之后,我就让你走。"

木十有些不解:"为什么一定要七天?"

木君临淡淡地笑着:"如果可以,我想和你一直待在这里的,但是七天后我要出去办事,所以这段时间陪着我,好吗?"近乎请求。

他的每句话都是这样,像是在恳求她,却又是她没有办法拒绝的,她索性不回答,转而问他:"这里是什么地方?"

木君临回答她:"一座小岛,任何人都找不到的小岛,七天之后会有船来接我们。"

小岛?木十心里苦笑,即使不愿意待在这里她又能怎么办,难道她还能游回去吗?现在她完全和外界失去了联系,如果她出不去,那阮言希也找不到她。

他绕过餐桌走到她的面前,低着头看着她:"我带你参观一下吧。"

木十没有拒绝算是答应了,她从椅子上站起来,木君临的手向她伸来,像是要牵她的手,最后却收了回去,垂在身侧,转身往前走。

木十松了口气,跟了上去。

高凌尘看着坐在沙发上,头发一团糟的阮言希,他大衣里的衬衫甚至连扣子都是错位的,他垂着头,面容苍白,脸上还有几道伤痕,他的眼睛紧闭着,但高凌尘知道他并没有睡着,即使他在外面没有目标地疯找了木十整整一夜。

"叮咚!叮咚!"

门铃在这一刻突然响起,沙发上的阮言希像惊醒了一样,睁开眼睛从沙发上跳了下来,一下子冲到了门口。

"木十……"他打开门,接下去的话却生生地卡住了。

一个快递箱出现在他的眼前:"先生,您好,这是您的快递,麻烦签收一下。"

快递单子上的收件人写着"阮言希"三个字,说明是寄给他的,而寄件人却写着J.L.,看到这个的一刹那,阮言希就知道自己之前的推论是正确的,带走木十的正是她父亲的养子。

高凌尘马上扣住那个快递员,让自己的队员对他进行问讯,而阮言希则拿着快递箱进了屋里。

快递箱很轻，但里面确实放着东西，高凌尘眼见着阮言希拿出刀就要割开封条，马上出声阻止：“还是先检测一下里面是不是放了危险品。”如果里面放着炸弹或者其他危险的东西，万一没能处理，后果不堪设想。

但阮言希似乎很笃定里面东西的安全性，完全不听高凌尘的话，直接用刀划开，然后打开了箱子。

两个人都看到了里面的东西，阮言希心里一紧，手里的刀直接掉落在地上，而高凌尘震惊地盯着箱子，后退了一步，发不出任何声音。

那样东西就躺在白色的布上，一双耳朵，一双人的耳朵，一双割下来不久的耳朵。

"不是木十的。"还没缓过来的高凌尘听到了阮言希的声音。

"不是木十的。"他又说了一遍。

高凌尘拿着快递箱回局里进行DNA测试，寻找相匹配的受害者，阮言希坐在电脑前和秦天阳联系。

身边最爱的人被绑走，两个人的脸色都相当不好，阮言希把快递箱的事情告诉了秦天阳，秦天阳听完沉默了片刻："果然是他。"只是说了这四个字。

两个人心里都清楚他这么做的目的，但谁也没有说出口，他们知道木十不会有生命危险，但是，现在对他们三个人来说每一分每一秒都是煎熬。

"木十。"阮言希闭上眼睛，低声念着她的名字。

木君临带着木十在这栋别墅里参观，木十走在他的身侧面无表情地看着这个豪华精致的地方，每次木十想要走在他身后时，察觉到木君临都是停下来等她走到身边继续往前走，如此几次之后，木十也懒得管他了。

可走了好一段路，木十渐渐察觉出不对劲的地方了，偌大的别墅里居然空荡荡的，走了这么远居然没有碰到一个人，显然这么大的地方不可能没有人管理，何况外面还有这么大一个花园，在走过一个转角后，木十开口道："这里怎么没有别人？"

木君临单手插在口袋里，低头看着她，依旧是温柔的表情："你说对了，现在这里除了我们两个没有别人，不仅仅是这里，这座小岛上也只有我们两个人。"

与世隔绝，真的是与世隔绝了，木十苦笑了一声。

木君临说出了原因："因为这七天里我不希望有外人打扰到我们。"

鉴于木十现在还没有想到能离开这里的方法，所以她决定无视他的话。

又走了几步，木君临停在一间房间门口，对木十介绍："这里是画室。"木君临推开门让木十进去。

木十走了进去，一个白色的大房间，里面放着画画的工具，一幅幅的油画整整齐齐地挂在墙壁上，细看之后，木十才发现原来走廊上的那些画都是出自木君临之手。

木十站在画室的正中央，环视了一圈，最后发现了一块用白色幕布遮住的画，那幅画很大，占据了那块墙壁四分之一的位置。

注意到木十的视线，木君临拉住幕布的一角，把它扯了下来。

幕布落到地上，画全部展示在木十眼前。这是在一个咖啡馆里，一个秋日的午后，画里的女孩坐在咖啡馆的窗口处，手里捧着咖啡，看着窗外的风景。

木十一眼就认出了那家店，就在小洋房的附近，而那天她的对面还坐着阮言希，可画里坐在她对面的却是木君临。

木君临微笑着看着她："我一直盼望着我们能这样，所以我就画了下来。"

木十的目光移到那张温柔的脸上，觉得他的笑容非常刺眼，她冷冷地看着他，突然道："木君临，你是个变态你知道吗？"

他的笑容一僵："让你感到不舒服了吗？"

她被折磨了这么多年，即使知道他一直在暗处窥视着自己，但是如今他们却共处一室："你觉得我会舒服吗？你把我带到这里，究竟想干什么？"

木十冰冷的态度让木君临感到有些无措，他说着向她靠近："木十，我只是想和你待在一起，如果你看到这幅画不舒服，我可以毁……"

木十却一直往后退："我不想和你待在一起，你觉得我会想和一个杀人犯待在一起？那场爆炸死了多少人，木君临，不，或许还可以叫你 Leach。"

木君临淡淡一笑："Leach 只是一个代号而已，至于那场爆炸，他们都是组织的人，你觉得不应该杀了他们吗？"木君临依旧笑着，但木十却从这种笑容里看到了对别人生命的不屑，一种冷漠。

木十冷声道："他们该得到的是审判，而不是这种下场。"

木君临却像是没有听到一般，反而道："木十，你如果想要毁了组织，我可以帮你。"

"我不需要。"话一出口，木十突然觉得他们对话的语气不对，索性低着头不再言语。

而木君临见她脸色不好，向她走了几步，低声道："你生气了吗？"

木十深深吸了一口气再吐了出来，觉得第一次碰到比阮言希还无法交流的人，面前的男人又露出那种小心翼翼的、讨好的语气和表情，可就在一天前他还杀了这么多人，并且如此不以为意，她搞不清楚究竟哪个才是他的真面目，而这种人是最可怕的。

木君临带着木十出了画室，木十不想再和他待在一起，她冷淡地对他道："我累了，先回房间了。"

木君临却伸手拦了一下她："木十，那间房间里面放着你父亲的东西。"

木十一愣，脚步一顿抬头看他，关于她的父亲，她刚才没有直接开口问他，因为她还没有做好准备，她知道眼前这个男人是这个世界上最了解她父亲的，答案就在眼前，但她的内心却突然有些抗拒。

木君临的手放在门把手上，对她道："你不想了解你的父亲吗？真实的父亲。"

第三十八章　爱与玫瑰（2）

木十平静地开口："那你能告诉我什么？"

他微微一笑，带着蛊惑的口吻："你想知道的全部。"

在看了他几秒之后，木十最终还是转过身，对着那间紧闭的房间，一门之隔，是她从来不曾了解的东西，是隐藏了这么多年的真相，也许还有她迟早要面对的东西。

没有什么好犹豫的，没有什么好挣扎的，这些都是属于她的一部分。

木君临的手向下一按，打开了那扇门。

房间里拉着窗帘，很暗，木君临走在前面，走到窗口把窗帘拉开，阳光直接照射进来，照亮了整间房间。

木十这才走了进去，房间并不大，里面的东西也不算多，大多是书籍资料，而放在桌子上的是几个相框，里面摆着一张张泛黄的照片，最右边的照片上戴着眼镜的年轻男人，低头微笑着看向抱在怀里的小婴儿，而它旁边的那张，年轻的男人还是那样，可那个婴儿却长大了，坐在男人的脖子上，肉嘟嘟的小脸笑着，开心地挥舞着小手，最后一张，孩子已经学会了走路，头上扎着可爱的洋葱辫，男人牵着孩子的手，在草地上走着。

毫无疑问，照片上的男人是木久临，而她就是那个孩子。

那几张照片勾起了木十的回忆，对自己父亲不多的美好记忆，却都在那一天，自己母亲死亡的那一天开始全部打破，她垂下眼收回视线。

木君临站在她的旁边，伸手拿起一个相框，另一只手拿着一块白色的布，一点儿一点儿地擦拭着，上面几乎没有沾染什么灰尘，显然木君临几乎每天都会来这里，做着同样的事情。

他擦完一个又放回到原来的位置，相框和桌面接触发出的声音和木君临的声音同时响起，传到木十的耳边："觉得奇怪吗？这些照片没有一张是有你母

第三十八章 爱与玫瑰（2）

亲的。"

木十又看向那几张照片，照片都是父亲和自己的合照，的确没有任何一张是有自己母亲的，在她小时候的记忆里，父母的感情很好，而父亲也经常给自己和母亲拍照，可这里却没有一张是她和母亲、父母两人或是三个人的全家福，的确有些……

不过也是，她转而想想，自己的母亲就是被父亲杀害的，可……木十觉得木君临话里有话，似乎在让她注意这个细节，她偏头看他："你到底想说什么？"

木君临指着刚刚被他擦干净的一个相框，始终没有回答她的问题，而是反过来问她："木十，你觉得你父亲木久临是怎么样的人？"

"一个杀人犯。"她语气淡淡地说，这似乎是她唯一能给出的评价。

"那你觉得他为什么要杀人？"木君临侧身，身体微微靠在桌子旁，双手环抱着居高临下地看着她，他的声音很温柔，却是在追问木十。

木十抬起头并不回避，他不知道木君临突然问这些的原因，所以她只能回答："我不知道。"事实上她真的是不知道，追查一个凶手，首先要知道的就是杀人动机，可是，木久临当年的案子，他们始终都不了解木久临真正的杀人动机，所以他们就用变态杀人魔来形容他，认定了杀人只是为了满足他自己的变态心理。

"是啊，世人都不知道，直到现在都不知道。"木君临突然笑了，意味不明的一抹笑，"因为在发现你母亲尸体的时候，特别是在发现埋在你们家花园里的八具女性尸体的时候，他们就认定了你父亲是个连环杀人犯。"

她听出了木君临语气中的引导之意，她拧着眉头道："你什么意思？"

"木十。"他低声唤着她的名字，头慢慢向她靠近，声音低沉，"如果真相和你二十多年来相信的不一样呢？如果事实和你知道的恰恰相反呢？"

木十轻轻呵了一声，定定地看着他的脸："你想说木久临不是杀人犯吗？我亲眼看到我母亲被他杀害。"她微微抬高声音。

他不紧不慢地继续问她："那八具尸体呢？"

木十终于明白了他的意思，她用手撑着旁边的桌子，用有些质问的语气问："你是不是想说这八名死者是被别人杀害的，然后陷害木久临？"二十多年过去了，现在居然出现一个人告诉她自己的父亲是被人陷害的！

木君临缓缓地道："毕竟没有人看到他杀那些人，不是吗？"

木十突然冷静了下来，她别开脸看着桌子上那几张照片："那谁是凶手？"

"还是最开始的那个问题，觉得奇怪吗？这些照片里没有一张有你母亲的。"

那双被割下来的耳朵经过 DNA 测试和比对，被证实与邵洁云的 DNA 完全相符，也就是红唇。

也就意味着，木久临的养子很有可能就是 Leach。

对于这个结论，阮言希并没有觉得意外，这个案子从一开始就是那个人布的局，这几年没有人能追踪到 Leach 的动态，而这次却一个一个地都了解到了他要出现在 S 市的消息，不是不小心泄露，而是他故意的，让那些准备谋杀他的人掌握他的行踪，而他，只是在那里看着，一个又一个地跳入他设的陷阱里，最后一起炸毁。

如果这是一个舞台，那在他的眼里他们不过是舞台上的小丑，一堆牵线木偶，他只需动动手指，就能掌握他们的命运。

木十失踪的时间已经过去一天多了，外面的天又渐渐黑了起来，而如今关于木十的下落却一点儿消息都没有，小洋房里没有开灯，只有外面的月光照进来的一些淡淡的光亮，而在这个空荡荡的房子里，阮言希内心突然害怕起来。

这不是第一次木十不在他的身边，上一次，木十被诬陷谋杀时，在警局里关了好几天，可那一次他几乎没有感觉到害怕，因为他知道他一定会让她从里面出来，因为那时候他还可以看到她，可以拥抱她，可以亲吻她。

但是现在，他不知道她在哪里，在干什么，什么都不知道。

一种无力感涌了上来，他向后躺在沙发上，直愣愣地盯着天花板，整个房子里没有一丝声响。

阮言希知道那个人是在折磨他，不让他知道木十的一点儿消息，并通过其他方式来刺激他的神经。

"叮咚。"

阮言希起身走去开门。

"阮先生，这是你的信。"

阮言希打开信封，里面是一张白色的卡片。

阮言希：

如你所知，木十现在在我的身边，我可以让你永远找不到她，不过我更喜

第三十八章 爱与玫瑰（2）

欢公平的竞争，所以我会给你线索，但我只给你七天的时间，七天后，如果你还是没有找来，那木十就属于我了。

木君临

木君临。阮言希终于知道了他的名字，他前后翻看着这张卡片，没有任何其他的信息，他又把卡片凑到鼻子前闻，果然闻到了隐形药水的味道，用紫外线灯一照，卡片上就出现了一串数字：619171327642。

这显示的是一串加密后的密码，那串数字在他的脑子里不断转化，最后输出了结果：

ISLAND（岛屿）

木十不可置信地看着他："我母亲……你在胡说些什么？"

木君临看着她的表情，伸出手想要触碰她，他柔声道："木十，我永远不会骗你。"

她警告地看了他一眼，语气强硬地反问他："所以你要我相信是我母亲杀了那八个人然后嫁祸给我父亲？"

木十还想说什么却紧接着听到木君临的下一句话："因为你不知道你母亲真正的身份。"

她的身体一僵。

然后他听到木君临继续道："你的母亲代号白子，是组织的一名成员。"

她的瞳孔猛地张大，从木君临口中听到的信息显然是她无法相信的，他在胡说，在震惊之后她心里默念着。

木君临却没有给她缓冲的时间，他看着木十继续说："二十多年前，组织实施了一个计划，这个计划代号为杜林匹司，这同时也是一种药的名称，一种神经类药物。他们随机选择了不同年龄身份的人作为实验对象，来实验这种药，当然那些人是完全不知情的。这种药物需要一点儿一点儿让实验者摄入，所以他们的身体不会产生过大的反应，但是会让服用者产生幻觉，再加上身边人语言上的暗示，他们产生的幻觉就会出现明显的不同。"

"够了！"木十打断他，愤怒地看着他，"你为什么要编造这种东西？"

"我不会骗你，木十。木久临就是其中一位实验对象，药物加上暗示的效果很成功，药物和那八具存在的尸体导致的幻觉使他认为这八个人都是他杀害的，他被设定成了一个变态杀人犯。"他还在继续说，不管她相不相信。

"实验在木久临的身上很成功，但是出了一个意外，就是他无意中发现了你母亲的问题，然后他找到了你母亲的记录本，虽然内容全部都被加密，但是木久临破解了密码，里面记录着所有的实验数据，药物的用量，实验者的身体的反应等，所以木久临那个时候才知晓了一切。"木君临说着从抽屉里拿出一本泛黄陈旧的本子，这就是那本记录本。他翻开一页给她看。

木十一眼就认出，那是她母亲的字，就是她母亲的字，可是为什么？为什么会这样？

"之后就是你亲眼看到的那一幕，木久临回家杀死了你的母亲，可是他还是被药物产生的幻觉影响着，按照之前被砍下手指的八名死者的顺序，他砍下了你母亲左手的无名指。

"作为实验的成功品，组织希望吸收木久临，所以找了一个替罪羊，让当时负责这个案子的副队长、同样是组织一员的金邱买通了警局里的几个人，抓到了那个替罪羊，之后，木久临就开始了逃亡的生活，一是因为他想要在暗处探寻组织；二是为了保护你，因为长期服用这种药物，对他的神经造成了非常大的危害，他怕会伤害到你，而且他没有向外界公开你母亲的身份和当年的真相，因为他不想你在有一个杀人犯父亲之后又得知有一个这样的母亲。"

"木久临在我七岁那年收养了我，那个时候我刚从孤儿院逃出来，我想你应该知道他会收养我的原因，我的母亲是一个杀人犯，但同时和木久临一样，也是一个被实验者，木十，你看，我们的情况如此相似。"他又温柔地笑着。

但此时木十完全没有注意他，她整个脑子都是混乱的，是真的还是假的？

"木久临是一个天才，同时药物导致他有时候是个疯子，不过每次在看到你的照片，甚至只是听到你的名字，他都会平静下来。"

"那些动物的尸体，每年你生日的时候，他寄给你的东西其实是在给你传递信息，从你五岁开始到你十八岁他去世，这么多年他一直在给你传递信息，瞒过所有的人，只有你能破解的信息。"

"木十，他选择了沉默，始终是为了保护你。"

木君临说完这些之后就离开了这间房间，留下木十一个人待在房间里，房间的门打开又关上，木十终于无力地坐在了椅子上。

木君临刚才的那些话就像是一把利刃，击碎并打破了她二十年来所有的认

第三十八章 爱与玫瑰（2）

知，原本她最爱的母亲、最想念的母亲变成了一个残忍的杀人犯，变成了摧毁他们家庭的元凶，而她的父亲，原本那个杀人犯父亲却是最大的受害者，这么多年，独自背负着这一切在黑暗里躲藏着。

从她目睹母亲被害，她痛恨了他二十多年，他去世的那一天，她都不知道，什么都不知道。

她突然拿起自己母亲写的记录本翻看，没花多少时间，她也破解了里面的密码。

3月17日

杜林匹司用量10mg，混于水中，无色无味，实验者于早晨7点服用，观察一整天无异常情况。

3月18日

杜林匹司用量10mg，无异常反应。

3月19日

加大用量到15mg，实验者于早晨7点服用，出现头晕症状，十分钟后缓解，无其他异常反应。

4月17日

用量20mg，已经持续用药一个月，实验者在服用后出现幻觉，时间达到十五分钟，脸色泛红，身体发热，之后症状渐渐消失。

3月17日

用量加大到50mg，已持续用药一年，晚上10点服用，服用后幻觉增大，持续时间半小时，身体发热，眼神发虚，有胡言乱语的迹象，第二天和孩子相处无异常。

3月17日

用量达到70mg，已持续用药三年，服用后幻觉持续时间达到一小时，和孩子相处无异常，尸体已经埋于花园，可实施计划。

10月28日

用量100mg，实验者发现尸体，计划可继续进行。

这是最后一篇记录，就在一个月之后，木久临杀了她。

一条一条的内容，记录了木久临从一开始服用药物到最后的整个变化，更让木十觉得崩溃的是里面还有木久临和自己相处的一些记录，全都被她的母亲当作一个参考，她不是她的孩子，只是实验的一个参考物而已。

阳光透过窗户照进来，照在她的身体上，她却觉得无比寒冷，真相有时候比我们能想到的能承受的还要可怕，她现在才真正体会到这句话。迟了整整二十年的真相摆在她的面前，二十年，她被一个残忍的谎言包围着，但当谎言被揭穿，留下的却是更难以承受的东西，而如今只有她一个人来承受。

她从椅子上站起来，开始翻找更多的东西，过去属于她父亲的东西，架子上还有一个本子，她取下来翻开，第一页上贴着自己的一张照片，是孩童时期的照片，照片的旁边写着一行字：最爱的女儿。

木十手颤抖着往后又翻了一页，竟然是木久临的日记。

今天在孤儿院看到了女儿，她有些瘦，一直没有说话，我只能在远处看着，好想抱抱她。

女儿五岁生日了，我买了洋娃娃，那个组织认为我已经成了一个变态杀人狂，所以最后还是给她寄了动物的尸体，这样组织就不会察觉我在给她传递信息了，就让女儿认为我是一个变态吧，不过她应该会很害怕吧，希望有人能陪着她，对不起，宝贝。

我收养了一个男孩，他和女儿的情况一样，今天又在远处看到了女儿，她回头往我这里看了一眼，不过没有看到我。

女儿被一户人家收养了，对方有一个儿子，我调查了一下，是一户好人家，她会健康地成长的，有新的爸爸妈妈，还有哥哥。

今天是她十五岁生日，看到他们一起出门玩，听着她叫着爸爸，如果是在叫我就好了。

快到她十八岁生日了，可我的身体越来越不行了，清醒的时间越来越短，好想见我的女儿，如果能在死之前再听到她叫一声爸爸就好了。

一滴眼泪滴落在"爸爸"那两个字上，木十抱着桌上的相框，闭着眼睛任由眼泪流下。

"爸爸。"

这是一声迟到了那么多年的呼喊。

第三十九章 爱与玫瑰（3）

木十打开门走出去时，神色已经恢复平时的状态，木君临身体靠在旁边的墙壁上，低着头，似乎在等她。

她把身后的房门关上，身体放松地向后靠去。

两个人都没有说话，木君临没有看她，依旧保持着原本的姿势，似乎在等她先开口。

这一刻，看到木久临留下的东西，木十其实有很多问题想问他，却又不想问他，良久之后，她只问了一个问题："他的祭日是哪一天？"

"就是今天。"他这样回答。

木十目光微闪，最后垂眼掩盖自己的神情，再抬头时，木十看向他，明白了些什么，她开口道："你选择这个时间带我来这里，就是为了在今天让我知道当年的真相。"

木君临笑笑："他养了我十几年，算是我给他的回报吧，他应该会高兴的。"

木十听了冷声道："你若想回报他，那就应该现在放他的女儿走。"

木君临偏头看她："木十，为什么这么想离开这里呢？我不会逼迫你做你不愿意的事情，只是要你陪我七天而已，这个要求并不过分吧。"

木十直视着前方，道："你现在让我待在这里就是在逼迫我做不愿意的事情。"

"那如果我说这是换取你哥哥自由的代价呢？"

木十一愣，扭头看他："你什么意思？"

他双手环胸，像是一个享有主权的人，那样看着她："七天之后，我会让你哥哥重新回到你身边，你觉得这个交换条件怎么样？"

一个非常诱人的条件，木十最希望的就是哥哥回到自己的身边，平安无事，所以她忍不住问："你，说真的？"

"我说过的,木十,我永远不会骗你。"

木十的眼睛紧盯着他的脸,想要从那带笑的表情中确认他的话的可信度,其实不管她相不相信,不管木君临是不是会信守这个承诺,她现在其实都没有办法选择,在这个岛上,在这个摸不清的男人的身边,她是被动的,除非,除非阮言希能找到她。

可要怎么找到她呢?木君临这么多年都隐藏在暗处,Leach 不过是他其中的一个身份。一切都在他的掌控之中,从一开始到现在,每一步都是他安排好的,他是下象棋的人,所有人都是他的棋子,被他掌控。

所以,她很清楚,如果他不想这七天被人打扰,被人发现,那么他真的可以做到。她看着他的表情,分析着他之前的一些行为,她有了一个猜想,而她也问出口:"你是不是联系了阮言希?"

"为什么会这么觉得?"他淡淡地笑着。

这么说的意思就是他真的联系了,她冷笑了一下:"我觉得你喜欢这样的游戏,不是吗?"

他直接承认了:"没错,虽然我不想有人打扰我们,但这样才有趣些,我给了他一些提示,不过你觉得七天之内,他能找到这里吗?"

"他会找到我。"她的语气坚定。

木君临诡异地一笑:"那就得看看他能为你做到哪一步了。"像是在暗示着什么。

"你之前不是说过,不想和我这个杀人犯待在一起吗,那如果他杀人了呢,你还会这么说吗?"

木十心里一紧,她不清楚他是如何联系阮言希的,又说了什么,但她面上还是冷静地道:"他不会杀人,这是他的底线,不管是为了什么。"

"可是爱一个人,就可以为了她付出一切,在拥有能保护她的能力的时候,把她护在自己身后。所以我这些年,经营的这一切,就是为了今天,这就是结果,为何要在乎使用什么手段。"他说着这段话,目光一直看着木十,专注而可怕。

木十拧了拧眉头,木君临太过偏执,也过于偏激,这和他从小的生长环境有关,包括自己的父亲,所以木十同样清楚,他口中对自己的恋慕是怎样一种扭曲的感情,他不懂爱,表达的方式同样让人恐惧:陷害,追逐,靠近,擒获,他就像在追捕自己的猎物。

第三十九章 爱与玫瑰（3）

"在想什么？"木君临靠近她。

木十下意识地往后退了一步，再抬头看他，他的眼神已经有些变了。

木十在一座岛上，得出的这个线索让阮言希有些无力，虽然好歹知道了一个线索，但是地球上有那么多小岛，已被发现的，未被发现的，想要确定在哪座岛上绝非易事。

很多岛上根本没有信号，即使有，他也知道木君临不可能使用通信设备让他来发现。木十的哥哥还有高凌尘都在寻找木十的下落，可一无所获，木君临就像是在告诉他们，除了他给的线索，其他的你们都别想查到丝毫。

而就在这个时候，S市却发生了一桩案子，一桩起初并不起眼的案子。

一个年过三十的男子在中午走进一家商场，起初看上去一切正常，所有人都没注意到他，然后他走进其中一家卖服装的店铺，一名女店员上前招呼，而那个男人却突然从口袋里拿出一把尖刀，刺向那个女店员，连刺数刀，因为当时事情发生得太快，所有的人都没能阻止，而当其他人上前制伏他时，女店员已经当场死亡了。

警察很快到了现场，当场将行凶者抓获，他被抓时情绪激动，一直在叫喊着。

处理好现场的蒋齐回到局里，对高凌尘道："队长，我赶到那里的时候，就听到他在那里喊：'妖怪，我杀了妖怪，她是个妖怪。'"

高凌尘马上有了判断："可能被害者和他之前有过私人恩怨。"

蒋齐立马点头："是啊，我也这么想，可是做了他们的背景调查，两个人完全没有交集，而且被害者一向与人为善，从来不和别人发生冲突，我问了当时在场的店员，他们说当时被害者就说了一句：'先生，需要买什么类型的衣服？'然后就被行凶者刺杀了。队长，会不会行凶者精神有点儿问题，因为他一直在胡言乱语说一些莫名其妙的话。"

高凌尘皱了眉头："找适当的时机，给他做精神方面的测试。"

"如果他真的是精神方面有问题，那被害者不就……"后面的话蒋齐没说下去。

"行凶者有家人吗？"

蒋齐摇头，显然已经调查清楚了："没有，之前有一个哥哥，去年去世了，所以他是一个人生活。"

高凌尘点点头："嗯，我知道了，继续调查吧。"

蒋齐刚想走，却又转身问了一句："队长，木十有消息了吗？"

听到木十，高凌尘按了按眉心，面露愁色："还没有，不过既然木君临还肯提供线索，总会找到她的，这个案子就没必要让阮言希来了。"

蒋齐答应着："嗯，我知道了。"已经抓到了凶手，的确没有必要让他帮忙。

可一个小时后，阮言希却接到了高凌尘打来的电话。

电话里高凌尘和他说了这个案子，阮言希听了毫无兴趣，但听到最后却有些莫名——"那个行凶者指名要见你"。

行凶者在被抓后想要见作为警察顾问的阮言希，这是一件非常奇怪的事情，况且他当众杀人，物证人证俱全，罪行已经完全确定，不能抵赖或者改变。

所以阮言希虽然打车到了局里，却不急着见他，先是看了案发时商场的监控录像，从他进入商场到最后杀人的全过程全部看了。

看完之后，阮言希开口："你们认为他可能有精神方面的问题？"

蒋齐点点头，对他道："是啊，他刺了女被害者之后就在那里大喊大叫的，说被害者是妖怪。"

"呵。"一声冷哼，"我可看不出他有任何精神方面的问题。"阮言希把监控画面往前倒了一些："这是他刚进商场时的画面，看到没有，那个时候，他前面走过来两名保安，看到他的动作了吗？本来打算直行，结果却转弯了，他在刻意避开。"

监控视频继续放着："接着，他四处打量每家店，为什么他最后进了这家店，因为这家店里的人最少，而且都是女性，所以方便他行凶，行凶的时候，周围的人都离他和被害者很远，确保他有时间能杀死被害者。整个过程都是经过相当缜密的考虑和计划的，你认为这是一个精神有问题，不能控制自己的人能做的事情？"

经过阮言希的分析，蒋齐还真看出了这些怪异之处："这么说他在装？"

阮言希耸耸肩，手插在口袋里往外走。

眼见他走到了门口，高凌尘喊住他："阮言希，你去哪里？"

他回头挑了下眉，淡淡道："他不是指名要见我吗？那就去见见。"

阮言希信步走去审讯室，这里的审讯室他异常熟悉，因为他的木十之前也在这里待过，被人审讯，无助地坐在里面。

审讯室的门被关上，阮言希径直走到桌子前，低着头拉开椅子坐了上去，

第三十九章 爱与玫瑰（3）

然后才抬头看着对面的男人。

男人的手被戴上手铐，他的衣着和头发有些凌乱，神色有些飘忽不定，嘴里还念念叨叨的，说着"妖怪，杀了妖怪"之类的话，就像一个精神有问题的人。

但，也就是像而已。

阮言希身体靠在椅背上，双手环胸，静静地看着他，开始的几分钟没说任何话。

男人突然眼睛向上瞥了阮言希一眼，看着他一副看戏的模样，渐渐额头出了一些细汗，不知道是因为热还是因为紧张。

"呵。"阮言希突然冷笑一声，然后叫了他的名字，"舒义明。"

舒义明抬起头看着他。

阮言希直接戳穿他："别装了，精神病人我都比你装得像，你不是要见我吗？直接说吧，什么事？"

舒义明的脸上明显一愣，但很快就笑了起来，似乎一点儿都不介意被拆穿："呵呵，果然是阮言希，和那个人说的一样。"

阮言希缓缓眨了眼睛，心里已经有所了然："哦？他说什么？"

对面的舒义明压低声音，声音里还带着笑，一脸奸恶："他说你一眼就能看出我是装的，果然是这样。"

阮言希颔首，继续问："怎么？他还跟你说了什么？"

他用手挠了挠自己的鼻翼，阴险的笑容加深了："他说啊，你心爱的女人在他的手里，然后……"

没等他说完，阮言希直接接了下去："然后让你来告诉我下一个提示？"

"呵呵，没错。"

阮言希依旧是一副冷淡的样子："那你现在可以说了。"

"不不。"舒义明摇头，然后指了指门口，"首先你得让我从这里出去。"

原来如此，阮言希嘴角微扬，露出一抹冷笑："你要从这里出去？舒义明，你手上可是有一条人命。"

"那又如何？不是还有你吗？伟大的侦探，你可以证明我的确患了精神疾病，不用负法律责任。"似乎早就想好了说辞，他说得异常顺溜。

阮言希身体微微前倾，注视着他的脸："呵，那如果我不让你出去呢？"

他笑了笑，身体同样往前倾，脸上露出惋惜的表情："那你就永远得不到这个线索了，你也就永远找不到你爱的女人了。"舒义明一字一句地对阮言希道："这个交换很公平，一个人换一个人，你说对吗？"

阮言希突然拍了拍手，脸上带着笑："嗯，你想的不错，有代价有收获，的确很公平。"

舒义明也笑，觉得这个交易快成功了。

阮言希却突然敛了笑容，冷冷地开口："所以，你觉得我会帮助你出去？就为了一条线索，让一个杀人犯继续逍遥法外，逃脱法律的制裁？"他知道这是木君临设的局，底线、道德和木十放在两边，他要自己选择，只能选择一个，而阮言希决定两边都要选。

舒义明不可思议地看着他："阮言希，你可不是警察，管这些干什么，难道你就要为了一个不相干的人放弃自己的爱人？这可不值得吧，现在的情况对你来说很简单吧，也不是要你杀人，只不过是放了我而已。"

阮言希说："看来你觉得你能说服我？"

舒义明仍不放弃："我只是给你一个很好的选择。"

阮言希站起身，居高临下地看着他，摇了摇手指："但可惜，我永远不会选这条路。"说完两手插入裤袋，转身往门口走。

舒义明真的急了，大吼道："阮言希！这可是你唯一的机会了！你要是放弃了，真的就再也见不到她了！万一她因此而死了呢？你也不后悔？"这也是他唯一的机会，他怎么可能让阮言希就这样走了？

他停了下来，回头看舒义明，笑道："后悔？我为什么要后悔？我的确想要找到她，也需要线索，但是你为什么认为我一定要从你口中得到这个线索？"

阮言希自信而笃定的笑容让舒义明背后一寒，他摇着头："他只告诉了我一个人，你还能从哪里知道？"

阮言希又笑了笑，抬手指了指自己的脑袋："这里。"

第四十章 爱与玫瑰（4）

审讯室的门被打开，蒋齐看到阮言希走出来，刚才里面的对话他从监控室里听得一清二楚，他观察着阮言希的表情，抿了抿嘴："你……"

正斟酌着如何开口，阮言希就表情轻松地对他道："蒋齐，接下来就交给你了，我想他的病应该已经好了。"

蒋齐愣愣地直点头，等到阮言希已经往前走，看着他的背影，蒋齐还是忍不住问："那个提示，你真知道了？"想到之前在审讯室里阮言希自信的表情和他的实力，蒋齐觉得说不定还真的有可能。

可阮言希接下来的回答却让他大吃一惊，阮言希转过身，摇头道："不知道。"

"那你……"就这么放弃了一次获得提示的机会？接下来的话蒋齐没说出口，他作为警察没法说，因为获得提示的方法就是释放那名凶手，这当然是他们不能允许的事情。

阮言希耸耸肩，表情依旧轻松："既然问不出，那就自己找好了。"

之后，高凌尘和阮言希去了舒义明的家里，说是家，其实是舒义明租住的一套房子，房子很小，里面的东西放得乱七八糟，看上去明显是很久没有打扫清理过了。

线索显然不可能是写在纸上的，即使是，也不可能还放在这里，高凌尘和几名警员搜查了整个房子，没有找到任何有线索的东西，不过没有发现的是他们，不包括阮言希。

从卧室里走出来的高凌尘发现阮言希站在一个柜子旁边久久没有动，便走了过去，发现他看的是柜子上的一个棋盘。

阮言希从来不做多余的事情，所以高凌尘马上问："这个棋盘有问题？"

阮言希指着棋盘，开口道："房子里很脏，积着灰尘，这个棋盘的下面也有灰尘，而且和周围的灰尘厚度差不多，说明棋盘是最近放在这里的，而且棋盘本身放在这里就很突兀，你觉得舒义明这种人会下象棋吗？"

高凌尘明白一个生活如此邋遢，而且最近正在谋划杀人的男人基本不可能就在最近购买了一套象棋："不会，那这棋盘可能就不是舒义明放的了。"

"对。"

高凌尘有些激动地看着他："所以，难道这个棋盘就是提示？"

不过这次阮言希没再回答高凌尘，他把整个棋盘拿起来，然后放在地上，也不管地上的脏乱，直接盘腿坐在了地上，用手支着下巴，看着棋盘沉思起来。

高凌尘见状也不再打扰他，让其他警员搜查完之后回了警局，而他自己则坐在沙发上。

时间一分一秒地过去了，高凌尘抬手看了一下手表，已经过去了两个小时，而阮言希依旧一言不发地坐在地上，保持着同一个姿势看着那个棋盘。

他动了动有些发麻的腿，然后起身走到门口，从口袋里摸出一包烟，抽出一根含在嘴里，又拿出打火机点上火。他吸了一口烟，缓缓吐出，白色的烟雾在空气中慢慢散去，高凌尘靠在墙壁上，脑子里一片空白，什么都没有想。

抽完烟，他又走回房子里，站在阮言希旁边低着头，阮言希还是那样一动不动，看上去还是没有解开。

或许那根本就没有提示。高凌尘的心里这样想着，却又迟迟说不出口，因为对阮言希来说，这是一个希望，找到木十的希望，所以即使可能不是线索，他还是会追寻下去，高凌尘不忍心打破，因为同时他也希望这就是线索。

不知又过了多久，阮言希的声音传入他的耳朵里："高凌尘。"大概是许久没有开口而且没有喝水的缘故，他的声音有些哑，但随即恢复了以往的声音："给我地图。"

高凌尘问："你要什么地图？"

"本市的地图。"

高凌尘马上拿出手机打开地图软件递给他。

阮言希却摇头："我要纸质的地图，还有世界地图，还要一把尺。"

"行，我去买。"虽然不知道阮言希要做什么，但毕竟合作了这么长时间，从阮言希的表情和语气上来看，高凌尘知道他肯定已经推断出什么了。

十分钟后，高凌尘带着阮言希需要的东西回来了："好了，都在这了。"

"谢谢。"阮言希把地图摊开放在地上，然后用尺去量棋盘，高凌尘蹲下来看着他的动作，发现他在量棋盘上棋子之间的尺寸。

量好以后，阮言希又在本市地图上用尺量着距离："果然是这样。"他嘀咕了一句，然后把本市的地图扔在一边，又展开了世界地图，继续用尺量着距离。

高凌尘已经有些知道阮言希在干什么了，他按捺着自己心里的紧张和兴奋，一言不发地等着阮言希最后的结果。

五分钟后，阮言希突然从地上站了起来，但因为在地上盘腿坐了太久，他的腿已经完全麻了，根本没有办法站稳，但他仍旧拿着地图，然后指着海面上的一个点，对高凌尘道："我找到木十了。"

木君临开门走进来的时候，木十正坐在窗户前的椅子上，她的手里拿着一本厚重的书，因为门突然被打开，她抬头看向门口。

这是第一次，木君临没有敲门，没有经过她的允许就进了她的房间，所以她看着他有些警惕。

他似乎是匆匆赶过来，呼吸竟然有些急促，他紧紧地盯着木十的脸，面色紧绷："木十，阮言希来了。"

"咚。"

木十手里的书掉在了地上，她微微瞪大眼睛看着他，不确定地开口："你说，阮言希……他来了？"

木君临冷笑着往房间里走："呵，是啊，没想到啊，他竟然这么快就找到了这里，比我预想的快了几天。"

木十紧紧捏着自己的手，即使情绪起伏很大，但她表面上还是一片平静："我知道他能找到我。"

"是吗？"他一步一步地走到木十的身前，把她完全堵在了一个角落里，无法后退，他伸出手触碰着她的头发，"可我不想放你走了，他打扰我们了，有些碍眼啊。"

木十偏头避开他的手，然后冷冷地看着他："木君临，游戏结束了，他既然找到了我，你就已经输了这场游戏。"

"木十，游戏规则是我定的，如何结束也是我说了算。"他抬起另一只手，一个黑色的装置就在他的手里，"他太碍眼了。"他淡淡地笑着，根本就不给木十任何反应的时间，转身就往外走去。

"木君临！"木十很快就反应过来，然后冲了过去，"你等等。"

木君临还真的停下来回头看她："怎么，你……"接下来的话他再也没说出口，他惊愕地看着木十突然凑近的脸，感受着嘴唇上柔软的触感。

接着，他感觉到有东西进了他的嘴里，而他毫无防备。

很快，木十的脸远离了他，他看着她用手使劲儿擦了擦嘴巴，而他嘴里的东西破了，变成了一摊苦涩的药水，他的舌头和嘴渐渐麻痹，说不出一个字来，他马上就明白了这是什么东西，原来如此……

木十从他的手里拿过那个装置，然后看着木君临跌倒在地上，缓缓道："这是一种神经性药物，是我从外面的花里提取的，不会致死，只是让你的身体暂时无法动弹。"

她当然不会就这样什么都不做，就等着阮言希来找自己，为了以防万一，她制作了这个药物，就是为了等待时机。

木君临的身体此时已经完全没有办法动，他的脸僵硬着，只有眼睛睁着看着木十。

木十垂下眼没有看他，用绳子把他捆了起来，之后她在地下室里找到了一艘船，她把木君临拖上船，带着自己父亲留下的一些东西，离开了这个生活了几天的小岛。

船行驶了半个小时之后，木十终于看到了对面驶来的船，她一眼就认出了站在船头的人，就是阮言希。

她站起来看着他，然后抬起手向他招了招手。

就在这时——"木十。"沙哑的声音在她身后响起。

木十一愣，马上回头，木君临不知是什么时候站在船边上，嘴角弯起，笑着看着她。

"你！"

海风吹乱了他的头发，他的身体摇摇晃晃，但他还是一脸淡定面色轻松地开口："我原本只是想和你不受任何人、任何事的打扰独处七天，不过看来是无法实现了，木十，我会遵守我对你的承诺，当然我不可能跟你一起回去了，对了，那个吻我会一直记着的。嗯，就这样，木十，再见了。"

"因为，我们还会再见面的。"他说着就往后倒去，下一秒，整个人坠入海里。

阮言希和木十并肩站在船尾，看着平静的海面。

良久，木十才开口道："他跳下去了，可不知道为什么，我总觉得他不会死。"

或许是因为他那时候的神情，又或者是因为他最后说的那句话，木十觉得或许真的有一天木君临又会出现在她面前。

"活着又如何，我可不会让他再带走你了。"阮言希伸出手一把揽住她的肩膀，"你这几天肯定没好好吃东西吧，一个破岛上能有什么吃的。"

木十摇头："没有啊，吃得挺好的，木君临厨艺不错，而且那里食材齐全，海鲜也很赞。"

阮言希斜睨她，有些不爽："听你的意思是你还挺满意那里的生活的？"

木十居然还真点点头："那地方挺适合度假的，别墅很大，还有花园，又没有人打扰，你去过就知道了。"

"那木君临厨艺比我好？"

木十继续点头："嗯，确实，他做的比你更精细。"

阮言希恨恨地磨牙，更加不爽了："他现在下落不明你是不是挺惋惜的？"

"是啊，不然可以让他给我当厨子。"

"就当厨子？"

"不然呢？"木十凑过去看他的脸，"难不成你吃醋了？"

阮言希伸手捏了捏她的脸："我还不是一直在给你当厨子，对了，说起来，我们是不是应该确定一下我们之间的关系？"

"上次不是确定过了？"

阮言希愤然："那次被人打断了！"

"哦，对，那你想确定哪种关系？"

阮言希突然正色起来，连说话的样子都不同了，没了之前的那种自信和淡定，反而感觉有些紧张："咳咳，木十，我知道，我不是一个完美的男人，虽然智商高，各方面堪称完美，咳，但是还是有一些不足，当然，任何人都会有不足。呃，我可能不够强大去保护你，不然你也不会被别人带走，但你无论在哪里，发生了什么，我一定会用我所有的能力去找到你，就像这次一样。然后，在和你分开的这几天，我一直在想你，现在你重新又回到了我身边，我想说……你有没有觉得我说的这段话极其混乱，逻辑不通？"

"有。"

"好吧。"阮言希显然也不满意自己的表现，索性放开了，"鉴于我不是一个非常擅长表达自己感情的人，那我就直接跟你说了，木十，你愿意一辈子忍受我这个情感低，有些幼稚，又傲娇，但是全心全意对你的人吗？如果你愿意，那我想给你一个完整的家，没有欺骗，没有黑暗，只有我温暖的全部的爱。"

木十听完，第一句话是："那我可以带着辛巴吗？"

"可以……"

"我……阮言希，你怎么了？"

阮言希已经没力气说话了，因为刚刚求了婚的他……严重晕船了……

"哈哈哈。"秦磊看着躺在沙发上脸色发白的阮言希，大笑不止，"哈哈哈，我真是第一次听说有人在求婚之后还没听到对方回答就直接晕船的人，阮言希，你太厉害了！"

阮言希身体还难受着，话也说不多，瞪着那张欠抽的脸道："笑够了没？"

秦磊继续捂着肚子狂笑，感觉相当解气："没，哈哈哈，不笑够怎么行，真是笑死我了。"

这时，从厨房倒热水的木十走过来，经过秦磊旁边幽幽地来了一句："其实还真的有可能笑死的。"

秦磊大叫："秀恩爱不要这么明显好不好？话说，木十，你准备答应他的求婚不？"

在场的一躺一坐的两个人都看着木十。

"我……"木十才张口，又被打断，因为门铃响了，她转身往门口走去，留下黑着脸的阮言希和看笑话的秦磊。

打开门，木十看着门外的一男一女，因为震惊激动一下子竟说不出话来，半晌才找回自己的声音："哥，哥哥。"

秦天阳看着自己这么长时间没有见到的妹妹，脸上是化不开的温柔："小木头。"

木十还处在震惊之中，一时不能相信自己想念这么久的哥哥真的出现在她眼前，所以她再次问："哥哥，真的是你？"

"嗯，真的是我，我回来了。"

木十这时才真真切切地明白了木君临的话，他会信守承诺，那个承诺就是让她的哥哥回来。

晚上，从哥哥暂住的客房出来，木十回了趟自己的房间，然后走到隔壁阮言希房间的门口，敲了敲门，开门走了进去。

房间的大灯关着，只有床旁边的台灯开着，温暖柔和的光照在阮言希的脸上，他闭着眼睛，像是已经睡着了。

木十借着灯光走到床边，然后坐在床沿上，晃着脚，轻声喊他："阮言希。"

床上的人一点儿反应都没有。

木十见状伸手捏他的鼻子，几十秒后，床上的人除了脸有些红，还是一动不动。

木十有些好笑地看着他，然后放开他的鼻子，低头吻了一下他的额头。

被吻的人一下子就睁开了眼睛，木十的脸稍稍离开，但还是近距离地看着他，调侃道："睡美人醒了啊。"

阮言希含含糊糊地说着："木十，你还欠我一个答案呢。"

木十轻笑："是吗，我以为我已经回答你了。"

阮言希双眉一蹙："我怎么不记得了？"

木十稍稍抬起头，然后伸出左手放在他的眼前，无名指上的戒指在灯光下泛着淡淡的光辉："阮言希，下次藏戒指记得藏在不容易被发现的地方。"

半年后。

黑色的屏幕上一行一行的字跳了出来。

莱史德：因为 XG 严重违规，现已被清除。

Mars（火星）：这么看来我们又要有一位新的伙伴了？

莱史德：他今天也会来参加这次会议。

毒若：那为什么灯还是暗着的，第一次参加会议就迟到可不是个好习惯啊。

Blue（蓝色）：有点儿耐心，再等等吧。

几分钟后，五个角中唯一暗着的灯亮起。

JL（君临）：抱歉，久等了。

番外

一年后。

木十目送着一位来心理咨询的客人离开，拨通了前台的电话："林林，还有预约的客人吗？"

"呃，木姐，那个，还有一位。"

小助理的声音隐隐有些不对劲，察觉到的木十并未说什么："让他进来吧。"

"好好。"

挂断电话，木十视线移向放在右上角的台历，12月22日，快要到圣诞节了啊。

买什么礼物好呢……

她的思绪被开门声打断，木十抬眸看向门口，看着穿着黑色风衣的年轻男人缓缓走入。

"好久不见。"男人单手将帽子摘下，露出了他的脸，勾唇浅笑，用亲昵的语气叫着她的名字，"木十。"

坐着的木十面无表情地看着他，连眉头都没皱一下，平淡地吐出两个字："有事？"

似乎对于她冷淡的反应有所失望，木君临微蹙眉，表情有些受伤："你一点儿都不惊讶我居然还活着这件事吗？"

"你如果死了我反而会比较惊讶。"虽然在这一年中她得到过他已死亡的消息，不过一看便知是他制造的假消息，木君临如果不是自己求死，一般人很难动得了他。

闻言，他笑意更浓，心情颇好："如此看来你并不希望我死啊。"

木十嘴角一抽，冷笑了一声："不，你只是印证了一句话：恶人活千年。"

"借你吉言。"木君临走到办公桌前拉开椅子自顾自坐下，将帽子随手放在桌上，视线往她的手上扫去，"对了，那位怎么样？"

那位自然指的是阮言希。

他问话的语气非常随意，就像是许久不见的朋友之间的问候。

木十瞥了一眼那顶帽子，淡淡回了一句："比你好。"

"太可惜了。"木君临摇摇头，对此深感遗憾。

迟迟不进入正题，木十有点儿不耐烦了，她一心想着回家喂猫，实在不想在他的身上浪费时间，便开口道："你来不会就为了说这些废话吧？"

木君临单手支着下巴看她："主要想来见你一面，顺便……"他顿了一下："的确有一件事。"

"那就说正事。"

"好吧。"他耸了下肩，从大衣内侧的口袋里拿出一个黑色信封，放在桌面上，推向了她。

木十看着信封，并没有立刻收下，而是问道："什么意思？"

"看了就知道了。"木君临伸出手轻点桌面，并未说明里面到底有什么，只是道，"我想里面的东西阮言希应该会感兴趣。"

让她家阮言希感兴趣的事情，那只有一件事，木十瞬间明白了："你想让我们查案子？"真是稀奇了。

"没错。"

"跟你有关？"不然木君临不会冒着被抓的风险突然出现在这里。

木君临头一歪："你猜？"

知道他不想透露，木十也不再费口舌追问："为什么不自己查？"这对于他来说应该不成问题。

对面的男人叹了口气，似乎有些无奈："我可能要暂时离开一段时间，所以……"

木十不是很相信他说的理由，打断了他的话："你为什么觉得我们不会拒绝？"

"因为我知道你们不会拒绝的。"交手了这么多次，这一点木君临非常笃定，无论是木十还是阮言希。

木十还是收下了信封，就像木君临说的那样，他们的确不会拒绝。

办公室内沉默了几秒，然后像是一下子意识到什么一样，木君临抬头看向窗口，慢悠悠地开了口："说起来有件事我有些在意，从我进办公室到现在过了十一分钟，而最近的警局到这里只要七分钟，居然还没有警车到啊，是因为你不想我……"

木十打断了他的话，面不改色地回答："下班高峰堵车。"

"好吧。"木君临闻言轻笑，"事情办妥之后，我会送上一份礼物的，算是圣诞节礼物吧。"

木十微挑眉："你去警局自首？"对她来说那真是最好的礼物了。

"也许会有这么一天吧，看我心情。"他语气轻松地说着，然后起身俯视着她，慢慢靠近，压低着声音，"那么我先告辞了，亲爱的木十。"

随着他的靠近，木十并没有避开，反而直直地看着他的眼睛。

这倒让木君临倍感惊讶，他眼神闪烁了一下，停顿后缓缓站直了身体，他脸上的笑容收敛，带上了几分认真，像是约定一样对她说了三个字："明年见。"

木十没有说话，也没有阻拦。

高凌尘在十分钟后赶到，木君临自然已经不见踪迹。

"他怎么会没死？"一说出口高凌尘也意识到了，毕竟他的尸体一直都没有被找到过，只是，"为什么时隔一年他又出现了？"

木十随口说了句："大概，无聊吧。"

"他都和你说了什么？"

"一些废话。"

高凌尘无奈地追问："具体说了些什么废话？"

"比如诅咒了一下阮言希。"

"还有……这个。"木十也不开玩笑了，把信封递给了他。

高凌尘有些疑惑："这是？"

木十缓缓开口："他想让我们查一个案子，这是线索。"

高凌尘带队忙着追踪木君临的下落，而木十则回了洋房，看了一眼随意停在门口的车，她开门进屋，果然看到了坐在单人沙发上的秦磊，以及独占了整张长沙发的阮言希。

秦磊扭头看她，打了招呼："木十回来了啊。"

"你怎么来了？"木十看了一眼时间，有了结论，"蹭饭？"

虽然在邢静加班的时候，他的确经常来蹭饭，不过……"今天蹭饭不是主要目的，那个，过两天不是圣诞节吗？我想在那天向邢静求婚，所以我就来……"

话还没说完就被打断："你确定要向他请教求婚的方法？"木十抬起左手，向秦磊展示了一下戴在她无名指上的戒指："毕竟他连戒指都藏不好。"

夹在两个人中间的秦磊，来回看着他们，突然有些犹豫了，来这里请教求婚方法到底是不是明智之选啊？

木十脱下外套，在另一边的单人沙发上坐下："今天木君临来了。"

听到这个名字，原本还躺着的阮言希一下子从沙发上跳起来，心情更加不爽了："他去找你了？"

木十淡定回答："嗯，来了我的咨询室，待了一会儿。"

"看上去怎么样？是不是非常狼狈？"

"看上去……"礼帽加高档大衣，怎么也不能说是狼狈，木十抿了抿嘴，实事求是道，"还不错。"

"呵呵，太可惜了。"与木君临相比，阮言希将他的情绪表现得淋漓尽致。

这两个人说的话都一模一样。

"对了，这是他给你的东西。"木十从包里拿出那个黑色信封递给他。

阮言希轻哼了一声，接过后直接打开，一边的秦磊也好奇地凑了过来，没等阮言希吭声，他倒是先叫了起来："这啥？拼图？"

信封里除了一片拼图，再没有其他任何东西。

"这什么意思？送片拼图是干什么的？"

之前在咨询室里木十和高凌尘已经查看过这片拼图，并没有发现什么特别之处："查案子，这是线索。"

秦磊惊得嘴巴都合不上了："光靠这个？其他都没有？"

"没有。"

"这不是玩人吗？"

相比于秦磊一句话接一句话地往外蹦，阮言希自从拿到信封之后就一言不发，直直地盯着这片拼图，似乎想要把它看穿一般。

两分钟之后，他突然从沙发上站了起来，一声不吭地往二楼走去。

木十早已习惯，知道他回书房研究去了，刚想起身去干自己的事又被秦磊叫住了。

"木十，你说我求婚要准备些什么？"他想既然阮言希靠不住，那只能问木十，毕竟女生的心思都是差不多的。

"戒指。"

秦磊点点头，一脸认真："这我已经准备好了，还有什么？"

木十几乎没怎么想，脱口而出："水晶骷髅头放满一个房间，我觉得邢静肯定会答应的。"

秦磊终于完全体会到了，来这里请教求婚方法绝对是个错误，不过他没有马上离开，因为还要蹭饭。

但随即他又意识到了一个问题，会做饭的还在楼上研究那片拼图呢！而眼前的木十，除了鸡蛋料理之外，唯一做得还行的也就是糖醋小排了。

于是他默默地开始担忧起晚饭问题："阮言希不会研究不出来就不下楼了吧？不然叫外卖？"

"你觉得我会研究不出来？"阮言希特有的语气从楼梯上传来。

秦磊惊得抖了抖："你这不会是……"这才上去几分钟啊！

"《塞梵尔之眼》。"阮言希用这五个字打断了他。

"啥？啥眼？"秦磊听得一脸蒙。

在各个方面都有涉猎的木十倒是很快地反应过来："一位名叫塞梵尔的画家在十七世纪的画作，也是他此生最后的一幅画。"

"没错，这块拼图上的图案就是这幅画中间靠右上的一小块。"短短几分钟的时间，他凭着拼图上的几个色块，连具体的位置都找到了。

"我的妈呀，这你都看得出来？你简直神了！"秦磊简直要起鸡皮疙瘩了，这一小块拼图上才显示出多少东西啊。

阮言希轻呵，语气相当轻松地道："不难，能让木君临感兴趣，而且是这段时间发生的案子，搜索一下就知道了。"

"所以这叫……"秦磊还是没记住名字，"这画怎么了？"

阮言希走到沙发坐下，懒懒地道："传言这是一幅受过诅咒的画。"

"诅咒？怎么个诅咒法？"

一向对这种古怪的事情感兴趣的木十自然也研究过这幅画，知道阮言希懒得解释，便开了口："塞梵尔当时被朋友背叛，在愤怒和绝望之中创作了这幅画后自杀，这幅画绝大多数人只能看到画中的六只眼睛，但会有极少数的人在某一瞬间看到其中的第七只眼睛，而这只眼睛据说就是塞梵尔的眼睛，而凡是看到的人就会像被控制一样，变得失去人性，变成杀人的魔鬼，所以这幅画又被世人称作《恶魔之眼》。"

秦磊莫名觉得背后冷飕飕的："这么……邪乎？"

木十耸耸肩："当然这只是传言。"

"传言啊……"秦磊觉得恐怖又觉得好奇，"那这画现在在哪儿？还展出吗？"

木十面无表情地摇了摇头："早就被毁了，一场大火，收藏家的房屋被烧毁了，死了七个人。"

又是七……秦磊越听越觉得这画透着一种浓浓的诡异，不过……"木君临什么意思？画都被毁了有什么好查的？"

阮言希晃了晃手里拿着的手机："明天在艺术中心有一场画展，举办方称有画家创作出了《新塞梵尔之眼》。"

"《新塞梵尔之眼》？真的假的？不会是噱头吧？"

木十看着阮言希的表情便知他来了兴趣，只见他坐直身体慢慢眯起眼睛，轻笑了一声："到底怎么回事？去看看不就知道了。"

半个小时后，门铃响了，来了一个快递，收件人是木十，她打开一看，发现里面有三张明天画展的VIP（贵宾）票，显然木君临预料到了阮言希能很快找到这幅画。

票自然收下了，因为一来，票价很贵，花的是木君临的钱，阮言希很乐意。二来，现在连普通票都订不到，更别说是VIP票了。

因为有三张票，对于这画感兴趣的秦磊表示也想去，对于他的加入，阮言希和木十都没意见，因为他们正好缺一个开车的人。

第二天三个人开车近一小时，到了川桥路上的艺术中心，还没下车，就已经看到了排队进场的人，显然都是被《新塞梵尔之眼》吸引而来的。

还好他们有VIP（贵宾）票，可以从专门的入口进入，不然以阮言希的性子，他绝对不会排队，肯定立马走人。

进入展厅之后，三个人被穿着黑色西装的工作人员带到了二楼的一个房间内，只有VIP票才可以近距离观赏《新塞梵尔之眼》，而购买普通票的人只能观赏其他画作。

工作人员让他们稍等，之后便离开，五分钟后，房间另一边的门打开了，走出了一位戴着手套、穿着正装的工作人员，看上去显然比之前的工作人员级别要高。

"三位久等了。"这位年轻的工作人员面向他们微微鞠躬，然后道出了主办方的安排，那幅画安置在更里面的房间内展示，客人需一个一个人内独自观赏，保证过程中不会有任何人打扰。

这倒是挺特别的安排，完全保护了客人的隐私，也能更好地观赏画作。

阮言希是第一个进去的，仅仅过了不到五分钟，工作人员就示意木十可以进去了。

穿过一条狭窄的走廊，木十推开了眼前红棕色的门，进入房间后，她便看到了那幅挂在墙壁上的画。

她走近细看这幅画，的确重现了《塞梵尔之眼》，六只眼睛，注视着看画的人，她没看到第七只眼睛，也没什么其他特别的感受。

也只看了几分钟，她就从另一边的出口出去了。

外面同样是一个房间，木十默默坐在阮言希身旁，两个人默契地交换了一个眼神，并没有说话。

等了十多分钟，就在阮言希渐渐有些不耐烦之时，秦磊这才手扶着胸口走了出来，一脸惊恐。

"怎么？怎么办？我，我好像看，看到画上第……"他紧张地吞咽着口水，"第七只眼睛了。"

出了艺术中心回到车上，秦磊还是一副惊魂未定的模样。

"你看到第七只眼了？"

"对，对啊。"秦磊紧张得快成了结巴。

阮言希斜睨着他："你确定不是数错了？"

"不是啊，我确定！"秦磊以为他们不相信，急得要跳脚了，"刚开始我也只是看到六只眼睛，可是突然一瞬间，画上又出现了一只眼睛，血红色的眼睛！死死地盯着我！可我闭上眼睛之后再睁开，它又不见了，之后就再也看不到了，太诡异了啊！"

他一脸激动地描述着自己所看到的，后座的两个人听完还是一脸淡定。

木十偏头看向阮言希："怎么样？"

后者颔首道："应该不止他一个人看到。"

秦磊一听这话瞪大了眼睛："这么说你们也看到了？"

阮言希一脸嫌弃地看着大吼的秦磊，恨不得把他扔到车顶去："我们没有，你用脑子想想也知道，怎么可能就你一个人看到？"

"所以说这画的诅咒是真的，而且再次被创作出来了，是不是？"秦磊紧接着就想到了一个严重的问题，他抱头大叫起来，"啊啊！完了，完了，那我是不是要被恶魔附身，变成杀人犯了？"

阮言希忍住了下车的冲动，好不容易让秦磊冷静下来，便让他赶紧开车回洋房。

自始至终创作出这幅画的画家并没有现身，连名字都没有公开，非常神秘，而这幅画也将于最后一天展示后进行拍卖。

明显的套路，阮言希和木十都很清楚，举办方之所以要求他们一个一个人内观赏这幅画，因为画中第七只眼睛根本不存在，他们只需要在某几个人看画时动点儿手脚，就能够造成这种假象。

今天之后，就会有越来越多的人去关注这幅画，到了最后拍卖时，肯定会卖出比这幅画原本价值高几十倍、几百倍的价格，这就是他们的目的。

画家与其背后投资者的合作双赢，这的确是最简单也最有效的方式。

但应该远远不止这一点那么简单，毕竟还有木君临这个人。

当然，此时在洋房里的第三人并不是那么认为的，而且这个人还很吵。

"怎么办？你们看看我是不是要被恶魔附身了？"

"你们是不是应该帮我绑起来？"

"是不是应该把家里的刀啊什么的锁起来？"

"不然直接把我打晕怎么样？"

阮言希忍无可忍，想把他绑了扔出去，可秦磊死死抱住柱子，一副打死也不离开的样子，哀求着："让我借住一晚吧，我怕我回去，控制不住我自己啊！"

于是，时不时蹭饭的秦磊第一次蹭床，不，蹭沙发。

半夜……

"咚咚咚……"

门外传来几下敲门声，向来睡眠浅的木十醒了，动了动身体，抱着她睡觉的阮言希自然也被吵醒了。

"咚咚咚……"

阮言希怒得想杀人:"秦磊,如果你敲门不是为了杀人就给我滚回去睡觉!"

下一秒,敲门声停止了。

第二天一早,高凌尘见到了木十以及她身后黑着脸整个人充满起床气的阮言希。

这种状态倒是好久没见过了,高凌尘觉得奇怪,便走上前问了声:"怎么了?"

阮言希摆了摆手,懒得费口舌解释,直接道:"尸体呢?"

"在客厅。"

两个人戴上手套跟着高凌尘进入了这所房子。

走到客厅,便看到了一具女性尸体,倒在茶几旁边的地上,身上可见多处伤口,四周有喷溅的血迹,并没有挣扎打斗以及被搬动过的痕迹,显然死者是在毫无防备的情况下遇害的。

高凌尘向他们说了目前的发现:"门锁没有撬开的痕迹,目前我们倾向于是死者开门让凶手进屋,熟人作案的可能性比较大。"

"那还有什么问题吗?"阮言希发现根本没自己出场的必要,转身就想带着木十回洋房补觉。

"等等。"高凌尘拦住了他,"还有一个发现,跟我去一下卧室,有个东西想让你们看看。"

高凌尘说得有些神秘,两个人对视了一眼,跟了上去。

来到卧室,阮言希和木十便看到了高凌尘口中想让他们看到的东西,确切地说是画出的图案。

在床头上方的墙壁上,画了一只血红色的眼睛,透着一股诡异。

阮言希一挑眉,意味深长地笑了:"原来如此。"他说得很轻,只有身旁的木十听到了。

高凌尘向他们解释道:"这就是我把你们叫来的原因,木十和我说了那幅画的事情,昨天第一天展出,就发生了这样的案件,我在想这其中会不会有什么关联。"

自然不会是巧合,阮言希开口道:"死者的身份查到了吗?"

"我让蒋齐在查，应该很快就会有结果。"

死者的情况很快就发了过来，她叫朱莹，33岁，是一所大学的美术老师，半年前离异，没有孩子，离婚之后便独住在此。

高凌尘将死者照片给他们看，方便他们辨别："昨天你们有见到过死者吗？"

木十摇了摇头："VIP客人的身份是保密的，所以全程我们没有见到其他人，票也不是实名的。"

"她不是，但你们要找的凶手就是昨天看画的人之中的一个。"

阮言希语气这么笃定，反倒让高凌尘疑惑了："你为什么这么确定？"

"因为……"他顿了一下，眯起眼睛缓缓笑开，"不然的话，画上这眼睛的人目的不就达不到了？"

高凌尘听明白后蹙眉问："你的意思是，凶手和画上这只眼睛的人不是同一个人？"

"等抓到凶手就能证明了，我想这并不难。"留下这句话，阮言希转身和木十离开了房间。

找到本案的凶手并不难，关键是隐藏在这之后的人。

就像阮言希所说的那样，高凌尘他们对于凶手的调查很快就有了进展，在查了死者的邮箱、通话记录以及监控之后，便找到了一个嫌疑人——陶维。

高凌尘在他的家中找到了他，将其带回了局里。

陶维三十多岁的模样，戴着眼镜，中等身材，看上去很是斯文，对于谋杀的指控，他坚称："我没有杀她！"

高凌尘直接将监控给他看："这你怎么解释？监控可拍得清清楚楚，你在昨天21时15分开车到了朱莹所在的小区，又于22时37分离开，而朱莹的死亡时间就在这段时间。"

"我……我……"愣了一会儿，陶维突然表情痛苦地抱着自己的头，"我的身上发生了一件灵异的事情，昨天从画展回来之后，我什么都不知道了。"

"你这话是什么意思？"高凌尘听得有些莫名其妙，但随即，他意识到，阮言希之前的推断果然是正确的。

在隔壁房间监听着的阮言希轻呵了一声，面露嘲讽："就知道要来这一套。"

听到这句话，蒋齐扭头看过去，然后无语地发现阮言希和木十两个人都是一脸看戏的表情。

审讯室内的陶维脸上露出了惊恐的表情："是那幅画，《新塞梵尔之眼》，我当时在画上看到了第七只眼睛，你知道这幅画的传说吗？那是只恶魔的眼睛，一旦看到就会被它附身，它会控制你去杀人。"

"然后呢？"高凌尘放下手中的笔，身体向后靠去，想听听他准备如何编下去。

"当然我觉得有些恐惧，马上就开车回了家，之后就觉得精神很恍惚，身体非常不舒服，我，我就到床上睡觉去了，可……可没想到，等到我清醒过来，我发现我居然在开车！"他说得有模有样，并拼命打手势，想提高自己言语的可信度。

"这期间发生了什么，我一点儿印象都没有，然后我就开车回了家，我以为我只是出去逛了一圈，仅此而已。"大概是看到了高凌尘的表情，陶维激动地为自己辩解，"我知道这听上去很荒唐，但警官你得相信我，事实就是这样，而且我今天还去看了……"

"心理医生是吗？"这一点被阮言希预判到了，他很肯定地说陶维会去心理咨询室，而且是在他画室的附近，完全说中了。

没等对方回答，高凌尘身体前倾看着他，冷声开口道："陶维，别编了，事实是你以画画的名义，骗那些刚入行的人体女模特到你的工作室，下药后将她们迷奸，怕她们报警，又拍下照片威胁她们。"他吐了口气，继续道："而就在一个月前，你龌龊的行为被朱莹发现了，她的手里握有证据，不过她没有报警，而是勒索你，之前你就想除掉她，然后你发现了这次画展，知道机会来了，不要急着否认，你想要从朱莹那找到的证据已经被我们的顾问找到了。"

高凌尘口中的顾问自然指的是阮言希，陶维想要毁掉证据，却始终不知道朱莹将其藏在了哪里，在杀害她后，他逗留了一段时间就是在寻找证据，但阮言希轻轻松松就推断出了她藏的地方，装画的圆桶里。

看到面前的录音笔，刚想否认的陶维脸色变得又青又白。

"我，我对那些女孩子犯下的事我承认。"他只能对此认了罪，不过，他瞪大了眼睛，依旧坚决否认自己的杀人行为，"但是我绝对没有想过杀人，我当时只是被恶魔附了身，不是我的本意！"

高凌尘鄙夷地看着他，然后又拿出了新的物证。

"这把刀还有这双手套你记得吗？可是你亲自丢弃的。"

陶然的震惊根本无法掩饰，他明明已经处理了，怎么会？

旁边的监听室里，蒋齐也对于这么快能找到凶器感到惊讶："阮先生，你是怎么猜到他丢弃凶器的地方的？"

"猜？"阮言希轻哼了一声，抬手指了指自己的脑袋，"想一想就知道了。"

蒋齐脸色又红又黑，他实在想不到啊。

阮言希斜睨了他一眼，难得费口舌解释了一遍："凶器在案发现场没有找到，他必定是带着凶器离开了，陶维迷奸模特的事情之前都没有暴露，就是因为他够谨慎，他谋划了这么久断然不会随意丢弃，所以昨晚他把凶器留在了车里，到了今天再去处理，画室是最让他安心的地方，所以他一定会把凶器扔在从画室窗口看得到的地方。"

蒋齐听得一愣一愣的，半晌点了点头："原来如此。"

审讯室里的高凌尘又在陶维面前甩出了证据："别又想说是你昨天被附身之后买的，我们已经查到了记录，都是你在12月15日购买的，你早就预谋好了杀害朱莹。"

"我……"在这些证据面前，陶维哑口无言，"我没得选，要怪就怪那个女人太贪了！原本几万也就算了，可没想到她越来越过分，开口就要五十万，我发现是无底洞，就……就想解决了她。"他低下头，一脸悔恨。

他脸上的表情，从木十这里可以看得清清楚楚，他不是悔恨自己变态的欲望，伤害了那些年轻的女孩；不是悔恨自己杀死了朱莹，而是悔恨为什么当初被朱莹找到了把柄，悔恨杀人时为什么没有处理得更完美。

他没有被恶魔附身，他本来就心存恶魔。

陶维说着突然想到了什么，抬起头对高凌尘道："不过有一点，这画展的票不是我订的，是我有一天突然收到的。"

高凌尘闻言蹙眉道："谁寄给你的？"

"这我不知道，我以为是主办方邀请我去参观的，所以我就去了。"

"那这只眼睛是你画的吗？"高凌尘将现场的照片推到他面前。

"不是啊！"陶维看到也是一脸震惊，"这是怎么回事？"

凶手陶维的反应无疑又证实了阮言希之前的推断，杀人凶手和在墙壁上画上这只眼睛的人并非一个人。

"这么看来，那个人不仅仅在凶案现场画了这只眼睛，之前还特意给陶维寄了这张票。"不管当年的传说可不可信，真正的《塞梵尔之眼》已经不存在于这个世上，没有人会被恶魔附身，那只眼睛只是勾起了他们心中的魔鬼。

这一开始就是一个设计好的陷阱，引那些心存邪念的人。

只是那个人会不会是木君临？木十目前不敢断定。

这句话她并没有说出口，旁边的阮言希却已经猜到了她心里所想："不管是不是，我敢保证他绝对掺了一脚。"

陶维认了罪，阮言希也没耐心继续听他讲述杀人过程了，准备离开，刚开门和木十走出去就撞上了风风火火冲过来的一脸怨气的邢静。

"你们走的时候能不能把秦磊也一块儿带走？"从早上阮言希他们出现场，秦磊就一个人到了警局，赖在了法医室，关键还神经兮兮地表示自己被恶魔附身了，邢静觉得他实在是太影响自己工作了。

"不能。"起床气延续到现在的阮言希回答得异常决绝。

高凌尘带队去了艺术中心，画展已经被强制停止，然而举办方表示，他们从未见过这名画家，商谈相关事宜都是由他的经纪人出面的，所以他们不仅不知道这名画家叫什么，连其性别都不知道，只是对方提出了这种合作方式，他们觉得有利可图便答应了。

经纪人留下的名片是真的，高凌尘找到了对方，但他也是被这名神秘画家委托的，对对方的信息也是一点儿都不知情，他只是拿钱办事而已，他的说法在调查之后也被证实了。

线索又断了。

原本高凌尘以为策划了这一切的人针对的就是陶维，而那个人可能是之前被陶维迷奸过的女模特，或者是为她们复仇的人，不过阮言希却不这么看，他觉得还有案件会发生。

就在他们努力要找出当天买了VIP票又去看了《新塞梵尔之眼》的那些人时，如阮言希所预料的事情果然发生了。

一个年仅8岁的男孩子被残忍地杀害，小小的身体上满是伤口，血溅到了墙壁上，溅到了地上，溅到了他父亲的身上。

满身是血的父亲发了疯一般抱着已经没有呼吸的孩子冲到了医院，求医生救救他的孩子，他跪在地上，痛哭着，无法接受自己的孩子已经死亡的事实。

护士报了警，距离最近的警察赶去了医院，当他们到达案发现场时，看到墙壁上画着一只血红色的眼睛。

房间里安装的摄像头记录下了一切，高凌尘看着这段监控画面，久久不能平静。

不是因为血腥，而是因为他看到了一个父亲如何将自己儿子亲手杀死的全过程，没法听到声音，但能看到父亲愤怒的表情，还有孩子惊恐的脸，父亲挥舞着刀，一边吼着什么，一边残忍决绝地刺向他的儿子。

不知过了多久，他停了下来，就像是突然意识到自己做了什么一样，他惊恐地扔掉了手里的刀，抱起孩子冲出了房间。

五分钟后，突然间，原本只溅到了一些血迹的墙壁上也画上了一只红色的眼睛，就像是凭空出现一般。

但其实，监控明显有将近五分钟的一段被剪掉了，所以他们无法看到进来画画的人，也同上次一样，监控被动了手脚。

接连发生的案件无疑都透露着一种诡异，高凌尘打电话让阮言希他们过来，阮言希看了之后什么都没说，起身自顾自在这个房子里晃着，接着他停在了一个盛着半杯酒的酒杯前，弯下腰闻了闻，指着它对高凌尘道："让物证室检验一下这个，如果我没弄错的话，里面应该含有致幻剂。"

"你的意思是，这个父亲喝了含有致幻剂的酒，误杀了自己的儿子？"蒋齐叹着气，这简直是人间惨剧。

阮言希肯定地道："没错，而且他也应该收到画展的门票并去看了。"

凶手和死者的身份马上就确定了，他们的确是亲父子关系，父亲叫傅远名，49岁，是一名艺术品收藏家；儿子叫傅文，8岁，在读小学二年级。

傅远名有两段婚姻，和第一任妻子在十多年前就离了婚，前妻在八年前已经过世，第二任妻子也在傅文三岁时和他离了婚，目前在国外生活，和他们早就没有了来往，父子俩一直住在一起。

亲手杀死自己儿子的傅远名被带回了审讯室，中年得子的他对儿子非常宠爱，可以说从来没有打骂过，而现在却演变成了这种结局，所以他现在的情况非常糟糕，几乎失控，一会儿痛哭，一会儿用头撞桌子，好不容易将其控制住，他嘴里一直念着两个字——恶魔。

检验结果也出来了，酒里的确含有一定量的致幻剂，能让人产生幻觉。

高凌尘反复询问他当时到底发生了什么，傅远名只是不断重复着："恶魔……恶魔……"

审讯并不顺利，就在这时，蒋齐开门进来，在高凌尘耳边低语了一句。

"我知道了。"高凌尘起身走出审讯室，关上门后看向了站在门外的阮言希："怎么了？"

"傅华。"他说出了一个名字。

"谁？"

阮言希解释道："傅远名在杀自己儿子时口中叫的名字。"

高凌尘微蹙眉，脸上充满疑惑："你怎么……"

"唇语。"阮言希反复看了房间内的监控，读出了傅远名不断叫的名字。

高凌尘让蒋齐去查，果然查到了这个名字——傅华，二十年前这个孩子被傅远名从孤儿院领养。

"这个孩子……"高凌尘往下看了下去。

"死了，在他8岁的时候。"阮言希顿了一下，缓缓道，"意外身亡。"

十八年前，傅远名的画室意外失火，当时只有傅华在里面，火灭了之后，他的尸体在里面被找到，原以为孩子是因火灾而死亡，但尸检结果却表明，孩子在起火之前其实已经死亡，但是这场大火毁灭了很多证据，很难判断他真正的死因。

当时有邻居称曾看到傅华身上的伤，有烫伤、鞭痕，有浅有深，像是遭受了长期的虐待，不过不知为何，邻居在第二天改了口，称自己看错了，看到的孩子并非傅华。

而作为养父母的傅远名和他的第一任妻子当年也否认了这个指控，称自己对孩子很好，不可能虐待他，更不可能害他，因为缺乏证据，最终此案以意外事件结案。

十八年前，傅远名的养子离奇身亡，在8岁的时候。而如今，傅远名的儿子被他亲手杀死，同样在8岁的时候。

这看上去就像是一种因果报应一般。

高凌尘表情有些沉重："傅远名在喝下了掺有致幻剂的酒后，产生幻觉，将自己的儿子当作了十八年前死亡的养子傅华，然后杀了他。"因为什么？恐惧吗？

阮言希意味深长地道："如果当年傅华真的是意外身亡，你觉得他会是现在这样的反应吗？"

的确太过诡异，不符合常理。

真相似乎就摆在眼前了："所以说傅华长期遭受虐待是真的，而意外的火灾则是假的，更有可能他的死亡正是傅远名造成的。"当年他逃脱了法律制裁，而现在有人设计让他自己吞下了苦果，付出了对他来说最惨重的代价。

对于傅远名是否会承认十八年前的事，阮言希并不关心，他想要找到的是策划了这整个事件的人，无论从哪个角度来看，他和木十都认为这很像是木君临会干的事。

还有一点，经过对比阮言希发现，在两起案件中，在墙壁上画眼睛的并非一个人。

勒索钱财的朱莹死了，迷奸女模特的陶维成了杀人犯，其恶行继而曝光；傅远名宠爱的儿子死了，他成了杀害自己儿子的凶手，十八年前养子的案子重新被世人注意……

阮言希缓缓眯起了眼睛，是这样吗？

如果这个画展从头至尾就是一场复仇计划呢？由木君临亲手设计的游戏，帮助他们复仇。

那么，为什么要帮他们？而且恰好是他们？

是孤儿院？

阮言希脑子里产生了一个想法："木十，木君临当年在孤儿院待过，对不对？"

木十颔首道："对，之后被我父亲收养。"回答之后她眨了眨眼睛，似乎也想到了其中可能的关联。

阮言希翻了蒋齐拿来的傅华的资料，发现他在被傅远名收养之前一直住在南心孤儿院，他需要证明自己的想法："陶维有没有交代那些受害女模特的名字？"

"有。"蒋齐把那些受害者的信息都调了出来。

阮言希略一思考："其中有没有自杀的？"

检索之后很快有了结果："真有一位，一个月前跳楼自杀，当场死亡。"

他继续问："他们家有收养过孩子吗？"

蒋齐将他们家的资料调出一看："他们收养了一对兄妹，妹妹就是这个女模特。"

果然是这样,答案似乎越来越清晰:"从哪个孤儿院?"

蒋齐很快查到了:"南心孤儿院。"

南心孤儿院……对上了,这就是他们的共同点,想必木君临当年也在那儿,所以他才会费尽心思做这些,去帮他们复仇。

阮言希将自己的推断告知了高凌尘,高凌尘很快就带队找到了他们两个人,傅华的双胞胎哥哥丁磊,还有那名自杀的女模特的哥哥范易康。

或许是因为他们已经完美地完成了自己的复仇计划,两个人都没有任何反抗,反而相当平静,就像是解脱了一般,对于他们来说,原本就没想过要逃脱法律的制裁。

他们对于木君临的名字非常陌生,只说一个叫 J.L. 的人联系了他们,告诉他们能帮他们复仇,他们便答应了,显然他隐瞒了自己的身份,只是通过电话或是邮件联系。

就在要开始审讯丁磊时,他突然问高凌尘:"哪位叫木十?"

"怎么了?"

丁磊拿出了一样东西:"这是 J.L. 给她的,他说等我们被抓后,亲手交给她。"

这是一个黑色信封,和之前木君临在咨询室给她的一样,木十拆开之后,发现里面只有一张白色的卡片。

卡片上写着三个字,像是一个女人的名字:曹燕云。

这是什么意思?为什么要给她一个名字,难道……

木十隐约察觉到了什么:"那个人有没有和你们说过,要利用这次画展完成几次复仇?"

丁磊如实答道:"三次,但另一个人是谁我们不知道,也没听他提起过。"

木十相信对方说的是实话,她低头看着卡片上的名字,突然意识到,另一个人或许就是木君临自己。

那卡片上的这个人会是谁?

在查找曹燕云这个人时,查到了与她相关联的另一个人:徐军翔,一个连环杀人犯,在残忍杀害四名女性后被抓,当年被处以死刑,而他就是曹燕云的丈夫,他们有一个儿子,叫徐莫,曾经在南心孤儿院,目前下落不明。

木十马上去审讯室问了两个人:"当年在孤儿院,有没有一个七八岁的男孩从那里逃跑？"

丁磊点点头，隐隐记起："好像是有一个，之后就再没回来。"

一旁的范易康沉思片刻道："小莫，我只记得他叫小莫。"

那就是了，木十向他确认："他的名字是不是叫徐莫？"

"对，是叫这个名字。"

得到了答案，木十默默地走出了审讯室。

徐莫，原来他叫徐莫，过了这么长时间，木十终于知道了他原本的名字，他的父母给他的名字。

而他的复仇对象就是当年在父亲被抓后抛弃了他的母亲。

当高凌尘他们赶到曹燕云家里时，发现她并没有事，一同前去的木十并不感到意外，木君临，不，徐莫特意准备这个信封就是为了让她去阻止他的复仇，他知道他们能在这之前查出来。

曹燕云看到门口的警察时，面色慌张发白，下意识地往后退了一步，显然他们的出现让她想起了当年的事情，她脑子里一下子有了非常不好的念头。

"您有个儿子叫徐莫对吗？"高凌尘说明了来意，许久没有听到这个名字的曹燕云一愣，随即陷入了沉默，半响才轻轻地点了点头。

"妈，怎么了？"屋里响起了一个年轻男人的声音，曹燕云表情不太好，她回身对走出来的儿子道，"没什么事，警察来找我了解些情况，你回房间去吧。"显然，她并不想让自己儿子知道之前的那些事。

"警察同志，我们出去说吧。"曹燕云的语气近乎是恳求。

高凌尘带着她下楼上了警车，一坐好，曹燕云忧心忡忡地问："你们是为了徐莫来的？他没有死吗？"

坐在副驾驶座的木十语气平静地开了口："为什么您觉得他死了？"

"自，自从他小时候和我走散后，就再也没他的任何消息了，所以我以为……"曹燕云眼神有些闪烁，说话含含糊糊，明显没有说出实情。

高凌尘自然看得出来这其中的问题："曹女士，根据我们掌握的情况，我们觉得当年似乎不是走散那么简单吧。"

"这……"

"您现在可能有生命危险，我希望您能说实话。"见她还在迟疑，高凌尘将她心中最大的顾虑说了出来，"毕竟您也不想让现在的家人牵扯进来吧。"

一提到自己现在的家人，曹燕云终于有了反应："这事跟我的家人无关，说到底当年是我对不起他，但是，我实在，实在受不了。"她说着忍不住以手掩面，这也是她第一次在别人面前亲口承认自己当年的过错。

"受不了什么？"

"他和他父亲长得太像了，看到他我就会想到那个杀人犯，我就觉得他还在我的身边，你们没法想象那种感觉，太痛苦了，而且……"似乎是回想到了往事，曹燕云身体颤抖起来，"那个孩子给人的感觉太不舒服了，特别是看着你的时候，毕竟他身体里有着一半杀人犯的基因啊。"

杀人犯的基因……

木十闭上眼睛，慢慢攥紧了拳头，这句话对于她来说太熟悉了，因为她从小也是被周围人这么看待的。

再度睁开眼睛，她将这些情绪都压制住了，痛苦的一切都已经过去了。

"我真的承受不了了！"曹燕云语气越发激动，"我那时候整晚整晚地做噩梦，梦到他长大之后也变成了杀人犯，杀了我，杀了邻居，杀了很多人，我不能让这种事情发生，但我自己下不去手，于是我就想让他在外面自生自灭，我想……"

高凌尘忍不住打断她："他那时还只有六岁。"不管他现在变成了什么样的人，可当时他只是个孩子，一个没法独立生存的孩子。

曹燕云羞愧地低下了头："我知道是我错了。"

"之后你就再也没有见过他？"

"没有。"曹燕云摇摇头，这么多年她从来没有想过、关心过他的下落，在她的心里，他已经死了，"那他现在在哪里？"

高凌尘回道："我们也在找他。"

"他是不是杀人了？不然你们不会找上门来的。"没等高凌尘回答，曹燕云紧张地搓着手，就自言自语起来，"果然是这样，我就知道，他长大了就会成为杀人犯的，我就知道就会发生这样的事，早知道，早知道……"

后面的话她没有说下去，但木十知道她想说什么，早知道当年就应该杀了他。

她越想越觉得恐惧，急着向高凌尘确认："那他会不会杀了我？会不会伤害我的家人？"

家人……曹燕云似乎已经忘了，徐莫不仅仅是杀人犯徐军翔的孩子，也是她的孩子，而现在在她的心里，她的家人只有她现在的丈夫和儿子。

"不会了。"

"啊？"曹燕云一愣，看向木十的方向。

"他不会杀你了。"

木十已经明白了他对他母亲的复仇方式，他想要让他母亲知道，当年被她遗弃的孩子还活着，活得好好的，并且随时可以要了她和她儿子的命。

而比起直接将她杀死，他要她在余生中都过着胆战心惊的日子，时刻记着他的存在，再也不会将他忘记。

从曹燕云家离开，木十独自打车回家，在路上接到了一个不显示号码的来电。

知道对方是谁，她接了起来，没有说话。

"见过她了吧。"熟悉的声音在耳边响起。

"见过了，你的目的达到了。"木十顿了一下，叫了他的名字，"徐莫。"

电话那边有片刻的沉默，接着是一声轻笑："这个名字好多年没人叫过了，真怀念啊。"

他们两个人从某种角度来说小时候都有着相同的经历，可从孤儿院出来，之后走的路却截然相反。

或许在某个阶段他们有着相似的感受，不过木十对徐莫产生不了什么同情心，更何况现在的他是一个杀人犯，正好快要到洋房了，不想多说的木十便道："没事我就挂了，再见。"说完，她也没等对方说话，就直接挂断了。

徐莫刚想开口，就听到手机里传来了嘟嘟的声音，他看着屏幕失笑："真是，还没说圣诞快乐呢。"

下了出租车，木十围好围巾往里走，开门进去后，以为在补觉的阮言希居然在客厅装扮圣诞树，而他的脑袋上戴着一顶帽子，她买的。

"帽子很合适。"没等阮言希回应，她又加了一句，"显得你高了不少。"

阮言希撇了撇嘴，招手让她过来。

木十走到他身边，拿过一个铃铛挂在了树上，和他聊了起来："你说如果徐莫当年没有被他母亲抛弃，在他母亲身边长大，现在会是什么样？"

"也许会变成我这样。"他说着哼了一声，"不过肯定比不上我。"

"然后跟你抢案子？"

"我会怕这个？"阮言希喊了一声，接着嘟囔了一句，"我怕他抢走你。"

木十偏头："什么？"

阮言希耳朵有点儿红，别开脸："没什么。"

木十看着他抿了抿嘴，慢慢说了三个字："不会的。"怎么抢得走？

"哦。"阮言希很开心，但表面却装得很淡定。他突然转了话题，"对了，他把那幅画寄来了。"

"哪幅画？《新赛梵尔之眼》？"看来这幅画真是徐莫画的，画得不错，能卖个好价钱。

"嗯。"

木十转身想去看画，没想到阮言希加了一句："被我送人了。"情敌的画留着干吗？要不是看它有用他早毁了。

木十挑了下眉："送谁了？"

阮言希嘴角扬起了一个弧度："邢静，作为他们的新婚礼物，怎么样？"

"嗯，很合适。"木十表示赞同，"我想邢静应该会非常喜欢的。"当然另一位就不知道了。

两个人相视一笑，仿佛已经看到了秦磊看到画时的表情，想必会很有趣。

就在这时，阮言希表情一僵，指着她的脖子，无力地道："项链……你怎么发现的？"他明明很用心地藏了。

"所以说阮先生，下次这种惊喜请藏在我找不到的地方。"

木十给了他一个拥抱以示安慰。

"圣诞快乐，亲爱的阮先生。"

"圣诞快乐，亲爱的阮太太。"

《意林·全彩Color》，青春就是要"精""彩"

《意林·全彩Color》是百万大刊《意林》杂志，在原有《意林》上、下半月核心刊基础上，于2016年5月1日重磅推出的《意林》第三本核心刊。《意林·全彩Color》坚持**青春励志不变、助力学生中高考不变、原班编辑团队不变、万里挑一稿件质量不变**，并采用**全彩印刷**，更高品质的纸张，全本厚达72页，定价6元。

○ **中高考实用宝典**，创刊第2期，即原题命中高考作文

○ **全彩印刷**，原色呈现多彩世界，青春就该像彩虹般缤纷

○ **内容加码**，全新栏目、萌趣彩页，轻松缓解阅读压力

○ **版式出新**，全新设计的七大版式，意想不到的新鲜图文搭配

邮发代号：
16-289

○ **堪比几米的手绘配图**，佐之以摄影美图、**细节点缀**，美貌爆表

○ **纸张升级**，给你绿意盎然般的清新阅读体验

○ **超多回馈活动**，励志明星海报、**杂志内页独家定制月历**

○ **6元良心价**买**全彩72页**

心动的话，赶紧通过以下方式订阅《意林·全彩Color》吧

★ **意林天猫专营店：**
手机淘宝用户扫码一步购买

★ **意林微商城：**
微信用户扫码轻松入手

★ **各大邮局订阅：**
到就近邮局报上邮发代号 **16-289**，即可订阅

杂志信息：
页码：72页
定价：6.00元
印刷：全彩印刷
上市时间：每月1日

青春就是要"精""彩"，《意林·全彩Color》等你来约！

意林精品图书推荐

多味之恋 系列

《别来无恙，我的小初恋》
简介：作家沈嘉柯暖心力作，陪你一起挥别青春，再出发。
定价：29.80元

《喜欢你这句话，我憋住了整个青春》
简介：数十篇青春伤感故事，带你领略成长、青春、爱恋的阴晴圆缺。
定价：29.80元

《遇见你，就是最对的时候》
简介：青罗扇子、周德东等作家用文字演绎纸上电影。时光远去，我们永远青春。
定价：29.80元

《我记得你说过的每句美好》
简介：独木舟、夏七夕、七微等名家用真挚的笔触探究青春的色彩。
定价：29.80元

深夜暖心 系列

《这世间所有的纸短情长》
简介：织梦人张芸芸深夜为你点一炉青莲之香，寻找渐渐远去的青春与年少。
定价：29.80元

《世界那么大，命中注定遇见你》
简介：每个人都会接触形形色色的人，又会和一些人聚聚散散，马叛说：这些相遇都是命中注定。
定价：29.80元

《我不怀念你，我只怀念有你的往昔》
简介：继《左耳》之后深入骨髓的疼痛青春，每个人都可以在她的故事中找到原始的自己。
定价：29.80元

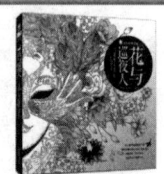
《花与巡夜人》
简介：国内一本填色减压故事书，抚触你的心灵，治愈现代人的都市病症。
定价：36.90元

十八而志 系列

《少年从不等风来》
简介：关于年轻人的追梦故事，他们用自己的特立独行，创造属于自己的天地。
定价：29.80元

《你的人生不需要别人点赞》
简介：大人物从这里起步，成就了丰盈的人生。数百篇故事告诉你成功者的秘密。
定价：29.80元

《逆光飞翔，微芒盛放》
简介：名人的磨难被晾晒成坚强，带给你十八而志的青春励志的正能量。
定价：29.80元

《像明星一样去战斗》
简介：数位明星的奋斗史。逆袭背后，都是平凡生活中伟大的梦想。
定价：29.80元

大阅读 系列

《脑洞君，请收下我的膝盖》
简介：理科的严谨与文科的情怀，二者你都能拥有。
定价：28.90元

《我心有猛虎，而你只要一枝蔷薇》
简介：量身为中学生打造的心灵读本！
定价：28.90元

《一生心事只待一人来解》
简介：与名家碰触思想上的火花，快乐成为阅读的领跑学霸。
定价：28.90元

《好男孩上天堂 坏男孩走四方》
简介：毕业于剑桥大学的才女陈叠邀您围观世界名校男神！
定价：29.80元

初心讲义 系列

《把你所有的不安都交给我来暖》
简介：讲给你听，117个如何心灵抱抱的故事。
定价：29.80元

《所有人的坚强，都是柔软生的茧》
简介：玻璃心的朋友们，看这里！讲给你听，125个含泪奔跑的人生故事。
定价：29.80元

《生命中除了爱，其他都是行李》
简介：讲给你听，召唤小确幸的111个故事。
定价：29.80元

《都道初心不可负，而初心是何物》
简介：133个初心故事，既有明星大家，又有平凡人物，从故事里闪耀初心的光芒。
定价：29.80元

意林精品图书推荐

《我的人生无须证明给你看》
简介：ONE·一个《读者》《意林》《花火》人气作者马叔 2017 年全新作品。
定价：32.80 元

《那个神秘的宣愉小姐》
简介：青春、古风双料大神苏缠绵青春心理治愈小说，初次尝试驾驭双重人格的人物设定，一场治愈并守护爱情的计划……
定价：32.80 元

《这一杯，我敬的是年少无知》
简介：悬疑推理小说作家何慕，出道六年，首部都市情感类短篇小说集。
定价：32.80 元

《光年未至，盛夏已满》
简介：意林彩绘英文系列精选《绘英语》杂志中读者欢迎的内容，让中学生轻而易举让英语变强！
定价：29.80 元

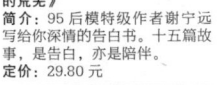
《我不愿让你一个人走过青春的荒芜》
简介：95 后模特级作者谢宁远写给你深情的告白书。十五篇故事，是告白，亦是陪伴。
定价：29.80 元

《对方正在输入中》
简介：那些爱与被爱的故事。年少时的懵懂酸涩，成熟后的感人至深；是心头的一枚朱砂志。
定价：29.80 元

《你是年少的欢喜，喜欢的少年是你》
简介：古风天后吾玉，初涉现代爱情，打造都市轻风之作。
定价：29.80 元

《从此晚安我自己》
简介：95 后男神作者何家豪首部青春成人礼童话，将这 16 个故事，说给长成大人的你！
定价：29.80 元

《我不成仙 一 断尘绝念》
简介：不想成仙却毅然修仙，她见愁只想有朝一日亲口对那人说："纵你成仙，亦不可逃！"
定价：28.80 元

《我不成仙 二 杀红小界》
简介：陶杀红小界，斗神秘三关。血衣作战袍，刻骨为利刃。她的通天坦途，便是他的穷途末路！
定价：28.80 元

《风之守望者①》
简介：如何成为一个良好的被负责人？会做饭还会洗衣服就把最强黑眼负责人拿下！
定价：24.80 元

《风之守望者②》
简介：拯救学长大作战，开始！学长，我们要毁灭世界吗？
定价：24.80 元

《符神传说①斩焰少年行》
简介：接通元灵符界，交易、对战、派单……现实与虚拟之间，体味什么叫酣畅淋漓！
定价：28.80 元

《符神传说②东川起风云》
简介：逆转鬼煞岭、人蚕荒探迷城，跨越空间界限，酷玩符阵妙法，创造异度奇幻流行狂潮！
定价：28.80 元

《禁域①墓地神婴》
简介：盖世皇者重现世间，只为触底反击，再创传奇！踏破乾坤纵横时空，禁域绝密即将揭晓！
定价：28.80 元

《禁域②宗门斗者》
简介：扶桑谷内迷雾重重，神秘世界、时间长河、神秘女子……时空彼端，究竟有着怎样的秘密？
定价：28.80 元